これは、魔術の教本――
いわゆる魔術書というものなのだ。
（朝読んだとこの、続きは……っと。
ここだな。魔力操作技術について……）
サイレント・ウィッチ
-another-
Rising of the Barrier Mage
結界の魔術師の成り上がり〈上〉

寒村から名門校へ——
〈ルイス・ミラー〉

ロザリー・ヴェルデ
ライオネル・ブレム・
エドゥアルト・リディル

「カーラ、この辺、頼んでいいか？」
「はいよ、行っといで」
カーラ・マクスウェル

サイレント・ウィッチ -another-

結界の魔術師の成り上がり

Rising of the Barrier Mage

〈上〉

依空まつり

Illust

藤実なんな

口絵・本文イラスト
藤実なんな

装丁
百足屋ユウコ＋モンマ蚕（ムシカゴグラフィクス）

Contents

Rising of the Barrier Mage

プロローグ　鏡の牢獄《ろうごく》

リディル王国南東部ベネルスト草原に、地鳴りが響く。

大きな生き物が大地を踏み締め、その巨体をぶつけ合い、倒れるその音は、縄張りをめぐり地竜と火竜の群れが争う音だ。

個体差はあるが、地竜も火竜も雄牛より二回りほど大きく、人間など簡単に踏《ふ》み潰《つぶ》せる太い手足を持っている。

体が大きく、力が強いのは地竜だ。鱗《うろこ》の色は暗い茶褐色で、腕も尾も丸太のように太い。

一方、赤みがかった褐色や、橙色《だいだいいろ》の鱗の火竜は、やや小柄で手足も細いが口から火を吐く。

地竜も火竜も空を飛ぶことはないし、分類上は下位種の竜という扱いだが、どちらも人間にとって充分な脅威であることに変わりなかった。

今、ベネルスト草原で暴れているのは、地竜が四匹、火竜が六匹。数だけ見れば火竜が優位だが、力の強い地竜の方が圧倒している。火竜の火は、地竜にとってさしたる脅威にならない。

一方、人間の視点に立つと、圧倒的に厄介なのが火竜であった。火竜の火は、時に周囲に燃え移り、より大きな災害となるからだ。

今も、火竜が威嚇のために吐く火が、草原の草を焼き、火勢をどんどん強くしている。

燃え盛る炎の中、雄叫《おたけ》びをあげて争う竜の群れ——その恐ろしい光景を、草原を見下ろす小高い丘の上から観測している者達がいた。

深緑の制服にマントを羽織り、上級魔術師の杖《つえ》を持った男が五人。彼らが身につけているのは、魔術を用いた戦闘の精鋭、魔法兵団の制服だ。

その先頭に立つのは、五人の中で最も若い、栗《くり》色の髪を三つ編みにし、右目に片眼鏡をかけた二〇代半ばの男だった。

女性的とも言える、線が細く整った顔をしたこの男の名は、〈結界の魔術師〉ルイス・ミラー。史上最年少で魔法兵団団長に就任した、若き天才である。

ルイスは片眼鏡の奥で目を細め、口を開いた。

「索敵魔術の結果、共有完了。座標軸特定完了。〈鏡の牢獄〉術式展開用意──奴《やつ》らを一箇所に集めなさい」

目の前で巨大な竜が暴れ回っていても、焦るでも怯《おび》えるでもなく、彼は淡々と部下に指示を出し、魔術の詠唱をする。

冷静に──それでいて、隠しきれない喜びに口の端を持ち上げて。

部下の魔術師達は、少しずつずらしながら攻撃魔術を放った。竜は非常に鱗が硬く、眉間《みけん》や眼孔といった急所以外への攻撃が殆《ほとん》ど効かない。この攻撃の目的は、あくまで牽制《けんせい》と追い込みだ。

ルイスは詠唱をしながら、右手に握った杖で地面を突いた。

杖の先端に白く輝く魔法陣が浮かび上がり、そこから白い光の筋が地面に、空中に、幾重にも延びて、大きなドームの形を作る。

白い光を骨組みに透明な壁が広がり、地竜と火竜、そして燃え盛る草原を閉じ込めた。

「さて、目障りなトカゲどもを一掃するとしましょうか」

部下の四人は詠唱を切り替え、竜を閉じ込める半球体型結界の内側に風の矢を放つ。

結界内部で、風を圧縮した不可視の矢が飛び交う。矢は竜に当たらずとも、結界に触れたところから反射し、また別の角度から竜を狙った。

ルイスの結界は、ただ頑丈なだけではない。魔力を帯びた攻撃を、内向きに反射することができるのだ。この術が〈鏡の牢獄〉と言われる所以《ゆえん》である。

一般的な防御結界は、敵の攻撃を一度か二度弾《はじ》くのが精一杯。竜を閉じ込める強固な結界も、魔術を反射する結界も、そこらの魔術師にできることではない。

〈結界の魔術師〉という防衛戦が得意そうな肩書を持ちながら、誰よりも攻撃的な結界の使い方をする魔術師――それが、魔法兵団団長ルイス・ミラーであった。

「全員、時間差で攻撃を続けなさい」

そう指示し、ルイスは結界の内部で暴れる竜の群れを見据えた。

部下達の攻撃は、急所に当たらない限り、致命傷にはならない。風の矢はあくまで竜を混乱させ、詠唱の時間を稼ぐためのものだ。

頑丈で生命力の強い竜を仕留めるには、相応の威力がいる。

ルイスは結界を維持したまま、少し長い詠唱を始めた。

自身の中にある魔力を、詠唱によって編みあげ、術式を形作る。正確に、丁寧に、繊細に。

「〈結界の魔術師〉ルイス・ミラーの名の下に、開け、門」

ドーム状に広がる〈鏡の牢獄〉の中心に、白い光の粒子が集い、光り輝く門を形作った。

門がゆっくりと開き、黄緑色に輝く光を纏《まと》った風が吹き荒れる。

それは、偉大なる精霊王の力を借りる、リディル王国でも使い手の少ない大魔術——精霊王召喚。

「静寂の縁より現れ出《い》でよ、風の精霊王シェフィールド」

次の瞬間、竜達を閉じ込めた結界の中に嵐が起こった。

一般的な攻撃魔術とは桁違《けたちが》いの威力を持つ精霊王の風は、刃《やいば》となって結界の中を駆け巡る。それが、内向きに反射する結界の中で起こるのだ。暴風が、不可視の刃が、あらゆる方向から竜の群れを襲い、延焼しかけていた火を草ごと刈り取る。

よろめいた火竜が他の竜にぶつかり倒れ、そこに風の刃が降り注いだ。風の刃は竜の眉間を、眼孔を——あるいは、口腔《こうこう》に入り込んで内部を滅茶苦茶に切り裂く。

広い場所で吹く風よりも、閉鎖的な空間で吹く風は遥《はる》かに凶悪だ。まして、その風は勢いを失うことなく、結界の中を反射して飛び回り続けるのだ。比較的小柄な個体など、風に吹き飛ばされ、結界に叩《たた》きつけられている。

やがて精霊王召喚の門が音もなく閉じ、嵐が収まると同時に、ルイスは〈鏡の牢獄〉を解除した。

ちょうど結界を張っていた辺りだけ、地面が抉《えぐ》れ、草が散り散りになり、そこに竜の亡骸《なきがら》がゴロゴロと転がっている。

眉間を貫かれ、嵐にもみくちゃにされた竜の死骸《しがい》は、不格好に積み重なっており、事情を知らぬ者が見たら、何があったのかと目を疑うところだ。

「……掃討完了です」

呟《つぶや》き、ルイスは杖で肩を叩いた。

結界に竜を閉じ込め、高火力の魔術を叩き込む——それは非常に荒っぽいが、周囲に被害を広げない、理に適《かな》った戦法であった。

ただしこの戦い方は、結界術と攻撃魔術の両方に、高い技術がないと叶《かな》わない。

そして、それを容易《たやす》くやってのけたのは、現場よりも作戦室で指示を出している方が似合いそうな優男なのである。

魔法兵団の団員達は、若く美しく、そして凶悪な己の上司に畏怖《いふ》の目を向けた。

＊＊＊

ベネルスト草原での竜討伐は、地竜火竜の群れという極めて難易度の高い討伐であり、同時に火災の危機や、周辺の街への被害も予想される危険な案件であった。

本来なら、竜騎士団と魔法兵団が合同で、大規模な討伐隊を組んで挑むところだ。

しかし、リディル王国では一週間ほど前に東部地方で竜害が続き、竜騎士団と魔法兵団の一部が遠征に出たばかり。

圧倒的な人手不足の中、魔法兵団団長ルイス・ミラーはわずか数人の精鋭部隊で地竜と火竜を討伐し、火災も防ぎ、街を守り切ったのだ。

人々はしきりに、〈結界の魔術師〉はなんと高潔で勇敢な人物か。彼こそ、この国の守護者だと褒め称《たた》えた。

……そんな、高潔で勇敢な国の守護者は今、宿舎の自室で金を数えていた。

銀行に預けた金の記録を確認し、財布の中身をひっくり返し、そして、ふと思い出したように、鍵《かぎ》付き引き出しの中から、ジャムの空き瓶を取り出す。瓶の中身は大銀貨だ。それが二枚。

ベッドの上に胡座《あぐら》をかいて、今回の竜討伐の報奨金を含む全財産を数えた彼は、「っしゃぁ！」とお上品じゃない声をあげた。

「これで……これで……」

ルイスは拳《こぶし》を握り締め、喜びを噛《か》み締《し》めるように呟く。

「王都に、家が買える！」

彼はベッドサイドに置きっぱなしにしていた酒瓶を手に取り、中身をあおった。

瓶の中身は安酒だ。ルイスはそれを美味《おい》しそうにグビグビ飲み干し、プハァと息を吐く。

「絶っ対に……七賢人になってやるからな」

酒に濡れた口元を拭《ぬぐ》う手の下、その唇は八重歯を覗《のぞ》かせ、不敵に笑っていた。

ルイスは今でこそ艶《つや》やかな髪を長く伸ばし、上品に振る舞っているが、元々はリディル王国北部の寒村の出身であった。

白い白い雪が全てを埋め尽くす、何もない村ダングローツ。その片隅にある寂れた娼館が、彼が生まれ育った場所だ。

――これは、何もない寒村で生まれ育った少年が、魔術師の頂点である七賢人になるまでの物語である。

Louis is a hard worker because he hates to lose.

ルイスは負けず嫌いであるが故に、努力家である。

In other words, he is a genius of hard work.

努力の天才と言っても良い。

サイレント・ウィッチ -another-

結界の魔術師の成り上がり

Rising of the Barrier Mage

〈上〉

一章　未《いま》だ知らぬ、世界と家族とジャムの味

屋根から雪が落ちるくぐもった音に、腹を殴られた男が倒れる音が混じる。

寂れた娼館の扉から転がり出て、雪に埋もれるように倒れたのは、帝国風の服を着た三〇歳ほどの男だ。

男は国境警備の仕事の合間に、娼館に通っていた客だった。

最初は息抜きで通っていたが、とある娼婦《しょうふ》に入れ込み、身請けをする金もないから一緒に死んでくれと迫ったら、こうなった。

男を殴り飛ばしたのは、娼館で雑用をしている少年だ。年齢は一〇代前半。適当に短くした栗色《くり》の髪は毛先がパサパサしている。

少年は積もった雪をズモッ、ズモッと踏み締めながら男に近づき、帝国語でワァワァ喚《わめ》き散らしている口に、容赦なくブーツの底を叩き込んだ。

「何言ってっか、分かんねぇよ」

少年の言葉は、北部訛《なま》りのリディル王国語だ。客商売をしている娼館勤めなだけあって、農民達よりは訛りが少ない。それでも中央に比べると早口で、語尾が少しくぐもっていた。

腹を殴られ、顔を蹴《け》られた男は、鼻血を流してフガフガ言っている。意識はまだあるが、抵抗する気力もないのだろう。

少年がもう一度男の顔を蹴るべく足を持ち上げると、店の中で煙草《たばこ》を吸っていた店主が気怠《けだる》げに言う。

「もういい、そのへんにしとけ。それより、さっさと扉を閉めてくれや。寒くてかなわん」

「はいよ」

少年は短く返事をして店内に引き返し、雪に埋もれている男を睨《にら》む。

「死にたきゃ、そこで一晩寝てろよ。眠ったまま死ねんぜ」

扉の向こう側に広がるのは、白い雪と夜の闇。その二つだけで世界が創られているのではと思うぐらいに、外には何もない。本当に、何もない村なのだ。

少年は扉を閉ざし、鍵をかけ、アカギレだらけの手を擦《こす》り合わせた。

日が暮れてもう随分と経《た》つ。彼ぐらいの年頃の子どもなら、とっくに寝ている時間だが、少年にはまだ、皿洗いだの、火の管理だの、帳簿付けだのと仕事が残っていた。もし、先ほどの客のような不届者がいたら、ぶん殴って追い払うのも彼の仕事だ。

今夜はもうクソみたいな客がいないといい——そう思った矢先に、二階の部屋で酔っ払いの奇声が響く。それと、殴られたらしい女の悲鳴も。

少年は舌打ちをしてぼやいた。

「……クソみたいな夜だな」

店の女が殴られても、店主は暖炉の前を動かず、煙草を吸っている。

店主は鼻から煙を吐き、健闘を祈るとばかりに片手を振った。

「お前がいると、楽でいいぜ。ルイス」

「そりゃどうも」

雑に言葉を返し、雑用の少年——ルイス・ミラーは階段を駆け上った。

＊　＊　＊

リディル王国北部、帝国との国境付近にあるダングローツという村の娼館勤めの娼婦が、ルイスの母親だ。父親は顔も知らない。母は父のことを誰にも語らないまま、ルイスが物心ついた頃に死んだ。

ダングローツは貧しい村だ。親なし子を養う余裕などない。それでも店の娼婦達は交代でルイスの面倒を見て、育ててくれた。ルイスの母は、店の娼婦達に慕われていたらしい。

娼婦達は「姐《ねえ》さんには世話になったから」とルイスに母親の面影を見て、笑いながら言う。

店主のカーシュは人使いの荒い守銭奴だが、ルイスが役に立つのなら、店に置いてくれるだけの度量はあった。読み書きや金勘定を教えてくれたのもカーシュだ。

『この貧しい土地で生き延びたきゃ、覚えられるものは死ぬ気で覚えろ。それができなきゃ、野垂れ死ね』

それが、カーシュの教えだ。

幸いルイスは物覚えが早く、喧嘩《けんか》に滅法強かったので、雑用係兼用心棒として重宝されていた。

明け方近くに降った雪も、朝食の時間にはやんでいた。窓の向こう側に見える空は、今日も鈍い灰色だ。

ダングローツの空は、大体いつも分厚い雲に覆われていて、晴れている日の方が珍しい。

ルイスは朝食の粥《かゆ》を載せた盆を手に、ショーナという娘の部屋の扉を叩く。ショーナは昨晩、客から心中を迫られた娼婦だ。

ナイフを握った客に、一緒に死んでくれと迫られたのだ。さぞ怯《おび》えているだろうと思いきや、ショーナはベッドに腰掛け、髪を弄《いじ》りながら欠伸《あくび》をしていた。

緩く波打つ長い黒髪は、彼女の手の中で三つ編みの成り損ないみたいになっている。ショーナは不器用なのだ。

「ショーナ、飯持ってきたぜ」

「ありがとぉ。ついでに、髪編んでくれる？」

「はいよ」

ショーナは寝間着の上に毛織物のストールを羽織って、椅子に座る。ルイスは彼女の前に粥の椀《わん》を置き、背後に回った。女の身支度の手伝いも、ルイスの大事な仕事だ。

「ルイスー、昨日はごめんねぇ。あんたの仕事を増やしちゃってさぁ」

「別に。いつもんことだろ」

北部育ちの人間は大抵、独特の訛りがある上に早口だ。だが、ショーナはあまり訛りがないし、喋《しゃべ》り方も間延びしている。元々は南の方の生まれらしい。

「あの男さ、どうなった？」

あの男――ショーナに心中を迫った男のことだろう。

客の生死を問う声には、深刻な響きも悲しみもない。今日の食事にスープはある？　と問う時と同じ声音だ。

だからルイスも、食事のメニューを答えるような口調で返す。

「店ん前に、凍死体はなかったぜ」

やっぱりね、と呟《つぶや》いてショーナは笑った。何かを諦《あきら》めたような笑顔だった。

やがて、ルイスが髪を編み終えると、ショーナは粥の匙《さじ》には手を伸ばさず、小物入れの引き出しから小さな瓶を取り出す。

小瓶には、トロリと赤いジャムが満たされていた。

「昨日のお礼。あげる」

ルイスは目を輝かせた。砂糖をたっぷり使ったジャムは、この貧しい土地では贅沢品《ぜいたくひん》だ。

普段から、腐りかけの肉や魚に潰《つぶ》したコケモモを塗り、味を誤魔化して食べているルイスにとって、舌が蕩《とろ》けるような甘さのジャムは衝撃だった。それが一瓶も！

「……いいのかよ？」

「いいよぉ、あたし、マーマレードの方が好きだし」

「マーマレード？」

「柑橘《かんきつ》の皮を使ったジャム。あたし、南の生まれだからさぁ」

こっちじゃ、もう食べることはないだろうなぁ。とショーナは独り言のように呟く。

ルイスは手元のジャムの瓶を眺めた。おそらく、客からの貰《もら》い物《もの》なのだろう。瓶は透明度が高く、ヒビも擦《す》り傷もない。ラベルには、可愛《かわい》らしい木苺《きいちご》の絵が描かれている。

せっかくの綺麗《きれい》な瓶だし、空になったらへソクリを貯《た》めるのに使おう。ルイスがそんなことを考えていると、ショーナが机に頬杖《ほおづえ》をついて呟いた。

「ねぇ、ルイス。あんたはさぁ」

「あん？」

「ちゃんとこの店を出て、いつか家族を作りなよ」

ルイスはジャムの瓶をポケットにしまい、ショーナの言葉を吟味した。

娼館で生きる人間が店を出て、家族を得るのがどれだけ難しいか、ルイスもショーナも知っている。それなのに、どうしてショーナは突然そんなことを言い出したのだろう。

怪訝《けげん》そうなルイスに、ショーナは苦笑いを浮かべた。

「まぁ、そりゃさ、家族が絶対に良いものとは言わないけど……」

あたしの親も、大概にクソだったし。と小声で呟き、ショーナは粥の匙を取る。

そうして、サラサラの粥を匙でかき混ぜながら、ポツリと言った。

「あたしと違ってさぁ、あんたは最初から家族を知らないでしょ。だから、ここを出て、家族を作ってみるのも良いんじゃないかな、って思ってさ」

「ショーナ達が家族みたいなもんだろ」

同じ屋根の下で暮らす娼婦達には可愛がってもらっている。それなら、ショーナ達が家族で良いではないか。

だが、ショーナはユルユルと首を横に振る。

「あたし達は、あんたのことを可愛がってるけど、家族にはなれないよ。この店にいるのは、寄り添い合うだけの他人だ」

寄り添い合うだけの他人。

別に、それで充分だろう、とルイスは思った。

ショーナの言う通り、物心つく頃に母を亡くしたルイスは、家族を知らない。それで今まで特に困ったことがない。特別に欲しいとも思わない。

いまいちピンとこない顔をしているルイスに、ショーナは穏やかに微笑《ほほえ》む。

「ここはあんたの家じゃないし、あたし達は家族じゃない。だから、あんたは……」

ショーナの目が窓の外を見た。

窓の外に広がるのは、一面の銀世界。雪に埋もれ、寂れた村。

「ちゃんと、ここを出て行くんだよ」

その翌月、ルイスが貰ったジャムを食べきらない内に、ショーナは死んだ。病気だった。

店の娼婦達が言うには、ショーナは自分が長くはないことを察していたらしい。

店主に埋葬を命じられたルイスは、アカギレだらけの手で雪と土を掘りながら、ショーナはあの帝国の男と心中したかったのだろうか、とボンヤリ考えた。

＊＊＊

ショーナの死から四ヶ月が経ち、リディル王国は春起月《ウイドル》の初週を迎えた。

この時期は精霊が春の風を届ける季節、などと言われているが、ダングローツは今日も雪景色だ。

雪が降りだす前に水仕事を終えたルイスは、かじかむ手を擦《さす》りながら、自分の部屋に戻った。

ルイスの部屋は藁《わら》布団と、ほんの少しの私物を入れる木箱があるだけで、あとは半分以上掃除用具に占領されている。元々は物置なのだ。

ルイスは藁布団の藁に手を突っ込み、中に隠した小瓶を取り出す。

ショーナに貰ったジャムの空き瓶は、へそくり入れとして活用していた。ポケットに放り込んでいた駄賃を、ルイスは小瓶の中に落とす。

(腹一杯のジャムを食べるには、あと、どんだけ貯めたらいいんだろうな)

ジャムの瓶を揺らして僅《わず》かばかりの銅貨をチャリチャリ鳴らし、その音を楽しんでから、ルイスは瓶を藁布団の中に戻した。

そして、藁布団に隠していた本を引っ張り出す。

それは、今朝ルイスが廊下で拾った本だ。おそらくは客の落とし物なのだろう。ここ数日は、雪崩で足止めをくらった者達が、複数滞在している。

拾った本の持ち主を探すなんて発想、ルイスにはない。落とし物は拾った人間の物だ。

おまけにこの本、ただの本ではない。表紙に記されているタイトルは『実践魔術初級』。

これは、魔術の教本――いわゆる魔術書というものなのだ。

魔術は、かつて貴族が独占していた、詠唱によって魔力を行使し、奇跡を起こす術だ。

現代では魔術師養成機関も増え、庶民にも多少の門戸は開かれたが、それでも魔術師養成機関に入学するには、金か才能――或《ある》いはその両方が必要になる。

そのため魔術師の数は少なく、こんな田舎村で見かけることはまずなかった。

(朝読んだとこの、続きは……っと。ここだな。魔力操作技術について……)

拾った魔術書は、余白に細かな字で書き込みがされていた。書き込みの内容を見るに、おそらくこれは教える側の人間の本なのだ。おかげで内容が理解しやすい。

こんな田舎では本というだけで貴重だ。まして魔術書なんて、絶対にルイスの手に届くようなものじゃない。

ルイスは次の仕事の時間まで夢中で本を読み、本を服の中に隠して次の仕事に向かった。次の仕事は薪《まき》割りだから、早めに終わらせれば、薪の陰に隠れて読書ができる。

＊　＊　＊

ダングローツの娼館の廊下を、一人の男が早足で歩いていた。年齢は五〇代後半、短い白髪にボサボサ眉毛《まゆげ》が特徴の、煙管《きせる》を咥《くわ》えた男だ。

男の名は〈紫煙の魔術師〉ギディオン・ラザフォード。今は魔術師の杖とローブを置いてきているが、上級魔術師であり、魔術師養成機関ミネルヴァの教授である。

仕事の都合でこの地を訪れたラザフォードは、乗っていた馬車が雪崩で立ち往生してしまったため、やむをえずこの村に滞在していた。宿ではなく娼館を選んだのは、宿が満室だったからだ。

滞在三日目の今、彼は落とし物の本を探していた。

（試験問題作るために、持ってきたのが間違いだったな……くそっ）

店主に確認したところ、心当たりはないと言うので、ちょいとばかし金を握らせてやったら、

「雑用のルイスってガキが、コソコソ何かやってた」と白状した。

そのクソガキは今、店の裏で薪割りをしているらしい。

店の外に出たラザフォードは、短縮詠唱で煙管に火を点《つ》け、一口吸った。

雪はやんでいるが風が冷たく、耳がチリチリする。

手袋をした手を開閉しながら店の裏に回ると、薪割りをしている子どもの背中が見えた。大人の古着を重ねて着込んでいる、栗色の髪の少年だ。

パサパサの短い髪は艶《つや》がなく、肌は細かな傷だらけ。重ね着をしていても、栄養状態が良くないのは一目で分かる。

それは、この辺りでは珍しいことではなかった。リディル王国の中でも特に北部は、貧しい地域が多いのだ。

ただ、栄養状態が悪いわりに、薪割りをする少年の動きはしっかりしていた。重たい斧《おの》を軽々と持ち上げて、慣れた手つきで薪を割っていく。

「おい、坊主」

ラザフォードが声をかけると、少年は薪割りをする手を止めて、ラザフォードを見る。

どちらかというと、線が細く、少女めいた顔立ちの少年だ。

そのくせ、威嚇するように下唇を突き出し、「あん？」と返す態度が、やけに様になっている。

これは一筋縄ではいかないタイプのクソガキだ、とラザフォードは即座に判断した。

「お前がルイスだな。俺の本を知らないか。『実践魔術初級』ってぇ本だ」

「知らね」

素っ気なく返し、ルイスは薪割りを再開する。

ラザフォードは煙管を一口吸い、思案した。

長年教師をやっていると、子どもの隠しごとに聡《さと》くなる。こいつは何か知ってるな、とラザフォードは確信していた。

こんな田舎の子どもに、あの教本が理解できるとは思えないし、どこぞに売り払って小遣い稼ぎをしたと考えるのが妥当だろう。

だとしたら、とっとと買い戻すのが手っ取り早い。

「おい、クソガキ。俺の本をどこに売ったか言え。正直に言えば、今なら拳骨《げんこつ》一発で許してやる」

ラザフォードの恫喝《どうかつ》に、ルイスは呆《あき》れたような顔で「はぁ？」と声をあげる。

「あんなイイモン売るとか、馬鹿だろ……………あ」

己の失言に気づいたルイスは、薪割り斧を手放し、踵《きびす》を返した。雪の上を走っているとは思えない素早さだ。

ラザフォードは詠唱をし、煙管の煙をフゥッと吐き出す。周囲にフワリと漂って消えるはずの煙が、今は意思を持っているかのように、風向きとは反対方向——ルイスの方に向かう。

その煙を吸ってしまったルイスは、それでもしばらく走り続けていたが、次第に足がもつれ始め、やがて膝《ひざ》をついた。

「……あ？　んだ、これぇ……っ」

「煙に、麻痺《まひ》成分を付与したんだよ」

ラザフォードはゆったりとした足取りでルイスに近づき、手の中で煙管をクルリと回す。

〈紫煙の魔術師〉ギディオン・ラザフォードは、煙草の煙に特殊効果を付与できる稀有《けう》な魔術の使い手なのだ。

麻痺成分が全身に回ったらしく、ルイスはパタリとうつ伏せに倒れる。

ラザフォードは少年の前に回り込み、しゃがんで顔を覗《のぞ》き込んだ。

「さぁ、クソガキ。俺の本を返しな」

うつ伏せに倒れるルイスは、両手で地面をかきむしりながら頭を持ち上げ、べぇっと舌を出す。

「うっせぇ、ジジイ。この土地じゃ、落とし物は懐に入れた奴《やつ》のモンなんだよ」

「そんな道理が通るか、クソガキっ！」

「はんっ、恨むんなら、てめぇの間抜けさを恨みな！」

驚くことに、ルイスはふらつきながらも体を起こして、殴りかかってきた。

（ガキだからと、手加減しすぎたか）

ラザフォードはルイスの拳《こぶし》をかわすと、ボロボロの古着の胸ぐらを掴《つか》み、容赦なくその頬をひっ叩《ぱた》いた。

その拍子に、ルイスの服の中から何かがボトリと落ちる。ラザフォードが落とした教本だ。どうやら、服の中に隠し持っていたらしい。

痩《や》せた少年の体をポイと地面に打ち捨て、ラザフォードが教本を拾い上げると、尻餅をついたルイスが声をあげた。

「あっ、返せっ、まだ半分しか読んでないのに！」

「……あぁ？　半分読んだ？　こいつぁ魔術の教本だぞ。ふかしこくのも大概にしろ、クソガキ」


ルイスは腹の底から激怒した。

このボサボサ眉毛の魔術師は、ルイスが文字を読めないと思っているらしい。

事実、この村はさほど識字率が高くない。ルイスが読み書きできたのは、店主に「死ぬ気で覚えろ。できなきゃ、ドレス着せて店に出すぞ」と脅されたからだ。

（このジジイは、俺を舐《な》めて、見下してる）

腹が立ったルイスは、フラフラと立ち上がり、教本で覚えたばかりの詠唱を口にした。

魔術師の男が目を剥《む》く。その鼻っ面にルイスは指先を突きつけて、最後の一節を唱えた。

指先から風が吹いて、男の短い白髪を揺らす。

本当は火を起こして、男のボサボサ眉毛を焦がしてやりたかったのだが、属性の相性的に風が一番使いやすかったのだ。

どうだジジイ、という気持ちを込めてルイスがフンと鼻を鳴らすと、男は硬い声で呻《うめ》いた。

「……おい、坊主。今の魔術、誰に教わった？」

娼館の雑用係
ルイス・ミラー
紫煙の魔術師
ギディオン・ラザフォード

「その本に書いてあっただろうがよ」

教本には、指導する側の書き込みが幾つもある。そのおかげで、内容を理解するのには、さほど苦労しなかった。

ボサボサ眉毛の魔術師は、まだ驚いているらしく、目を見開いてルイスを凝視している。

「覚えただと？　これを読んだだけで？」

ルイスは痺《しび》れる体に鞭打《むちう》ち、ふんぞり返って不敵に笑った。

「それがどうした」

「それは、ミネルヴァの生徒が半年かけて学ぶもんだぞ」

ミネルヴァ。聞いたことがある。この国の魔術師養成機関の最高峰。

魔術は元々貴族の特権だ。だから今でも魔術師養成機関に通うのは貴族の人間か、裕福な家の子どもだと聞いたことがある。田舎の娼館で下働きをしている自分とは、無縁の世界だ。

それにしても、この程度のことを覚えるのに半年もかけるなんて、なんとぬるい世界なのか。

死ぬ気で覚えろ、役立たずは野垂れ死ね――そういう世界で生きてきたルイスは失笑した。

「じゃあ、ミネルヴァってのは大したとこじゃねぇんだな。テメェの教え子どもは、田舎のクソガキ以下だ」

ルイスはとびっきり蔑《さげす》んだ目で、男を見た。少しでも挑発して、隙を見せたら殴ってやろうと思ったのだ。

だが、男はルイスの挑発に乗らなかった。どころか、なにやら考え込むような顔をすると、取り上げた教本をルイスに差し出す。

「おい、クソガキ。俺は一週間、この村に滞在する。その間にこの教本に書いてある初級魔術を四つ覚えたら、この本より良いものをくれてやるぜ」

なんで自分がそんなことしなくちゃいけないんだ、という気持ちと、この男を見返したいという気持ちが、ルイスの中でせめぎ合う。

結論を出すのに、さほど時間はかからなかった。

ルイスは、周りが呆れるほど負けん気が強い少年なのだ。

「その良いものとやらがくだらねぇ代物だったら、雪に埋めるぜ、ジジイ」

＊＊＊

それから一週間、ルイスは仕事の合間を縫って、勉強に明け暮れた。

蝋燭《ろうそく》を節約したかったので、日の明るい内に教本を読んで中身を覚え、夜はひたすら実践の時間に充てる。

役立たずは野垂れ死ね、という劣悪な環境で育ったルイスは、とにかく学習能力と集中力が高い。

まず最初に、どういう順番で習得するのが最も効率が良いかを考え、自分の中で段取りを決める。段取りを決めた後も、ただがむしゃらに練習するのではなく、失敗したらその原因を追求し、別のアプローチを考える。それが他のことに応用できないかも、併せて考える。

そうして一週間が経った日の夕方、ルイスは娼館の裏の薪割り場で、教本に書いてあった初級魔術を全て披露した。

四つ覚えたら、という約束を無視し、ルイスは教本に載っていた全ての魔術を行使する。

教本の最後に載っていた風の刃《やいば》を操る術を使い、薪を真っ二つに叩《たた》き割ったところで、ルイスは鼻を鳴らした。

「見たか、ジジイ」

切り株に座り、煙管を吸っていた魔術師の男は、懐から一枚の紙を取り出し、ルイスに差し出す。

あの煙に麻痺させられたルイスは、顔をしかめて紫煙を避けながら、その紙を恐々《こわごわ》受け取った。

紙には、ルイスを魔術師養成機関ミネルヴァの特待生に推薦する旨が記されている。

推薦者の名は、ミネルヴァ教授〈紫煙の魔術師〉ギディオン・ラザフォード。

推薦状から顔を上げて、ルイスは真顔で言った。

「そうやって、人攫《さら》いに売ろうって腹か？」

拳骨をくらった。

ルイスが殴られた頭を押さえて呻いていると、ラザフォードは煙管を一口吸い、呟《つぶや》く。

「俺は明日の午前に発《た》つぜ。それまでに、どうするか決めな」

それだけ言って、ラザフォードは薪割り場を立ち去った。

ルイスはもう一度推薦状を見下ろし、荒れた唇を噛《か》み締《し》める。

魔術を覚えようと思ったのは、便利そうだから。そして、ラザフォードの鼻を明かしてやりたかったからだ。

そこから先のことを、ルイスは何も考えていなかった。

（……俺が、ミネルヴァに？）

不思議と、喜びよりも戸惑いが強い。

ルイスには、野心とか野望というものがない。毎日、生きていくのに必死で、そんなことを考える余裕などなかったからだ。

だから、具体的な願望が何も浮かんでこない。

「…………」

ルイスはもう一度、推薦状を見下ろす。

この村では滅多に手に入らない上質な紙に書かれた、推薦状。

自分がこの娼館を出ていく未来を、想像したことがなかった。

だから、何をしたいとか、何になりたいとか、そういう具体的なことが思いつかない。

頭に浮かんでくるのは、そろそろ掃除をして、帳簿付けをしないと、また飯抜きにされる——そんなことばかりだ。

飢えて死なないように。凍えて死なないように。生き延びることで精一杯の野良犬に、どうして大層な夢など抱けるだろう。

ルイスは推薦状を折り畳んで、ポケットにしまうと、娼館に向かって歩きだす。

店に入ったところで、店主のカーシュに話しかけられた。

「客と何かあったか？」

「なんも」

きっとカーシュは、ルイスが出ていくことを許しはしないだろう。守銭奴のカーシュは、使い潰《つぶ》しの利く雑用を、ただで手放したりはしない。

馬鹿正直にここを出て行くなどと言ったら、ここまで育ててやった恩を忘れたか、と殴られるに決まっている。

自室に戻り、掃除用具を手に廊下に出ると、今度は年長の娼婦《しょうふ》のヴィヴィアンに声をかけられた。

「ルイス、ショーナの部屋、もう一回掃除しといてくんない？」

「あ？　なんでだよ？」

ショーナ。客に心中を持ちかけられながら生き延び、冬を越えることなく、病で死んだ娼婦。不器用な彼女に編んでやった黒髪をボンヤリ思い出していると、ヴィヴィアンが素っ気なく言う。

「そのうち、新しい子が入るらしいから、少しは綺麗《きれい》にしといた方がいいでしょ？」

「……ふぅん。分かった」

新しい娘が来るなら、何かと準備があるから、ルイスも事前に知らされているはずだ。きっと、連絡ミスがあったのだろう。

モップを担いでショーナの部屋に向かうルイスの背に、ヴィヴィアンが声をかける。

「ゆっくりでいいよ。カーシュには、アタシから言っとくからさ」

どうやら自分は気を遣われているらしい。それほど酷《ひど》い顔をしていたのだろうか。

（……してんだろうな。魔術の訓練で、寝てねぇし）

ルイスは欠伸をしながら、ショーナの部屋の扉を開けた。この部屋は、たまにルイスが掃除をしているので、それほど埃《ほこり》っぽくはない。

ヴィヴィアンが気を遣ってくれたことだし、少し昼寝でもしようか。

皺《しわ》一つないシーツにゴロリと寝そべり、ルイスは目を閉じる。

ショーナがいた頃は、この部屋に入ると化粧と香水の匂いがしたのに、今は湿った空気の匂いがするだけだ。

（ショーナの香水、あれは何の香りだっけか…………そうだ、柑橘《かんきつ》だ）

南部生まれのショーナは、柑橘が好きだった。ルイスは柑橘なるものを、ショーナの香水の香りでしか知らない。

『ねぇ、ルイス。あんたはさぁ。ちゃんとこの店を出て、いつか家族を作りなよ』

うつらうつらと微睡《まどろ》みながら、ショーナの言葉を思い出す。

『ここはあんたの家じゃないし、あたし達は家族じゃない。だから、あんたは……ちゃんと、ここを出て行くんだよ』

そう言って、ショーナは窓の外を見ていた。

何もない、ただ白一色の村を。

（ショーナ。俺は、家族が欲しいなんて思ったこと、一度もねぇんだよ）

家族だなんて漠然としたものより、もっと明確に欲しいものがある。

あぁ、そうだ。とりあえずは、これを目標にしよう——眠りに落ちる直前に、ルイスは決めた。

一眠りしたルイスは、ショーナが使っていたベッドのシーツを直すと、自室に戻り、藁《わら》布団に手を突っ込んだ。

まず引っ張り出したのは、斜めがけの鞄《かばん》。それから、ラザフォードの教本、推薦状。

それと、へそくりを貯めたジャムの小瓶も忘れずに持っていこうと、藁布団に手を突っ込んだルイスは、小瓶の不自然な重みに眉《まゆ》をひそめる。

「……あ」

引っ張り出した小瓶には、大銀貨が詰め込まれていた。それが一二枚――丁度、この店の娼婦の人数と同じだ。

大銀貨が一枚あれば、ルイスなら切り詰めて一ヶ月半は食っていける。

まじまじと瓶を眺めたルイスは、ジャムのラベルに文字が書き込まれていることに気がついた。

『帰ってくんなよ！』

少し癖のあるその字は、年長の娼婦ヴィヴィアンのものだ。

「……っはは」

ルイスは短い髪をグシャリとかき乱して笑う。

ショーナは、自分達は家族にはなれないと言った。それでもルイスは、寄り添い合うだけの他人も悪くないと思うのだ。

＊　＊　＊

〈紫煙の魔術師〉ギディオン・ラザフォードは、厚い雲に覆われた空を見上げながら、村の外れの馬車乗り場に向かう。

予定よりも随分と長く滞在してしまった。その理由は言わずもがな。

た。

（さて、あのクソガキは来るだろうか）

推薦状を渡してやった時、ルイスが喜ぶでもなく戸惑っていたのが、ラザフォードには気になった。

自分に自信がないのとは違う。あれは、今まで将来のことなんて考えたことがない、という顔だった。

ラザフォードは足を止め、雪に覆われたダングローツの村を振り返る。

貧しい村だ。凍死しないように、餓死しないように、毎日生きていくだけで精一杯の世界では、将来の展望など考えている余裕もないのだろう。

中には、聞きかじった成功譚《たん》に夢を抱く者もいるのかもしれない。だが、あの賢い少年は、どこまでも冷たい現実だけを見据えていた。

（……来ねぇかも、しれねぇなぁ）

やがて馬車が見えてきた。まだ早い時間だったので、他の乗客の姿はない。御者は手綱を握って、うつらうつらしている。

出発前に一服するかと煙管を取り出そうとした時、馬車の中から妙な声がした。

「ぺくちっ」

なんだ今の声は、とラザフォードは幌馬車《ほろばしゃ》の中を覗《のぞ》き込む。

馬車の奥の方に積荷らしき木箱が幾つかあった。その隙間に縮こまり、ボロ切れに包《くる》まって震えているのは、あのクソガキではないか。

ルイスは何か言いかけて、「ぷしっ」とクシャミをした。

ラザフォードは何食わぬ顔で幌馬車に乗り込み、座席に腰掛ける。

「よぉ、クソガキ。いつからここにいた」

ルイスはズズッと洟《はな》をすすり、「夜明け前」と小声で返す。それはさぞ冷えたことだろう。

ラザフォードは懐から煙管を取り出し、火は点《つ》けずに手の中でクルリクルリと回した。

「お前は魔術師になって、何をしたい？　ルイス・ミラー」

冷たい現実だけを見据えていた少年が、どんな大志を抱いてここにやって来たのか、ラザフォードには興味があった。

ルイスは灰色がかった紫の目でラザフォードを見上げ、宣言する。

「金を稼いで、マーマレードってのを食う」

「……あ？　マーマレード？」

なんだそりゃ、と呆《あき》れるラザフォードに、ルイスは八重歯を見せてニヤリと笑う。

「曖昧《あいまい》な目標より、ずっといいだろうがよ」

「マーマレードを食った後の目標も、考えとけよ」

「そのうちな」

冷たい風が吹き込む幌馬車の中、ボロ切れに包まった少年は目を閉じた。

野望も大志もなく、寒村の少年は村を出る。

その手に、僅《わず》かな荷物とジャムの小瓶を握りしめて。

ルイス・ミラー一一歳。この時の彼は、自分が七賢人を目指すことになるなんて、これっぽっちも思っていなかったのだ。

二章　学生寮ジャム狩り事件

魔術師養成機関ミネルヴァは、リディル王国中央部ラグリスジルベの街外れ、周囲を森に囲まれた静かな環境にある、レンガ造りの立派な建物である。

この手の学校は街の中に作った方が便利ではあるのだが、魔術師の訓練にはひらけた土地が必要だし、研究には暴発事故が付きものなので、街の外れに作られていた。

校舎の奥には、高い柵《さく》に囲まれた三階建ての学生寮があり、生徒達の大半はここで生活している。

春起月《ウィドル》の半ば頃に故郷を発《た》ち、二週間以上かけてミネルヴァに到着したルイスは、いくつかの面接を受け、教本で覚えた魔術を披露しただけで、あっさり入寮を許可された。

ミネルヴァを目指す道中、ラザフォードが使い魔を飛ばし、ルイスのことをミネルヴァの教師達に伝えていたらしい。だから、ラザフォードが見るからに小汚い少年を連れて帰っても、誰も驚かなかった。

校舎一階応接室で入寮、入学に関する説明を受けたルイスは、明日からでも授業が始まるのだろうと、漠然と考えていた。

ところが、ラザフォードは手の中で煙管《きせる》をクルリと回して、しかめっ面で告げる。

「お前の入寮は今日からだが、入学すんのは、秋巡月《フェーレ》だ」

「はぁ!?」

ルイスは目を剥《む》いた。今が春起月《ウイドル》の最終日なので、入学まで、ざっと五ヶ月は空くことになる。

「来月からは試験期間。でもって、試験が終わった後は秋まで、ミネルヴァは長期休暇に入っちまうんだよ。だったらこの五ヶ月で、みっちり入学準備しとけ」

農家の子どもが通う学校なら、収穫が忙しい秋に休みを設けるところだが、ミネルヴァに通うのは大半が貴族や裕福な家の子女だ。故に、社交界シーズンが始まる初夏から、長期休暇を設定しているらしい。

なんにせよ、いざミネルヴァに入学、と思っていたルイスは出鼻《でばな》を挫《くじ》かれた気分だった。

社交界シーズンの長期休暇なんて、平民のルイスにはただの無駄な休みにしか思えない。

「くっそ、五ヶ月も何しろってんだ……」

ルイスが顔いっぱいに不満を表していると、ラザフォードは足下に置いた紙箱を机に載せる。

一抱えほどもある箱の中には、教本や紙の束がギッシリと詰まっていた。

「ミネルヴァでは、魔術の実技に取り組むのは、入学して半年経《た》ってからと決まってる」

ルイスは唖然《あぜん》とした。

入学まで五ヶ月。そこから実技の授業まで半年──つまり、ルイスは実技の授業を一年近くお預けということになる。

そんなふざけた話があってたまるか、とルイスが怒鳴るより早く、ラザフォードが言葉を続けた。

「だが、お前は既に初級の教本にある魔術を一通り覚えちまってる。そこで学長とかけあって、特例で課題を出してもらうことにした」

なるほど、この箱の中にぎっしり詰まった紙の束が、その課題であるらしい。

ラザフォードは指を五本立てて、ルイスの鼻先に突きつける。

「お前が入学するまで、あと五ヶ月。その間に課題を全部終わらせたら、入学と同時に魔術の実技訓練に参加させてやる」

ルイスとしては、明日にでも入学して、実技訓練を始めたいというのが本音だ。

だが、不満を口にする前に、課題とやらがどんなものかと、箱の中身を適当に手に取る。

課題は魔術に関するものから、語学、歴史、算術といった一般教養まで、実に様々だった。

「……おい、ジジイ。ミネルヴァってのは、魔術以外の教科もあるのか？」

「あぁ、うちは一般教養科目もレベル高《たけ》ぇぞ。なにせ、リディル王国三大名門校の一つだからなぁ」

パラパラとページを捲《めく》り、ルイスは顔を引きつらせた。

（ひとっっっつも、分からねぇ……！）

物心ついた頃から娼館勤めで、学校に行ったことのないルイスには、一般教養科目に関する知識が欠けている。

読み書きと計算ぐらいはできるが、外国語など論外だ。ルイスが知っている外国語など、帝国語の悪態だけである。金を払えとか、ぶっ殺すぞとか。

おまけに課題には古代魔術文字だの、精霊言語だのという、今まで聞いたこともないような単語がチラホラと見える。

険しい顔で黙り込むルイスに、ラザフォードが煙管を回してニヤリと笑った。

「それとも、初等科の一年に入学できるよう手配してやろうか？　ん？」

「寝言は寝て言え、ジジイ」

人一倍負けん気が強い少年は、教本の魔術を覚えてみせろと言われた時のように、灰紫の目をギラつかせて、勝ち気に強気に宣言した。

「この程度の課題、五ヶ月で綺麗《きれい》に片付けてやんよ」

「おぅ、じゃあ、それと同じぐらいの箱があと二つあるから、職員室に取りにこいや」

「…………」

作業量を少なく見積もらせて、後から増やす——同郷の人間かと疑いたくなる、あくどい手口である。

「ジジイ、さてはてめぇも北部出身だな？」

ラザフォードは煙管を咥《くわ》えたまま、「さてな」と呟《つぶや》き、肩を竦《すく》めた。

＊＊＊

課題がぎっしり詰まった箱を、縦に三つ積み重ねて、ルイスは男子寮の廊下を歩く。

ミネルヴァは校舎も立派だったが、寮もなかなかに小綺麗な建物だった。少なくとも、ルイスの故郷にあったどの建物よりも立派だし、掃除も行き届いている。

大きなガラス窓から差し込む日差しは、ポカポカと心地良い暖かさだった。春起月《ウィドル》の終わりは、北部ならまだ雪が降る季節だ。

日の差し込む窓際を歩きながら、ルイスはすれ違う生徒達を横目に見る。

休日の午前中だからか、廊下を歩く生徒の姿はそれなりに多い。

（いかにも良い家のボンボンって感じの奴《やつ》らばかりだな）

白いシャツにチェックのズボン、ベストと小綺麗な制服の上に、皆、深緑色のケープを羽織っていた。

ミネルヴァでは休日でも基本的に制服で過ごすものらしく、擦《す》り切れた私服のルイスは明らかに浮いている。

やがて、ルイスは寮の自室に辿《たど》り着《つ》いた。ルイスの部屋は男子寮東の二階にある部屋だ。

寮は基本的に二人部屋で、この部屋には、ルイスと同学年の男子生徒が既に入室しているらしい。

ノックをしたくとも手が塞《ふさ》がっているので、ルイスは足で扉をガンガン蹴《け》った。

「おい、開けてくれ。手が塞がってんだ」

部屋の中から人の気配は感じたが、返事はなく、扉が開く気配もない。

ルイスは舌打ちをすると、抱えた箱を足下に置き、扉を開ける。

「入るぜ」

部屋は、ルイスが使っていた物置部屋の倍ぐらいの広さがあった。手前の壁際には、左右に勉強机が一つずつ並び、奥には二段ベッドがある。

その二段ベッドの下段に、小太りな金髪の少年が腰掛け、ルイスをジロジロと見ていた。

「ふぅん、新入生は平民って聞いていたけど、使用人を雇うぐらいの金はあるんだね」

何言ってんだ、の意味をこめて「あぁん？」と返すと、少年はルイスに憐《あわ》れみの目を向けた。

「君は可哀想《かわいそう》だな。まともな服を着せてもらえないなんて。あぁ、荷物はそこの机に置いておくといいよ。ご主人様の荷物を届けに来たんだろう？」

ようやくルイスは理解した。彼はルイスが新入生に仕える使用人だと思っているのだ。

「俺がその新入生だよ」

机に荷物を置き、低く吐き捨てると、少年はギョッとしたような顔をした。

うぜぇ、と胸の内で呟き、ルイスは机を確かめる。

机の引き出しには、一応鍵《かぎ》がついていた。針金があれば、どうにでもできそうな安っぽさだが、ないよりはマシだろう。貴重品の管理は大切だ。特に財布は、寝る時も肌身離さず身につけておきたい。

（そういや、ここには風呂《ふろ》があるんだったか。すげぇよな、風呂。何も着ないで浴場に入るなんて、貴重品盗んでくれって言ってるようなモンじゃねぇか）

故郷でも、ミネルヴァを目指す道中の宿でも、体を清める時はタライに湯や水を張って、体を拭《ふ》くのが当たり前だったのだ。

風呂に入る時、貴重品はどうすれば良いのだろう。頭に載せて風呂に入るのだろうか——そんなことを真剣に考えていると、ルームメイトの少年がベッドを下りて、ルイスに近づいてきた。

その顔には、いかにも親切ぶった笑みが浮かんでいる。

「君が新入生のルイス・ミラー君かい？　噂《うわさ》じゃ、平民だって聞いたけれど」

「……それが？」

「僕はテレンス・アバネシー。父はドルタートの領主で、叔父は魔術師組合の幹部を務めているよ」

テレンスは頼んでもいないのに、自分の家族のこと、親戚《しんせき》のことをベラベラと語りだした。

ルイスが廊下に置いた荷物を運び込んでいてもお構いなしだ。当然に、手伝う気配もない。

ルイスが三つ目の箱を机の横に下ろしたところで、テレンスは両腕を広げて言った。

「平民と同室なんて嫌だと言う奴もいるけどね、僕は君を歓迎するよ！」

歓迎する、というテレンスの言葉に、ルイスは嘘《うそ》や悪意を感じなかった。

テレンスは笑顔だ。いっそ無邪気と言っても良いぐらいに、天真爛漫《てんしんらんまん》な笑みを浮かべている。

「それで、君の役割なんだけど」

「……あぁ？」

「僕の分の掃除と、荷物持ちと、洗濯物の回収を頼みたいんだ」

「あんだって？」

ルイスが唇を捲《まく》りあげ、目を眇《すが》めると、テレンスはさも当然のような口調で言う。

「ほら、うちの学校って、入寮の時しか使用人を連れて来れないだろう？　だから、日常的に世話をしてくれる人間がいなくて、困ってたんだ」

なるほど、とルイスは納得した。

テレンスがルイスを歓迎したのは、雑用を押しつけられる平民が来たからだ。

寮では、部屋の掃除と洗濯物の回収は、自分で行うものらしい。

ルイスに言わせてみれば、炊事と洗濯をやってもらえるだけでも贅沢《ぜいたく》な話だ。だが、貴族であるテレンスは、それが不満なのだろう。

なんにせよ、この手の輩《やから》は無視をするに限る。

黙々と荷物を片付けるルイスに、テレンスは懲りずに言った。

「それに、平民が魔術師になったら、貴族の家に仕えることが多いからさ、その練習だと思えばいいよ」

「思えばいいよ、じゃねぇんだよ。俺に指図すんなや、クソ野郎」

ルイスが早口で吐き捨てると、テレンスはキョトンとした。

「ごめんね。何を言われたか、よく分からないや。その北部訛《なま》り、どうにかできない？」

ルイスはとびきり凶悪に笑い、テレンスの胸ぐらを掴《つか》んだ。

テレンスが貴族なら、きっと隣国である帝国の言葉を嗜《たしな》んでいるだろう。

ルイスは北部訛りのリディル王国語を封印し、彼が知っている数少ない帝国語を口にした。

＊＊＊

〈紫煙の魔術師〉ギディオン・ラザフォードは、半眼で呻《うめ》いた。

「泣きながら職員室に駆け込んできた、テレンス・アバネシー曰《いわ》く。『ルイス・ミラーに殺害予告をされた。恐ろしすぎて、同室ではいられない』」

職員室の自席に座るラザフォードの前で、ルイスは正座を強要されていた。

そんなラザフォードとルイスを、他の教師達は遠巻きにして見守っている。

ラザフォードは、入寮から僅《わず》か三〇分で問題を起こしたルイスに問いかけた。

「……ルームメイトに、何を言って脅したんだ、おめーは？」

「脅してねぇよ。楽しく帝国語のお勉強をしてただけだ」

「ほう、帝国語」

ラザフォードは手の中で煙管をクルリと回して、ルイスを睨《にら》む。

「……で、何言った？」

「『てめぇの臓物引きずり出して、鍋《なべ》で煮込むぞ豚野郎』」

「立派な殺害予告だ、アホたれ！」

ラザフォードの手のひらが、容赦なくルイスの頭を引っ叩《ぱた》いた。だが、その程度で怯《ひる》むルイスではない。

ルイスは正座の姿勢で踏ん反り返り、太々《ふてぶて》しく鼻を鳴らす。

「はんっ！　その程度でピーピー泣き喚《わめ》く奴が、どうかしてんだよ！」

「世の中のガキが、みんなお前基準だと思うんじゃねぇよ！」

ガラの悪い二人の罵詈雑言《ばりぞうごん》の応酬に、職員室の他の教師陣の顔が強張《こわば》っていく。

見かねたのか、一人の老教師がラザフォードに声をかけた。

「……チミ達、職員室の治安悪くするのやめてね？」

「こんなの教育的指導の内だろ、マクレガン」

「じゃあ、ちゃんと指導してあげなさいよ」

マクレガンと呼ばれた小柄な老教師は、長い髭《ひげ》を指先で弄《いじ》りながら、ラザフォードとルイスを交互に見る。フカフカの眉毛《まゆげ》に半分埋もれた目は、どこか呆《あき》れているように見えた。

ラザフォードは舌打ちをし、短い白髪をガリガリとかくと、ルイスを睨みつける。

「お前には、別室を手配した。ルームメイトのオーエン・ライトは、お前より一つ年下だ。ビビらすなよ」

「俺は物置部屋でも屋根裏部屋でも構わないんだぜ？　中央《こっち》なら、凍死する心配もなさそうだ」

テレンスのような奴と同室になるぐらいなら、物置部屋の方がずっと気楽で良い。

斜に構えるルイスに、ラザフォードは有無を言わさぬ口調で告げる。

「駄目だ。お前には、ルームメイトのいる部屋に入ってもらう」

もし、貴族の息子であるテレンス・アバネシーを物置部屋に放り込んだら、親は怒り心頭でミネルヴァに乗り込んでくるだろう。だが、ルイスには苦情を言う親などいないのだ。

ルイスは正座をやめてあぐらをかき、膝《ひざ》に頬杖《ほおづえ》をついてラザフォードを見上げた。

「俺みたいな野良犬なんざ、雑に隔離しときゃ良いだろ。文句を言う親もねぇ」

「駄目だ」

ラザフォードはキッパリ言うと、これで話は終わりだとばかりに、ルイスに部屋の鍵を投げつけた。

「おい、クソガキ。入学するまでに、友人作っとけよ」

「あ？　いらねーよ、そんなの」

「いいや」

クルリと回った煙管の先端が、教鞭《きょうべん》のようにルイスの眉間《みけん》をピタリと指し示す。

ラザフォードはボサボサ眉毛の下で、鋭い目を細めた。

「でないと、お前は必ず行き詰まるぜ」

＊　＊　＊

ラザフォードから受け取った鍵は、男子寮三階の部屋のものらしい。ルイスは、再び課題の箱を三つ積み上げ、ノッシノッシと廊下を歩いた。

（なーにが、友人作っとけだ。教師ヅラしても、似合ってねぇんだよ、ボサ眉ジジイ）

やがて目的の部屋に辿り着いたルイスは箱を抱えたまま、ノック代わりに足で扉をガンガン蹴る。返事はすぐに聞こえた。

「はい」

静かな返事と同時に、扉が内側から開いた。ただ、大量の荷物を抱えているルイスには、前が見えない。扉が開いたことが分かるだけだ。

とりあえずルイスは、扉を開けてくれたルームメイトに名乗っておくことにした。

「今日から、この部屋を使うルイス・ミラーだ」

「……オーエン・ライト」

ボソリと呟くオーエンは、扉を手で押さえてくれた。

ルイスは室内に入り、床に荷物を下ろすと、オーエンをちらりと見る。

きちんと制服を着込んだ、小柄な少年だ。灰色がかった金髪は癖っ毛で、長めの前髪の下のジトリとした目が、こちらを見ている。

あまり社交的な性格ではないのだろう。ルイスと目が合うと、サッと目を逸《そ》らしながら、扉を閉

魔術師養成機関ミネルヴァ 初等科
オーエン・ライト

めた。

（頼んでもないのに、身内自慢をしてくる馬鹿よりマシか）

そう割り切り、ルイスは室内に目を向けた。

部屋の構造は、どこも同じようなものらしい。部屋に入って扉を背に立つと、正面の壁に窓が一つ。手前の左右の壁に机が一つずつ。奥には二段ベッドがある。

ただ、左右に設置された机を見て、ルイスは眉をひそめた。どちらの机にも、本や勉強道具が広げてあるのだ。

物言いたげなルイスに気づいたのか、オーエンはそそくさと、左の机に広げていた本を片付け始めた。

「……新しい人が来るの、聞いてなかったから」

「普段から、机二つ使ってんのか？」

「片付けの時間を節約できるだろ」

見ると、二段ベッドの下段にも本が何冊か広げてあった。つまりは、片付けが苦手なのだろう。

オーエンがあらかた机を片付けたところで、ルイスは運び込んだ箱を開封した。

箱にみっちり詰め込まれているのは、大量の課題と教本。さて、どこから手をつけたものか。と腕組みをして考えていると、オーエンが右の机の前に腰掛け、ボソボソと言う。

「……なにそれ」

「課題。入学までの五ヶ月で片付けろってよ」

ルイスが適当な問題集をヒラヒラ振ってみせると、オーエンは問題集をチラリと見て、眉をひそめた。

「……君って、何年？」

「お前の一個上。秋から中等科の一年」

「……僕より年上なのに、そんな課題やってるの？　その程度の勉強もできないのに、魔術師になろうなんて、馬鹿にしてるとしか思えない」

流れるように毒を吐かれ、ルイスはこめかみを引きつらせた。

それでもこの年下のルームメイトの頭を小突いたりしなかったのは、自分が初等科のチビに後れをとっているのが事実であると理解しているからだ。

（今に見てろよ、絶対見返す）

そう胸に誓い、ルイスは課題を机に積み上げる。

オーエンはそれ以上は何も言わず、プイと背を向け、机と向き合った。その小さい背中は、ルイスとの交流を静かに拒絶している。

「僕、勉強するから。邪魔しないで」

「好きにしろよ」

二人は互いに背を向け、机と向き合い、黙々と己の課題に取り組んだ。

もっとも、カリカリと羽根ペンを動かしているオーエンと違い、ルイスは箱の中身に目を通すだけで精一杯である。

二時間ほどかけて、箱の中身に一通り目を通したところで、ルイスは目頭を揉《も》んだ。

（これを用意した奴は、相当性格が悪いな）

箱の中には、教本と課題が詰め込まれている——が、教本の内容と課題が一致していないのだ。

算術の教本の下から、何故《なぜ》か歴史の課題が出てくる。その歴史の課題にしても、明らかに年代の並び順がグチャグチャだ。

挙句の果てには、歴史の課題の中から全然違う教科の課題が出てくる始末。

おそらく、意図的に教本と課題を並べ替えたのだろう。

（嫌がらせか、或《ある》いは……）

とりあえず、教科ごとに課題を並べ直していると、背後から「ねぇ」と声をかけられた。

振り向くと、オーエンがじっとルイスを見ている。

「そろそろ昼食の時間だけど、食堂の場所は分かるの？」

「知らね」

オーエンは無言で椅子から立ち上がり、扉の前で立ち止まって、またルイスを見た。

「……行かないの？」

思わずふき出したルイスに、オーエンがムッとしたような顔をする。

ルイスは肩を震わせ、笑いを堪《こら》えながら言った。

「お前、いい奴じゃん」

「……なにそれ。それぐらい、普通でしょ。あと、行くなら制服着て」

あんまり揶揄《からか》うと拗《す》ねそうだったので、ルイスは大人しく制服に着替えることにした。

立派なシャツとズボン、窮屈なタイには慣れていないから適当にぶら下げて、仕上げにケープを羽織る。

このケープ、くすねた物を隠し持つのに便利だな、とルイスは密《ひそ》かに思った。


ミネルヴァの学生寮では朝食と夕食、それと休日は昼食が一階の食堂で用意されている。授業がある日の昼食は基本的に自由だが、大体皆、校舎の食堂を使うらしい。

男子寮一階にある食堂は長机がズラリと並んでおり、生徒達が好きに座って食事をしている。

カウンターで食事のトレイを受け取ったルイスは、そこに載せられた食事を見て、オーエンに小声で訊《たず》ねた。

「なぁ、今日って、祭りでもあんのか？」

「なんで」

「飯が豪華すぎる」

握りこぶしより大きいパンに、野菜のスープ、肉と豆の煮込み。しかも、パンにはジャムの小皿がついているのだ。

小皿に盛られているのは、オレンジ色のトロリとしたジャムで、中に柑橘《かんきつ》の皮を薄切りにした物が入っていた。

「おい、これってもしかして、マーマレードか？」

「そうだけど」

なんてこった、とルイスはトレイを持つ手を震わせた。

故郷を出てマーマレードを食べる——その目標が、早くも達成できてしまう。

なにはともあれ、初めてのマーマレードだ。これは味わって食べなくては、とルイスが小皿に熱視線を送っていると、前を歩くオーエンが足を止めた。

オーエンの前には、彼と同級生らしき三人の男子生徒が立《た》ち塞《ふさ》がっている。

彼らは食事のトレイの代わりに、二つ折りにした課題の紙を持っていた。その紙をちらつかせて、オーエンに小声で話しかける。

「オーエン、いつもの。頼むよ」

「……試験近い時にそういうこと頼むの、やめてほしいんだけど」

「いいだろ、別に」

「お前ならできるだろ」

「頼むよ、優等生」

オーエンがボソボソと文句を言っても彼らは聞く耳を持たず、課題の紙をオーエンに押しつけようとし――その肘《ひじ》が、ジャムに心奪われていたルイスの腕に当たった。

ルイスの手元のトレイが大きく揺れて、ジャムの小皿が逆さまに落ちる。

オーエンと、その同級生は気づいていない。ルイスが尻尾《しっぽ》を踏まれた猫のように、灰紫色の目を大きく見開き硬直したことも、そのこめかみに太い青筋が浮かんだことも。

ルイスは自分のトレイを近くのテーブルに置くと、オーエンと三人の男子生徒の間に無言で割って入る。

ルイスにぶつかった大柄な男子生徒が、眉をひそめてルイスを見た。

「なんだよ、お前。俺らはオーエンと大事な話を……おぐっ⁉」

男子生徒の言葉が終わるより早く、ルイスはその男子生徒の顔面を片手で鷲掴《わしづか》みにした。

「……俺のジャムに、なにしてくれてんだ、てめぇ」

「は、え？　ジャム？　あいだだだだ」

顔面を掴まれた男子生徒が悲鳴をあげる。友人らしき二人が、慌ててルイスの腕を引っぺがそうとしたので、ルイスは鷲掴みにした男子生徒の頭を振り回し、その後頭部を残る二人の顔面に叩《たた》きつけてやった。

悲鳴とどよめきが、平和な学生食堂に広がっていく。

ルイスはしゃがみ込み、顔面を鷲掴みにした男子生徒の後頭部を床にグリグリ擦《こす》りつけた。

「おら、詫《わ》び代わりに、てめぇのジャムを献上しろや」

ルイスに鷲掴みにされた男子生徒も、顔面を強打された二人も、見るも無惨な顔で泣き喚いている。

そんな中、少し離れた席で誰かが金切り声をあげた。

「あいつだ！　あいつだよ！　僕のことを脅した、野蛮な新入生！」

ルイスは首を捻《ひね》って声の方を見た。ルイスを指さし、キィキィと喚いているのは、当初ルイスのルームメイトになるはずだった少年、テレンス・アバネシーだ。

ルイスは目を眇《すが》め、唇の端を持ち上げて凶悪に笑った。

「んだよ、豚野郎。鍋《なべ》で煮込まれたいのか？　あぁ？」

テレンスが甲高い悲鳴をあげて、椅子から転がり落ちる。食堂はもう大混乱だが、この手の空気に馴染《なじ》みのあるルイスは、寧《むし》ろ血が沸くのを感じた。ルイスは荒事特有の空気が好きだ。

顔面を鷲掴みにされた男子生徒は、すでに白目を剥《む》いて意識を飛ばしている。ルイスはその少年から手を放すと、ゴキゴキと指を鳴らしながら立ち上がった。

「コトコト煮込まれたくなけりゃ、俺にジャムを献上しな、クソども」

＊＊＊

〈紫煙の魔術師〉ギディオン・ラザフォードは、縄でグルグル巻きにされた状態で床に転がるルイス・ミラーを見下ろし、真顔で言った。

「嘘だろ、お前」

「なにがだよ」

食堂で新入生がジャム狩りをして暴れている──馬鹿みたいな報告に、嫌な予感を覚えたラザフォードが現場に駆けつけてみれば、案の定、活《い》き活《い》きと暴れているのは、彼が連れてきた特待生ルイス・ミラーであった。

かくしてラザフォードは、生徒に馬乗りになって「ジャムを寄越《よこ》せ」と脅すルイスを殴り飛ばし、縄でふん縛って、職員室に連行したのである。引きずりながら連行する過程で、無様な悲鳴が聞こえたが、ラザフォードはしっかり無視した。

そして今、擦り傷と打撲痕だらけになったルイスは、縄で縛られ職員室の床に転がっている。腫《は》れ上《あ》がった頬はラザフォードが殴り飛ばした時のもの、それ以外の細かな傷は、引きずられた際にできたものだろう。

ラザフォードは床に転がるルイスの前にしゃがみ、その頭を煙管でポクポクと叩いた。

「入寮初日に、二回も問題起こすか、普通？」

「そうか、じゃあ三回目に期待してくれ」

ラザフォードはルイスの頭に拳骨《げんこつ》を落とした。ルイスはその手に噛《か》みつこうと、縄で縛られた状態のまま身を捩《よじ》って暴れる。

それを見ていた近くの席のマクレガンが、呆《あき》れたように呟《つぶや》いた。

「チミ達ね、喧嘩《けんか》は外でやりなさいよ」

ラザフォードは、チィッと大きな舌打ちをすると、短く詠唱をして咥《くわ》えた煙管に火を点《つ》けた。

ゆっくりと肺に煙を吸い込みながら、ラザフォードは思案する。

ダングローツからミネルヴァまでの道中、ラザフォードは行動を共にしながら、ルイスのことを観察していた。

非常に物覚えが早く、頭の回転が速い少年だ。最も合理的で効率の良いやり方を考える、思考力がある。

おまけに野生動物並に慎重で、宿ではラザフォードが先に寝つくまで、絶対に寝ようとしなかった。朝もラザフォードより早起きなのだ。

それほど慎重なのに、どこか無謀なところがあるのは、育った環境故にだろうか。

このクソガキは愚かにも、失うものが何もないことを強みだと思っている節がある。

（まぁ、なんにせよ、褒めて伸ばすタイプじゃねぇな。叩いた方が伸びるタイプだ）

ならば遠慮なく、叩いて叩いて叩きまくるとしよう、と心に決め、ラザフォードは追加の課題を詰め込んだ箱を手に取った。

「元気が有り余ってるクソガキにプレゼントだ。あとお前、明日の朝まで飯抜きな」

「この程度、余裕だぜ」

「ほぅ、そうかよ」

ラザフォードは抱えた箱を、ルイスの背中にドスンと落とす。

ルイスは竜の咆哮《ほうこう》のような声で喚き散らしながら、ジッタンバッタンと元気に暴れ回った。

＊　＊　＊

追加分の課題の箱を抱え、寮の自室を目指しながら、ルイスはボンヤリ考える。

きっとオーエン・ライトも、ルームメイトを変えてくれと教師に懇願するのだろう。

(まぁ、その時は、物置部屋でも占領するか)

そんなことを考えながら、寮の自室の扉を蹴《け》る。

どうせ居留守を決め込まれるのだろう、と思いきや、扉はあっさり中から開かれた。

オーエンは何も言わなかった。小柄な少年は無言のまま、ルイスが中に入りやすいように扉を押さえる。

ルイスもまた、無言でノッシノッシと室内に入り、課題の箱を机に載せた。

扉を閉めたオーエンは、課題の箱を横目に見る。

「何それ」

「追加の課題だとよ」

試しに箱の中を開けてみたら、案の定、教本と課題はグチャグチャに入り乱れていた。

舌打ちしながら、課題を箱から取り出すルイスに、オーエンが呆れたような口調で言う。

「君って、特待生って聞いたけど」

「それがなんだよ」

「あんまり素行が悪いと、特待生枠取り消しになるんじゃない？」

「そんときゃ、そん時だ」

ルイスは特待生という身分に執着していない。ミネルヴァを追い出されたら、どこかで下働きでもすればいい。

追い出されて野宿をすることになっても、ここなら凍死の心配もない。

（あー、それにしても、腹へったな……）

昼食を食いっぱぐれてしまった上に、夕食抜きも確定している。

あの豪華な昼食を食べ損ねたのは失敗だった。次から暴れる時は、腹いっぱい食べてからにしよう。

グゥグゥと腹を鳴らしながら、食べ損ねた昼食に想《おも》いを馳《は》せていると、背中に視線を感じた。振り向くと、オーエンがもの言いたげにルイスを見ている。

「言いたいことがあんなら言えよ」

物騒なルームメイトなんてごめんだ。出ていってくれ、という文句なら、教師に言ってほしい。

部屋を選ぶ権限がルイスにはないのだ。

だが、オーエンは出ていけとは言わなかった。彼は唇をギュッと曲げ、口の中で言葉を転がすみたいにボソボソと言う。

「君は助けたなんて思ってないんだろうけど」

「あ？」

「結果的に助かったから……」

オーエンは自身の机の引き出しを開けると、そこから紙に包んだパンと、小瓶を一つ取り出し、ルイスに差し出した。

瓶の中には、オレンジ色のジャムが詰まっている。ルイスは目を見開いた。

「おい、それって、マーマレードか？　マーマレードだよな？　いいのかよ、そんな贅沢品《ぜいたくひん》！」

ルイスはパンとジャムの瓶を受け取ると、瓶を窓から差し込む陽《ひ》の光に透かす。キラキラと透き通ったジャムの中には、薄切りにした柑橘の皮が沈んでいた。

北部では滅多にお目にかかれない、太陽の光をいっぱいに受けて育ったオレンジのジャム。それが、瓶いっぱいにあるなんて！

「どこで手に入れたんだ？　厨房《ちゆうぼう》からパクったのか？」

「……普通に購買で売ってるよ。うちの学生、お茶会する人多いから。知らなかったの？」

ルイスは返事もそこそこに、木を削って作った手製の匙《さじ》を鞄《かばん》から取り出し、ジャムの瓶に突っ込んだ。

トロリと輝くそれを、パンにこんもりと盛って、かぶりつく。

大きく口を開けた拍子に、ラザフォードに殴られた頬が痛んだが、その痛みも帳消しになるぐらい、ジャムの甘味が舌を通して脳を揺さぶった。

オレンジの爽《さわ》やかな酸味と甘味が口いっぱいに広がり、最後に皮のほろ苦さが余韻を残す。

「つくぅ〜〜〜」

ルイスは喜びの声を漏らしながら、またパンにジャムを載せて、かぶりつく。

あっという間にパン一つ食べ終えたルイスは、至福の吐息を零《こぼ》した。

「あー、ジャムの甘味が全身にしみる……」

「大袈裟《おおげさ》だ」

「うっせ」

このジャムのためだけに故郷を出たのである。喜びを噛み締めて何が悪い、とルイスは口の端についたジャムをベロリと舐《な》める。

さぁ、これでマーマレードを食べるという目標は達成できた。

「次の目標は、課題片付けてジジイの鼻を明かす、だな」

「……ジジイって?」

「ボサ眉《まゆ》」

ラザフォードのボサボサ眉毛を思い出しながら憎々しげに呟き、ルイスは課題を睨《にら》みつける。

箱の中に雑多に詰め込まれた教本と課題。それが意図するところを、ルイスは理解していた。

(あのジジイの手のひらで転がされてるみたいで癪《しゃく》だが……課題をクリアできなきゃ、元も子もねぇ)

ルイスは膨れた腹を一撫《な》でし、オーエンと向き合う。

「オーエン・ライト。お前に頼みがある」

改まった態度のルイスに名を呼ばれ、オーエンは密かにガッカリしていた。

（……あぁ、こいつも、僕に課題を手伝えと言うんだな）

オーエンの父親は役所勤めの平民だ。息子の夢を叶《かな》えるために、高い学費を払ってミネルヴァに通わせてくれている。

そんな父の期待に応えるべく、そして自分の夢を叶えるべく猛勉強をし、優等生になったオーエンは、貴族出身の同級生にとって都合の良い駒だった。

課題を代わりにやってくれよ、と押しつけられた時、嫌だと言うべきだったのだ。だけど、身分の違いをちらつかされ、結局不満を呑《の》み込み引き受けてしまった。

そうして一度引き受けたが最後、彼らはことあるごとにオーエンに課題を押しつけた。

（本当は、僕だって暴れて、嫌だって言いたかったんだ）

同級生達が理不尽な理由でルイスに叩きのめされた時、オーエンは胸のすく思いだった。

あれだけ酷《ひど》い目に遭ったのだ。同級生達は、今後オーエンに課題を頼もうとは思わないだろう。

気は大きいくせに臆病《おくびょう》な彼らは、物騒なルームメイトがいるオーエンに近づきたくないはずだ。

（その代わり、今度はこいつに、課題を押しつけられるのか）

暗い目をするオーエンに、ルイスは手のひらを差し出し、言った。

「お前が今まで使ってきた、教本を貸してくれ」

「……え？」

オーエンは瞬《まばた》きをしてルイスと、彼の机に積み上げられた課題の山を見た。

課題のそばには、教本も積み重ねてある。あの箱には教本が入っていたはずだ。それなのに、何故オーエンの教本がいるのか。

「……課題を手伝えとは、言わないの？」

「あぁ？　それじゃ、ジジイの鼻を明かせねぇだろ」

ルイスは細い眉をひそめ、下唇を突き出してぼやく。

「あのジジイ、教本と課題を、グッチャグチャに混ぜて押しつけやがった。難易度がバラバラだから、適当に上から片付けようとすると、手に負えない仕様だ。おまけに……」

ルイスは机の上の教本を一冊手に取り、オーエンにも見えるように掲げた。

教本はミネルヴァの初等科の算術の教本だ。ただ、学年の部分が黒く塗り潰《つぶ》されている。教科によっては、一年の間で二、三冊の教本を使うこともあるのだが、その通し番号もご丁寧に塗り潰されていた。

あれでは、初等科何年の、何冊目の教本かが分からない。

「見ての通り、教本を難易度順に並べることができないようにしてある。攻略するには、学年や通し番号の分かる教本を持ってる奴の、協力が必須《ひっす》なんだよ。だから、お前が使ってた教本を貸してほしい」

オーエンはルイスの机に積み上げられた教本を見た。それなりの量だが、自分ならすぐに並べ替えられるだろう。

「……教本の並べ替え、手伝おうか？」

オーエンの提案に、ルイスは眉を持ち上げた。

「あ？　いらね。だってお前、試験あんだろ」

あまりにもあっさりした返事に、オーエンは呆気《あっけ》にとられた。

ジャム一つで大騒ぎをし、躊躇《ちゅうちょ》なく他人に暴力を振るい、見るからに不良然としているくせに、課題には真面目に取り組んでいる。

（……変なやつ）

オーエンは机の引き出しを開けると、自分が過去に使った教本を取り出した。

初等科の全教科ともなると、それなりの冊数だ。オーエンはそれを、ルイスの机にドスンと載せた。

ルイスは「ありがとよ」と言って教本をパラパラと捲《めく》り、中身を確認して、自分の手元にある教本を並べ直す。それが、異様に速い。

気になったオーエンは、恐る恐る声をかけた。

「それ、ちゃんと中身確認してるの？」

ルイスは作業の手を止めず、淡々と答える。

「最初に目を通した時に覚えたからな」

「は？」

ルイスはこの部屋に来た時、ずっと箱の中身の確認と仕分け作業をしていた。その時に、教本の中身を覚えたということだろうか？

（でも、あの量だぞ。それを、数時間で……）

ルイスはまたオーエンの教本をパラパラ捲り、同じ内容の教本を探して並べ替えた。同時に、その教本の中身と対応している課題の紙を素早く抜き取り、教本の内容に沿うよう並べていく。

「普通、覚えるだろ。一字一句とまではいかねーけど、概要ぐらいは」

「内容理解できてないのに？」

「後で理解できるかもしれないから、とりあえず覚えといた」

それは普通じゃない。という言葉をオーエンは飲み込んだ。

ルイスの灰色がかった紫の目は、ひたすらに教本と課題の文字を追い続けている。

オーエンの教本で通し番号を確認し、自分の手元の教本と課題を抜き取り並べ直す——言葉にすると簡単だが、教本と課題の紙を探し出す速さが尋常じゃない。

この素行不良でジャム中毒の少年は、本当に、この大量の教本と課題の内容を把握しているのだ。

やがて三〇分とかからず、ルイスは教本と課題を習う順番通りに並べ直した。

ただ、どういうわけか数冊ほど、オーエンの知らない教本がルイスの手元に残っている。その教本を端に寄せて、ルイスは「やっぱりな」と呟《つぶや》いた。

「これは、入学してから使う授業の教本か」

「なんで、そんな物まで……」

「予習しとけってことだろ。いかにもあのジジイらしいぜ」

そう言って、ルイスはオーエンの教本をきちんとまとめて返した。

「ありがとよ、ジャムのおかげで捗《はかど》ったぜ」

「……君ってさ」

いろんな疑問が、オーエンの中に込み上げてきた。だけど、どれも上手《うま》く形にならない。

結局オーエンは、最初に思いついた疑問をそのまま口にした。

「食堂で暴れたのは、僕を庇《かば》うため？」

ルイスは鼻で笑った。

「ちげーよ。最初にあれだけ暴れときゃ、俺にちょっかい出そうって奴はいなくなるだろ。この学校は、お貴族様が幅を利かせてるみたいだからな」

彼の言うことは、ある意味正しい。ミネルヴァはその殆《ほとん》どが貴族の子女か、裕福な家の人間だ。彼らの多くは貧しい家の人間に対して横柄だし、雑用を押し付けるのは当然だと思っている節がある。

だが、初日にあれだけ暴れたルイスに、雑用を頼もうとする人間はまずいないだろう。

(理に適《かな》ってはいるけど、滅茶苦茶だ……)

少なくとも、優等生でいたいオーエンには真似《まね》できない。

「……君ってさ、なんでミネルヴァに来たの？」

「マーマレードを食うため」

流石《さすが》にそれは冗談だろう、と言いたいが、ルイスは実際に食堂で「ジャム狩り事件」をやらかしているのだ。あながち冗談ではないのかもしれない。

言葉に詰まるオーエンに、ルイスは肩を竦《すく》めて、ニヤリと口の端を持ち上げる。

「マーマレードは、お前のおかげで叶ったからな。次はラザフォードのジジイを、ギャフンと言わせんのが目標だ。以上」

　そう言ってルイスは、オーエンの机の上で開きっぱなしになっている、試験勉強の本を指さした。

「俺に構ってないで、勉強しろよ、優等生」

「……君って、ほんと変なやつ」

　ルイスはもう、オーエンの話を聞いていなかった。彼は一番難易度が低い教本を読みながら、課題に取り組んでいる。

　雑談はここまでだ。自分も試験勉強に取り掛かるとしよう。

（あ、でも、その前に……）

　これだけはちゃんと教えておこう、とオーエンはルイスの背中に声をかける。

「明日。朝食は七時だから」

　ルイスはページを捲る手を止めて振り向き、「やっぱお前、いい奴じゃん」と笑った。

三章　気になるあの娘《こ》と初土産

ミネルヴァは本校舎と学生寮の他に、研究棟、図書館、大講堂という建物があった。

本校舎は生徒達が授業を受ける場所、研究棟は高等部卒業後もミネルヴァに残る研究生が出入りする場所で、図書館と大講堂は、魔術師組合に所属する魔術師が利用することもある。

時に著名な魔術師が大講堂で講演をしたり、貴重な研究資料や魔術書を、図書館へ寄贈することもあった。

そんなミネルヴァ図書館のロビーに、ルイスは足を踏み入れる。

図書館は常に静寂が保たれている空間だ。だが、ルイスが足を踏み入れた途端、図書館を使っていた生徒達の間で、ヒソヒソ声がさざ波のように広がっていく。

ルイスが適当な席に座ると、そのテーブルで勉強していた生徒達が性別年齢問わず、ガタガタと立ち上がり、違う席に移っていった。

どうやら、ルイスの悪評は男子寮だけでなく女子寮にまで広まっているらしい。

（まぁ、別にいいけどよ）

ルイスは特に気にせず勉強道具を広げ、課題に取り組む。

ミネルヴァの学生寮に入寮して一週間、ルイスはまだ正式に入学はしていないが、入学予定生という扱いで、図書館の使用を許可されていた。

秋巡月《フェーレ》の初日に入学するまで、あと五ヶ月弱。それまでに、ルイスはラザフォードから与えられた大量の課題を片付けないといけない。

ルームメイトのオーエン・ライトの協力で、課題を難易度順に並び終えたルイスは、その順番に沿って、黙々と課題を片付けていた。

課題は、正直それほど難しくはない。きちんと教本を読めば、問題の解き方は分かる。

ただ、王国史は記述問題が多く、解答には別に資料が必要な場合も多い。そのため、ルイスは一日の半分以上をこの図書館で過ごしていた。

朝起きたら、身支度をして図書館で勉強。

昼前に一度敷地を抜け出し、近くの街の食堂で働く。客足が落ち着いた昼過ぎに賄いを食べたら、また図書館で勉強。

夕食の時間になったら寮の食堂で夕食を食べ、昼と同じ食堂で夜遅くまで働く。

そして、日付が変わる手前ぐらいで寮に戻り、誰もいない浴場でサッと汗を流して就寝。

それが、ルイスの一日の流れだ。

特待生であるルイスは、授業料や教材費は免除されているが、羽根ペンやインク、筆記帳といった消耗品は自分で購入する必要がある。それと、学生寮以外の食事——主に平日の昼食は、本校舎の学生食堂で食べるにしろ金がかかるのだ。

それ以外にも、嗜好品《しこう》だの肌着だの、細々と必要な物は出てくるから、金があって困ることはない。

故郷を出た時に、ジャムの瓶に詰めてもらった大銀貨は、大事なへそくりなのだ。急な出費でもない限り、極力手をつけないでおきたかった。

勉強と労働の両立は、ルームメイトのオーエンに言わせたら多忙に見えるらしいが、娼館で雑用係をしていた頃に比べたら、ずっと楽だ。

なんといっても、自分の勉強のために時間をとれるというのは、ルイスにとって非常に贅沢《ぜいたく》なことであった。

(今日は、王国史の課題を集中して片付けるか)

ルイスは教本のページを捲りながら、ゴキゴキと首を鳴らす。その音だけで、別テーブルの女子生徒達が、ひぃっと恐怖の声を漏らした。

耳を澄まさずとも、「不良よ」「不良だわ」「やだ、怖い」という少女達の囁《ささや》きが、微《かす》かに聞こえてくる。中には涙目になっている娘もいた。

(繊細なお嬢様は大変だなぁ)

強《したた》かな娼館の女に囲まれて育ったルイスは、思わず失笑した。

＊＊＊

「おぅい、ルー坊。注文聞きに行ってくれ!」

「もう聞いた。四番テーブルに鶏《とり》の煮込みとハムの盛り合わせ、エール二つ。七番テーブル、塩漬け豚と豆のスープとパン三つ」

「ルイス君、ごめーん、洗い物おねがーい!」

「あいよ」

ルイスが働いている食堂は、ゴアの店と呼ばれており、昼は食事、夜は酒を提供する大衆食堂だ。

ルイスのことをルー坊と呼ぶ、大柄な髭親父《ひげおやじ》が店主のゴア。ヒョロリと痩《や》せた腰の低い中年親父がロウだ。店は大体この二人と、ゴアの娘のサリーの三人で回している。

ただ、一三歳のサリーは街の学校に行っているので、昼は人手不足で苦労していたらしい。そこで採用されたのが、ルイスというわけだ。

安くて美味《うま》いゴアの店は、そこそこ繁盛しており、昼飯時ともなれば、ひっきりなしに客が来る。

制服のケープとベストを脱ぎ、シャツの上にエプロンを着けたルイスは、流し場に入ると、おっかなびっくり蛇口に手を伸ばした。

その様子を見ていたロウが、食器を拭《ふ》きながら目を丸くする。

「ルイス君、まだ、水道に抵抗があるのかい？」

「仕方ねぇだろ、故郷に水道なんてなかったんだから。なぁ、この水、本当に大丈夫かよ？　腹下さねぇ？」

故郷にいた頃、川の水で腹を下したことがあるルイスは、唇を尖《とが》らせながら、恐る恐る蛇口を捻《ひね》る。ロウは痩《こ》けた頬を震わせて笑った。

「ルイス君、賄い食べてケロッとしてたじゃない」

「そうだけどよぉ……」

「魔術師志望が、水道なんかにビビってんじゃねぇよ！　おい、ルー坊、こいつを二番テーブルだ！」

店内は騒がしいので、働いていると自然と大声になる。

ルイスはゴアに大声で「あいよ！」と怒鳴り返し、洗い物を後回しにして、客席へ向かった。


昼飯時が過ぎて、客足が落ち着いてきた頃、ルイスはカウンターの奥で賄いを食べる。賄いは大体店の残り物で、今日は塩漬け豚と豆のスープだった。

勢いよくスープをかきこむルイスに、店主のゴアは夜の仕込みをしながら満足そうに笑う。

「いい食いっぷりだ。若者はそうでなくちゃいけねぇ」

「あぁ、ゴアの飯はマジで美味いからな。仕上げにジャムがあれば完璧《かんぺき》だ」

「最後の一言で台無しだ馬鹿野郎！　ミネルヴァ卒業したら、サリーの婿にしてやろうと思ったのによ！」

「サリーは年下の男はタイプじゃないんだとよ」

この場にいないゴアの娘は、年上で足の長いハンサムが好みのタイプらしい。

なお、ルイスは身長こそ人並みだが、栄養状態が良くなかったせいで痩せているし、ハンサムとは程遠い、少女めいた顔をしている。育ててくれた娼婦《しょうふ》達曰《いわ》く、母親似らしい。

この顔のせいで、娼館時代はまぁまぁ舐《な》められて苦労したのだ。娼館の店主は、事あるごとに「役に立たなきゃドレスを着せて店に出すぞ」と言って、ルイスを脅した。

娼館の店主を思い出し、ゲンナリしているルイスに、痩せた中年のロウが、テーブルを拭きながら言う。

「ルイス君、学校ではモテるんじゃないの？　ちゃんと身だしなみ整えたら、カッコいいよ」

「生憎《あいにく》だが、男女問わずビビられてるぜ。この一週間でついた通り名が、ジャム狩りのミラーだ」

途端にゴアが野太い声でゲラゲラ笑った。

「だっせぇ！」

「うっせぇな！　俺だって、だせぇって思ってんだよ畜生っ！」

怒鳴り返し、ルイスは残りのスープをかきこむ。

これを食べたら、また図書館に戻って勉強の続きだ。

きっとまた、図書館の生徒達は、ルイスを遠巻きにするのだろう。

それは別に構わないのだが、ジャム狩りというダサい呼び名を撤回するにはどうしたものかと、ルイスは密《ひそ》かに頭を悩ませた。

＊　＊　＊

ゴアの店を出て、再び図書館に戻ると、勉強机の席は殆ど埋まっていた。

平日のこの時間、昨日までは空《す》いていたのだが、試験一週間前ということで短縮授業になり、試験勉強のために生徒達が押しかけているらしい。

（そういや、オーエンが試験が近いって言ってたっけか……）

寮に戻って勉強をしても良いが、できれば今日中に王国史の課題を片付けてしまいたい。

まだ空いている席はないかと、ルイスが室内を見回していると、ちょうど満席だったテーブルの席が一つ空いた。

壁と向き合う形の、二人がけテーブルだ。ルイスはそのテーブルの椅子を引き出し、己の右隣の席を見る。

ルイスの右隣の席では、ルイスと同じ年ぐらいの女子生徒が勉強をしていた。焦茶の髪をきちんと編んでまとめた、いかにも真面目そうな雰囲気の少女だ。

（俺が座ったら、逃げるかな）

それならそれで、まぁいいや。と思いつつ、ルイスは声をかけた。

「隣、いいか」

「どうぞ」

少女はチラリとルイスを見て、問題集に視線を戻す。

ニコリともしないが、怯《おび》えもしなかった。もしかしたら、ルイスのことを知らないのかもしれない。

なんにせよ、席を確保できたのは幸運だった。ルイスは早速王国史の課題を広げる。

ルイスは記憶力には自信があるが、王国史にはあまり興味が持てなかった。歴代の国王がしてきたことが、自分の将来に関係するとはとても思えないからだ。

それにしても、何故《なぜ》、王族というやつは、こうも名前の長い奴《やつ》らばかりなのか。いちいち書くのが面倒くさいったらない。

「歴代国王全員、同じ名前に改名しちまえ、クソが」

鼻の頭に皺《しわ》を寄せてぼやくと、隣から小さくふきだす声が聞こえた。

見れば、隣の席の少女が口元を押さえて、肩を震わせている。

ルイスが頬杖《ほおづえ》をついてその様子を眺めていると、少女はハッとしたように、お堅い表情を取り繕った。

「……不敬罪で捕まるわよ」

生真面目な反応が面白くて、ルイスは頬杖をついたままニヤリと笑う。

「くだらねぇ政策ぶちまけるより、よっぽど国民に感謝されるぜ。あぁ、我々の国王様はなんて覚えやすい名前なのでしょう、ってな」

少女は「もう」と呆《あき》れたように呟《つぶや》き、ルイスが広げている課題に目を向ける。

「アルジャーノン三世の議会制度改革……資料が多いから、まとめるのが大変なところね。ちょっと待ってて」

彼女は立ち上がると、本棚から一冊の本を抜き取って戻ってきた。

「この本が、分かりやすいと思う」

ルイスはゆっくりと瞬きをし、少女を見つめる。

少女は本を差し出した姿勢のまま、不安そうに目を伏せた。

「余計なお世話だったかしら？」

「いや」

ルイスは少女が手を引っ込める前に本を受け取り、もごもごと口の中で小さく礼を言う。

「……ありがとよ」

「どういたしまして」

そう返す彼女は、どこかホッとしたように微笑《ほほえ》んでいた。

＊　＊　＊

ルイスが寮に戻ると、ルームメイトのオーエンが机に向き合って試験勉強をしていた。

それは良いのだが、気になるのは二段ベッドだ。

二段ベッドは上段をルイス、下段をオーエンが使っているのだが、下段の枕元に教本が幾つも広げて置いてあるのだ。

「なんで、ベッドにも教本広げてんだよ」

「いいでしょ、別に。君のベッドに広げてるわけじゃないし、客が来るならちゃんと片付けるよ」

オーエンは、こうすればベッドでも勉強できて効率が良いと考えているらしい。

「お前って、勤勉な癖に妙なところでズボラだよな」

「君は、不真面目な癖に妙なところで几帳面《きちょうめん》だよね」

ルイスの机は、基本的に片付いている。その方が作業効率が良いからだ。

元より私物は少ないし、課題の類はきちんと整理して、取り組む順番に並べてある。

ルイスは鞄《かばん》の中から、今日終わらせた王国史の課題を取り出し、抜けがないかを確認して、終わった課題を入れる箱に詰めた。

王国史の課題は、初等科三年の分まで片付いている。

ルイスは一学年分ずつ課題を進めているので、次は初等科三年の他の教科を片付けるべきだ。図書館に行かなくてもできる課題は、幾つかある。

それなのにルイスの手は、初等科四年で取り組む王国史の課題を手に取っていた。

オーエンが勉強の手を止めて、ルイスを見る。

「王国史は後回しにしたら？　今は、図書館混んでるんだし」

「いいんだよ」

素っ気なく答えて、ルイスは鞄に明日使う課題を詰める。

あの少女は、明日も図書館に来るだろうか。

（……そういや、名前聞き損ねたな）

彼女が選んでくれた本を手に、ルイスは二段ベッドの上段に寝そべる。

本の内容は大体覚えているけれど、なんとなく丁寧に読みたい気分で、ルイスはゆっくりとページを捲《めく》った。

＊＊＊

翌日、昼の食堂で働いてから図書館に行くと、昨日と同じ席にあの少女は座っていた。

焦茶の髪をキチンとまとめた後ろ姿に、ルイスは口の端を小さく持ち上げる。

彼女の左隣の席は空いていた。他の誰かが座る前に、ルイスは素早くそこに座る。

少女はチラリと横目でルイスを見た。

「こんにちは」

「おう」

かわした言葉はそれだけだったが、ルイスは満足して課題に取り掛かる。

二人は基本的に殆《ほとん》ど会話をしない。少女には試験勉強が、ルイスには大量の課題があるのだ。元より無駄話をする気はなかった。

そうして黙々と勉強をし、小一時間ほど経《た》ったところで、少女が立ち上がった。どうやら、本を取りに行くつもりらしい。

彼女が席に戻ってきたら、今取り組んでいる課題のことで話を振ってみようか。その時は、どう話しかけよう。向こうも試験勉強があるだろうから、あまり長引かないように……いやまずその前に名前……などと思案していると、背後でヒソヒソ声が聞こえた。

ルイスは割と耳が良いし、悪意のある声ほど無意識に耳を澄ませる癖がある。悪意の発見は早い方が、迅速に次の行動に移れるからだ。

「……あいつには近づかない方がいいよ。本当にヤバいんだって。君も聞いただろう、あいつが食堂で暴れた話」

ルイスはその声の主を覚えていた。当初、ルイスのルームメイトになる予定だった少年、テレンス・アバネシーだ。

ルイスが入寮した日から、テレンスが悪評を言いふらしていることは知っていた。

それをあえて放っておいたのは、舐められるよりビビられる方がいいと思ったからだ。

だから、今も放っておけばいい。

隣に座った彼女も、きっとルイスのことを怖がって、席を離れるだろう。

（……別にいいけどよ）

後ろから聞こえる声を遮るように、頬杖をついた左手の指先で耳を押さえる。片耳を押さえるだけで、ヒソヒソ声は遠くなった。

そのまま黙々と羽根ペンを動かしていると、右隣の席でカタンと音がする。少女が戻ってきたのだ。

きっと、勉強道具をかき集めて、そそくさと席を離れるのだろう、と思った。

だけど、少女は何事もなかったかのように席に着いて、借りてきた本を広げる。

ルイスはチラチラと横目で少女を見た。彼女の目は真っ直《まっす》ぐに、本を見ている。ルイスのことを気にする様子はない。

ルイスはしばし黙っていたが、結局堪《こら》えきれず口を開いた。

「……俺には近づくなって、言われたんじゃねーの？」

「貴方《あなた》がここで暴れていたなら、そうするけど」

少女は本のページを白い指先で押さえ、顔を上げる。

知的で涼やかな目が、ルイスを真っ直ぐに見つめた。

「真面目に勉強をしている人に、文句を言う理由がないわ」

淡々とした口調は素っ気ないけれど、突き放す冷たさはない。

ルイスはそこに、彼女の芯《しん》の強さと優しさを感じた。

「ところで、今日も私の隣に座ったから、貴方が私に、何か訊《き》きたいのかと思ったのだけど……」

少女はハラリと垂れてきた横髪を耳にかけ直し、課題の文章を指でなぞった。

「魔術師組合の成り立ちの部分ね。魔術師組合の成り立ちは、魔術管理法と関係が深いから、法学と合わせて覚えるといいわ」

（俺が訊きたかったのは、そこじゃねぇよ）

ルイスは不貞腐《ふてくさ》れたように唇を尖《とが》らせ、ボソリと呟く。

「……名前」

「魔術師組合の設立者の名前？　それとも、魔術管理法を施行した国王？」

「ちげーよ。お前の名前」

少女は不意を突かれたようにパチパチと瞬きをした。大人びているが、そういう表情をすると年相応に見える。

「ロザリー・ヴェルデ。来秋から、中等科の一年になるわ」

「……ルイス・ミラー。同じく、来秋から中等科の一年」

ぶっきらぼうなルイスの自己紹介に、ロザリーは目尻《めじり》を下げて笑った。

「そう、よろしく」


それから二人は、また黙々と勉強に取り組んだ。

次の日も、そのまた次の日も。

隣の席に座って、それぞれの勉強をしながら、合間にポツリポツリと言葉を交わす。ただそれだけの、ささやかな交流だ。

それでも、その静かな時間がルイスには心地良かった。

魔術師養成機関ミネルヴァ 初等科
ロザリー・ヴェルデ

＊　＊　＊

試験が終わると、ミネルヴァの学生達は長期休暇に入る。

初夏の長期休暇は、社交界シーズンに配慮したものだが、社交界とは無縁の平民でも、実家に顔を出すために帰省するのが一般的らしい。

帰省しないのは、研究に忙しい研究生や、実家と折り合いの悪い者ぐらいだ。ルイスのように帰る家がない人間は稀《まれ》だろう。

ルイスのルームメイトのオーエンも、図書館で勉強していたロザリーも、長期休みが始まると、それぞれ帰省していった。

その間も、ルイスの生活はなんら変わらない。

昼と夜は食堂で働き、それ以外の時間はひたすら勉強。

そうして、新年度が始まる一週間前、ルイスは四箱分あった課題を全て終えて、職員室に向かった。

「どうだ、ジジイ」

箱を積み上げ、得意気に胸を張るルイスに、〈紫煙の魔術師〉ギディオン・ラザフォードは煙管《きせる》を咥《くわ》えて頷《うなず》く。

「おう、ご苦労さん」

それだけだった。

（他にあんだろ、もっとこう……もっとこう……！）

断じて褒めてほしかったわけではない。

締切までまだ余裕があるのに！　こんなに早く終わらせるなんて！　……と、驚いてほしかったのだ。

ラザフォードは咥えた煙管を上下させながら、ルイスが提出した課題をパラパラと捲って目を通す。

「お前、案外、字ぃ綺麗《きれい》だよな」

「姐《ねえ》さん達の代筆したりしたからな」

「だから、女みたいな字なのか」

「殺すぞジジイ！」

次に課題を提出する時は、わざと汚く書いてやろう。そう心に誓うルイスに、ラザフォードは引き出しから何かを取り出して、「ほらよ」と差し出す。

それは、見習い魔術師が使う短杖《たんじょう》だった。肘《ひじ》から指先ぐらいまでの長さで、魔術式が刻まれている。

短杖を受け取ったルイスは、それをまじまじと眺めた。

魔術師の杖は、魔術式を刻み、魔力付与した道具——いわゆる魔導具に分類される。

魔導具は超高級品だ。物によっては王都に家が建つとも言われている。

（これは、見習い用の杖か？　それでも、大銀貨四枚は堅いな）

いざという時、短杖がいくらで売れるかを真剣に考えるルイスに、ラザフォードは重々しい口調で告げる。

「ルイス・ミラー。お前の、ミネルヴァへの正式入学をここに認める。立派な魔術師になるべく、真面目に学業に励むように」

「……おう」

「あぁ？　なんだ、その生返事は？」

実を言うと、課題を片付けてラザフォードを見返すのを目標にしていたので、ミネルヴァに正式入学することは、あまり重要視していなかったのだ。

課題が終わり、無事に入学が決まった。それなら、次は何を目標にしようか。

立派な魔術師になるべく、などと言われても、ルイスにはいまいちピンとこない。

将来の夢とか、目標とか、自分はどうなりたいとか、そういうものを今まで考えてこなかったルイスは、手元の短杖を見下ろして、ボンヤリ考える。

（立派な魔術師って、どんなだよ）

ルイスは自分が覚えた魔術を除くと、目の前の老人が使う、紫煙の魔術ぐらいしか知らないのだ。


ラザフォードから受け取った短杖を手に、ルイスはブラブラと図書館を目指して歩いていた。

夏の終わりの日差しはまだ暑く、ルイスは木陰を選んで歩く。北部と違う暑さには、まだ慣れないが、それでも寒いよりはいい。

来る日も来る日も雪かきをして、夜は凍死に怯《おび》えながら、安酒を舐《な》めるように飲んで寝た。常に死の恐怖と隣り合わせの夜に比べたら、なんだってマシだ。

木々の隙間から覗《のぞ》く陽の光を暗い目で見上げていると、背後で涼やかな声がした。

「ルイス」

こちらに歩み寄ってくるのは、きちんと制服を着込み、焦茶の髪をまとめた少女——ロザリーだ。

「ロザリー！　戻ってたのかよ！」

「ええ、今朝、こっちに着いたところ」

ルイスは日陰を抜け出し、ロザリーのもとに駆け寄る。

ロザリーは愛想が良いわけではない。ともすれば、素っ気なくて冷たいと思われがちな少女だが、今は久しぶりの再会を喜ぶように、小さく微笑んでいた。

「貴方に会えて良かった。帰省のお土産があるの」

お土産。その言葉に、ルイスの胸が弾む。

ルイスは生まれてこの方、一度もお土産らしいお土産を貰《もら》ったことがないのだ。

（俺に！　お土産！　俺に！）

口の端をムズムズさせるルイスに、ロザリーは肩にかけていた布のバッグを、そのまま丸ごとルイスに差し出す。

バッグには薄い冊子がギッシリと詰まっていた。

「私が過去に使ってた問題集。実家から持ってきたの」

「…………」

「勉強の役に立つかと思って」

「……おう、ありがとよ」

とりあえず、当面の新しい目標ができた。

次の試験で、学年上位の成績を取り、ロザリーにすごいと言わせるのだ。

四章　悪童式魔法戦必勝法

実践魔術の授業の教室で、ルイスは教壇に立ち、手にした短杖を軽く掲げた。

教壇の横に立つ実践魔術担当の老教授、マクレガンが静かに告げる。

「火球、威力五、最大数指定なし、座標固定」

マクレガンの指示は、威力を落とした小さな火球を、できるだけ多く周囲に作り出せ、というものだ。

ルイスは意識を集中し、詠唱を始める。

詠唱は魔術の設計図だ。威力、形、個数、展開位置、飛距離など、細かなことをこれで決定し、それに沿った形で魔力を編むことで、魔術は完成する。

（位置座標固定、属性変換、分割、成形……）

詠唱によって魔術式を展開、この時、無駄な部分を削《そ》ぎ落とした詠唱をする。

ルイスの詠唱に、教室の生徒達がざわついた。

「おい、これって……」

「短縮詠唱か？」

「嘘《うそ》だろ、今月入学したばかりの奴《やつ》が……」

通常の詠唱を一部省略した短縮詠唱は、難易度の高い技術だ。魔術式に関する深い知識と理解力が求められる。

（……その程度で驚いてんじゃねぇよ）

ルイスは不敵に笑い、術を発動した。

火球を作り出すこの訓練、まだ未熟な者は火球を一つ、少しこなれた者なら二つ、三つの火球を作るところだ。

今のところ、クラスで最も優れていたのは、火球を一〇作ったアドルフ・ファロンという少年である。

だが、ルイスは杖《つえ》を一振りし、己の周囲に一五の火球を展開した。

そして、その一五の火球を維持したまま、もう一度短縮詠唱を繰り返し、追加で一五の火球を作り出す。

一般的に、魔術師が同時に維持できる魔術は二つまでと言われている……が、二つ同時維持は決して簡単なことではない。

短縮詠唱も、同時維持も、入学して一ヶ月かそこらの人間にできることではなかった。

クラスメイト達の顔に浮かぶ表情は、驚愕《きょうがく》、畏怖《いふ》、嫉妬《しっと》——それらを無視し、ルイスは窓際の席に座るロザリーを見た。

（どうだ！）

ルイスは得意気に鼻を鳴らす。

ロザリーは何故《なぜ》か口をパクパクさせ、手を動かしていた。何かを伝えようとしているらしい。

すごいわ！　素敵！　——でないことは確かだ。彼女の顔は焦っている。

（……なに可愛《かわい》いことやってんだ、あいつ？）

ルイスは右目を細めて、彼女の唇の動きを読んだ。

（……『上』？）

火球を維持したまま、首を上に向ける。

頭上には大人二人が両手で輪を作ったぐらいの、大きな水球が浮いていた。マクレガン得意の水の魔術だ。

マクレガンが「えい」と杖を一振りすると、水球は勢いよく降り注いでルイスが起こした火球を鎮火する。

「ぶばぁっ⁉」

上を見上げたせいで、顔面で水球を受け止めることになったルイスは、そのまま勢いに押されて床に尻餅《しりもち》をついた。

「チミね。そういう大技は外でやってちょうだい。火事になったら大変でしょ」

「『最大数指定なし』って言ったろうがよ！」

ずぶ濡《ぬ》れになったルイスが、唾《つば》を飛ばして怒鳴ると、マクレガンはのんびりした口調で言う。

「この教室なら、その半分で充分。状況に応じた魔術を使うのも、魔術師の実力の内よ」

ちょうどそのタイミングで、授業の終わりを告げる鐘が鳴ったので、マクレガンは教本と杖を手に、廊下に向かう。

「あ、そうそう。ミラー君は、今日使った短縮詠唱についてレポート書いて提出してね」

「なんで俺だけ⁉」

誰よりも上手に魔術を使ってみせたのに、ずぶ濡れになるわ、課題が増えるわ、散々である。

ギャンギャンと怒鳴るルイスに、マクレガンは「レポート楽しみにしてるね」と言って、教室を出て行った。


マクレガンの水球でずぶ濡れになったルイスは、床掃除を終えた後、一度外に出て制服の水気を絞り、じっとりと湿った制服で教室に向かった。寮に戻って着替えるのが面倒くさかったのだ。

北部では濡れた服のままでいるなんて自殺行為もいいところだが、こちらは暖かいから死ぬ心配もない。

(まぁ、このままでも、そのうち乾くだろ。多分)

楽観視しながら教室に足を踏み入れると、教室の生徒達の視線がルイスに集中した。

それでいて、ルイスに話しかける者は誰もいない。

ミネルヴァに正式入学してから一ヶ月。ルイスはクラスメイト達から、完全に腫《は》れ物《もの》に触るような扱いをされていた。

平民出身の特待生。食堂で暴れた野蛮人。関わらないのが一番――というのが、クラスメイト達の認識らしい。

ルイスとしては、最初からそう思われるよう振る舞っているので、特に気にしていない。舐められるより、ずっとマシだ。

……そう思っていたのだが、机と机の間を歩くルイスの前に、ヒョイと足を投げ出した男子生徒がいた。

負けん気の強そうな顔をした、黒髪の少年——このクラスで、ルイスの次に魔術の上手《うま》いアドルフ・ファロンだ。いつも前髪を真ん中分けにして額を出しているので、ルイスは雪原みたいな額だな、と密《ひそ》かに思っている。北部では、白くて広いものをしばしば雪原に喩《たと》えるのだ。

アドルフは、ルイスを転ばせるつもりだったのだろう。避《よ》けるのは造作ないが、ルイスはあえてその足に引っかかり、よろめいてみせた。

アドルフが笑みを深くして言う。

「悪いな、足が滑った」

ルイスはよろめきつつ、左手で横のテーブルに手をつき、そのままヒラリと飛び上がった。

そして、力一杯アドルフの足を踏みつけるように着地する。

「ぎゃぁっ⁉」

悲鳴《わり》をあげるアドルフに、ルイスは肉食獣もかくやという獰猛《どうもう》さで笑いかけた。

「悪《わり》ぃな、足が滑った」

アドルフは目尻に涙を浮かべてルイスを睨《にら》んでいたが、ルイスはどこ吹く風という顔で自分の席に戻る。

(面倒なのが出てきたな)

入寮初日に暴れておいたおかげで、大抵の生徒は近づかなくなったが、今日の授業で実力を見せつけたことで、ルイスを僻《ひが》む者が出てきたらしい。

アドルフは貴族の出身で、成績も優秀。特に実践魔術では学年一位の成績で、クラスでも大きな顔をしていた。

今日の授業でアドルフが作った火球は一〇。ルイスは三〇で、しかも短縮詠唱と二つの魔術の同時維持。アドルフのプライドを傷つけるには、充分だったのだろう。

（こういう時は、半端に実力ある奴の方が、面倒なんだよな）

あー面倒くせぇ、とぼやきつつ、自席で次の授業の準備をしていると、手元に影ができた。目の前に誰かが佇《たたず》んでいる。

顔を上げると、焦茶の髪の少女——ロザリーが、ジトリとした目でルイスを睨んでいた。

「どうして、着替えていないの？」

「あ？　別にいいだろ。凍死するほど寒くもねぇし。そのうち乾くって」

「駄目よ。風邪をひいたらどうするの」

厳しい口調で言われ、ルイスは少し拗《す》ねた。

誰より上手に魔術を使ってみせたのに、ずぶ濡れになるし、レポートの課題は増えるし、ロザリーに叱られるし、まったく面白くない。

「へいへい、脱ぎゃいいんだろ、脱ぎゃあ」

ケープとベストを脱いで、椅子の背にひっかけ、ついでにシャツも脱ぐ。

ルイスの体は圧倒的に脂肪が足りず、その癖、筋肉だけはしっかりあるものだから、圧縮した筋肉に皮を貼りつけたような筋っぽい体をしている。

少女めいた顔に似合わぬ体に、女子生徒は目を逸《そ》らし、痛い目を見た男子生徒は「うわっ」と声を漏らし、足を踏まれたアドルフは「うげっ」と呻《うめ》いた。

そんな中、ロザリーだけが眉《まゆ》を吊《つ》り上《あ》げ、ピシャリと言い放つ。

「着替えるなら、寮で着替えなさい」

「今から寮で着替えてたら、次の授業に間に合わねぇじゃねーか」

「いいから着替えてきなさい。次の授業の先生には、きちんと私から話しておくから」

一歩も引かぬ様子のロザリーに、ルイスは渋々立ち上がる。

ルイスは素行不良の生徒だが、授業をサボったり、遅刻をしたりはしない。授業を受けられないのが勿体《もったい》無いからだ。

（仕方ねぇ、近道するか）

ルイスは濡れた制服を手に取ると、廊下ではなく窓に近づく。

二階にあるこの教室は、壁づたいに移動すると、講堂に繋《つな》がる渡り廊下の屋根に下りられるのだ。

ルイスは窓枠に足をかけて、ヒラリと外に飛び出した。

＊＊＊

職員室の自席で、〈紫煙の魔術師〉ギディオン・ラザフォードが小テストの採点をしていると、隣の席のマクレガンが紅茶をチビチビと飲みながら言った。

「ミラー君だけど」

「あ？　今度は何やらかした、あいつ？」

「初級の魔術が全部使えるのは聞いてたけど、同時維持と短縮詠唱は初耳よ。そういうのは、ちゃんと先に教えてくれる？」

ラザフォードは採点の手を止めて、顔をしかめた。

魔術師は初級、中級、上級と位が分かれており、上級の魔術師は一握りほどしかいない。

そして、同時維持は中級相当、短縮詠唱に至っては、上級魔術師でも全員が使えるわけではない技術だ。

「俺は同時維持も短縮詠唱も、教えてねぇぞ」

「……教えてないの？」

ラザフォードは火の点《つ》いていない煙管《きせる》を手に取り、指の中でクルリと回した。考えごとをする時の癖のようなものだ。

クルリ、クルリと更に二回ほど回したところで、ラザフォードは低く問う。

「あいつ、同時維持と短縮詠唱を使ったのか？」

「短縮詠唱で火球を一五分割。それを二つ同時維持。術式接続の流れも、火球の安定感も、持続時間も申し分なし……すぐに消火しちゃったけど」

見習い魔術師なら、火球を発動してから三秒維持できれば良い方だ。魔術は発動よりも、維持の方が難しい。

少なくとも、入学から一ヶ月かそこらでできることではなかった。

「ラザフォード君から、初級教本の魔術を一週間で覚えた、って聞いた時は、ちょっと信じられなかったけど……うん、あれはちょっと規格外ね」

ミネルヴァでは入学時に必ず、得意属性診断と魔力量計測を行う。

ルイスの得意属性は風、魔力量は一〇〇前後。今まで魔術と無縁の暮らしをしていたのなら、かなり優秀な数字だ。

魔力量は魔術を使うほど増える傾向にあり、大体二〇歳ぐらいで成長が止まる。ルイスは今が成長期だから、更に伸びるだろう。

マクレガンも、そう考えているらしい。

「風属性の子は戦闘向きだし、魔法戦の訓練、早めに始めた方がいいんじゃない？」

「……そうかもな」

魔術や魔導具等、魔力による攻撃手段を用いた戦闘のことを魔法戦という。

魔法戦は特殊な結界の中で行われ、この結界の中では肉体が保護され、受けたダメージの分だけ魔力が減少する仕組みだ。

魔術師の中には研究者を目指す者もいるので、魔法戦の授業は選択制になっている。

ただ、研究者志望でも実戦に強いと就職で有利になるので、魔法戦の授業を選択する者は多かった。

ルイス・ミラーはその気質と才能からして、魔法戦向きだ。戦闘専門魔術師のエリートである、魔法兵団だって狙える。

「あっ、もしかして、ミラー君の話ですか？」

ラザフォードとマクレガンの会話に割って入ったのは、法学担当のアリスンだ。教師の中では比較的若い、二〇代前半の朗らかな青年である。

金髪を撫《な》でつけたアリスンは、ニコニコと愛想の良い笑みを浮かべて言った。

「彼、すごい問題児だって聞いてたから警戒してたんですけど、話と違うじゃないですかー。授業態度は真面目だし、居眠りしてる生徒に見習ってほしいくらいですよー」

法学の授業は、まだ若い生徒にとって退屈なものであるらしく、居眠りをしたり、サボったりする生徒が多い。

そのため、勉強熱心なルイスは、アリスンにとって好ましく感じられるようだった。

「課題の出来がすごく良くて、それを褒めたら、『法の抜け道を探すには、法の知識がいるからな』なんて、パンチの効いた冗談返してくるんですよー。いやぁ、気概がありますねっ！」

「…………」

ラザフォードは煙管片手に閉口した。

ルイスは何か問題を起こした時、法の抜け道を掻《か》い潜《くぐ》る気満々なのだ。勉強の動機が不純である。

アリスンがニコニコしながらルイスを褒めると、今度は三〇歳ほどの赤毛の男、魔法生物学教師レドモンドが頷《うなず》いた。

「この間、竜の模型を模写する授業があったのですが、ミラー君はすごく熱心でした。特に、急所である眉間《みけん》の鱗《うろこ》の形状や、鱗の剥《は》がしやすい位置は、丁寧に描き込まれていた」

狩る気満々じゃねーか、とラザフォードは思った。

ただ、教師達は概《おおむ》ね、ルイスのことを評価しているらしい。

ルイスは普段の素行こそ悪いが、学ぶことに貪欲《どんよく》な生徒である。

ミネルヴァはリディル王国における魔術師養成機関の最高峰。その教師ともなれば、勉強熱心な生徒を気に入らないはずがない。

先ほど、ルイスに注意をしたばかりのマクレガンですら、「彼のレポート、良いよね」と髭《ひげ》を撫でて頷いている。

無言で煙管を回すラザフォードをよそに、アリスン、レドモンド、マクレガンの三人が盛り上がっていると、小柄な老女――結界術教師のメイジャーが、課題の束をトントンと整えながら、苦々しげに言った。

「わたくしは、彼のことを評価できません。特待生たるもの、生徒達の模範であるべきではありませんか。それなのに入寮初日に暴行事件を起こすなど、とても許容できません」

メイジャーは紺色のドレスにローブを羽織り、丸眼鏡をかけている。ローブがなければ、いかにも女学校の堅物教師といった風情である。事実、彼女はミネルヴァの教師の中で、最も生活指導に厳しい。

そんな彼女は、素行不良のルイスを目の敵にしていた。

ラザフォードは正直、メイジャーのような教師がいてくれて良かったと思っている。そうでないと、ルイスのようなクソガキはどこまでもつけあがるからだ。

「この間なんて、ルイス・ミラーは窓から外に飛び出し、渡り廊下の屋根を走っていたのですよ。まったく、信じがた、い……」

ぼやくメイジャーの目が、窓の外を凝視する。

つられて窓の外に目を向けた教師達は見た。渡り廊下の屋根の上を半裸で元気に走る、わんぱく小僧の姿を。

メイジャーが窓を開け、顔を真っ赤にして金切り声をあげる。

「ルイス・ミラー！　そこから下りなさい！　それになんですかその格好は！　ふ、服を、服を着なさいっ！」

「授業に間に合わせるためなんだから、見逃せよ！」

ルイスはそう叫び返して、渡り廊下の屋根を駆け抜けていった。

ラザフォードは煙管の灰をトントンと落とし、ため息をつく。

（あんだけ元気が有り余ってんなら、やらせた方がいいかもなぁ……魔法戦）

魔術を用いた模擬戦闘なんて、いかにもルイス向きの授業だ。

だが、ラザフォードには、どうにも嫌な予感がしてならないのだ。

あのクソガキが、魔法戦でも何かやらかす気がする、という予感が。

＊　＊　＊

実践魔術の授業で短縮詠唱を披露し、ずぶ濡《ぬ》れになった日の午後、授業を終えたルイスが一度寮の自室に戻ると、ルームメイトのオーエンが、何やら見覚えのない器具を広げていた。

ガラスのポットに、円錐《えんすい》形の布袋、それと口の細いケトルなど——何か実験でもするのだろうかと見ていると、オーエンが作業の手を止めて、ルイスに目を向ける。

「おかえり」

「おう、なんだそれ？　実験器具か？」

「違うよ。コーヒーの道具。母さんが豆を送ってくれたから、久しぶりに淹《い》れようと思って」

「コーヒー？　……あぁ、あの黒いやつ」

コーヒーを知らないわけではないが、今まで飲む機会がなかったルイスにとって、コーヒーとは黒い豆のスープである。

（飲むと、すげー頭が冴《さ》えるらしいが）

ルイスがオーエンの手元にある道具を物珍しげに見ていると、オーエンはいつもより幾らか弾んだ声で言う。

「僕は紅茶より、コーヒーの方が好きなんだ。紅茶は、お客さんが来た時しか淹れないかも」

「……へぇ」

リディル王国では、圧倒的にコーヒーより紅茶の方が普及している。

ただ、ルイスが飲んだことのある紅茶は、安い茶葉を煮出した物で、苦いわ渋いわで、あまり美味《おい》しい物ではなかった。ジャムを投入して、初めて飲める代物だが、コーヒーはどうなのだろう？

ルイスは椅子に反対向きに座り、背もたれに頬杖《ほおづえ》をついて、オーエンの作業を眺めた。

オーエンはミルで挽《ひ》いた黒い豆を、円錐の布袋に移し、ガラスポットにセットしている。

口の細いケトルには、既に水を入れているらしい。オーエンはケトルを三脚の上に載せ、詠唱をして火を起こした。

強すぎず、弱すぎず、安定した威力の火だ。小さな火だが、同じ火力を維持するというのは、実は地味に難しい。

「お前、魔術上手いな」

「将来は、魔法兵団を目指してるからね」

ルイスは俄《にわ》かに目を見張った。

魔術を用いた戦闘に特化した魔法兵団は、魔術師の中でも選ばれた精鋭しか入団できないエリート集団である。

戦闘を得意とするなら魔法兵団、研究職なら王立魔法研究所が、平民出身の魔術師にとって憧《あこが》れの的であるらしい。

「俺、なんとなくお前は、学者か研究者になりたいのかと思ってたぜ」

「……昔、旅行先で竜害に遭ってさ。そこで、七賢人の〈砲弾の魔術師〉に助けられたんだ」

七賢人は、リディル王国における魔術師の頂点。操る魔術は奇跡に等しく、魔術師達にとって憧れの存在だ。

更に七賢人には、魔法伯という特別な爵位が与えられ、貴族議会ですら干渉できない国王の相談役とも言われている。

「竜は、眉間を狙わないと倒せないって言うでしょ？　でも、〈砲弾の魔術師〉の多重強化魔術は、そんなのお構いなしに、竜を吹き飛ばすんだ。本当に、すごかった」

オーエンはケトルを沸かす火を維持したまま、ポツリ、ポツリと語り出す。

いつもの彼らしい、素っ気ない口調だが、その奥に、静かに噛《か》み締《し》めるような熱意を感じた。

「だから、竜とも戦えるすごい魔術師になりたいんだ。流石《さすが》に七賢人は無理だから、魔法兵団を目指そうって思って……うちは貴族でも魔術師の家系でもないけど……父さんも、母さんも、応援してくれてる」

魔法兵団になる夢を応援し、こうしてコーヒー豆を送ってくれる家族に、オーエンは深く感謝しているのだろう。

ミネルヴァの学費は決して安いものではないことを、ルイスは知っている。

(本気ですごい魔術師になりたがってる奴らにとって、俺は目障りなんだろうな)

ルイスには己の才能に対する自覚と、相応の努力に対する自負がある。

自分には才能がある。それを磨く努力をしている。だから、周りに文句を言われる筋合いはない。

それでもルイスは、自分に明確な将来の夢がないことにおいて、オーエンに対し引け目を感じていた。

(だって、今まで、そんなの考えたことねぇし)

マーマレードを食べる、ラザフォードの鼻を明かす、試験で良い成績をとってロザリーを驚かせる——どれも目先の目標だ。将来の夢とは違う。

ルイスがぼんやりしている間に、オーエンは火を消し、ケトルを持ち上げた。

そうして、布袋にセットした豆にケトルの湯をそっと注ぐ。砕いた豆は湯を吸って膨れ上がり、細かな泡を立てた。

布袋の下にセットされたガラスポットに、ポタポタと黒い液体が溜《た》まっていく。

「へぇ、コーヒーって、そうやって作んのか」

「作るじゃなくて、淹れるだよ」

「だって、豆のスープだろ」

「コーヒーだって」

オーエンは布袋を外し、ガラスポットに溜まったコーヒーをカップに注ぐ。そして、「はい」とカップをルイスに差し出した。

ルイスは目を丸くし、真っ黒な液体で満たされたカップをまじまじと眺める。

「……いいのかよ？」

「いいよ、お裾分《すそわ》け」

オーエンには以前、マーマレードも貰《もら》っているのだ。その上、コーヒーまで貰うのは、なんともバツが悪い気がする。

ルイスが迷っていると、オーエンはいつもの素っ気ない口調で言った。

「一ヶ月遅れの入学祝いだと思っとけば」

「じゃあ祝われてやるよ」

ルイスは椅子に逆向きに座ったまま腕を伸ばし、コーヒーのカップを受け取った。

まずは、カップに顔を近づけて、フンフンと匂いを嗅《か》ぐ。食欲をそそる良い匂い、とは少し違うが、嫌な匂いではなかった。

熱いカップにフゥフゥと息を吹きかけ、ルイスはコーヒーを一口飲んだ。仰《の》け反《ぞ》った。

「ぐぉっ⁉　なんっっっだ、これっ⁉　冥府《めいふ》の闇を煮詰めたのかってぐらい苦いぞ⁉」

「そんなに濃く淹れたつもりはないけど」

そう言ってオーエンは、自分の分のカップを傾け、美味しそうにコーヒーを飲む。

いつもどことなくムスッとした顔をしているオーエンだが、今は珍しく頬を緩めていた。その事実に驚きつつ、ルイスはもう一口コーヒーを飲む。やっぱり苦い。

ルイスは机の引き出しから、以前オーエンに貰ったマーマレードの瓶を取り出し、匙《さじ》で掬《すく》ってコーヒーに入れた。

そうして三口目を飲み、顔をクシャクシャにして絶望する。

「駄目だ、ジャムが負ける……なんて飲み物だよ……」

「ルイスって、割と味覚が子どもだよね」

「うっせぇ」

貴重なジャムを入れたコーヒーだ。残すわけにはいかない。

ルイスは鼻の頭に皺《しわ》を寄せながら、残りのコーヒーに口をつける。その顔がよほど面白かったのか、オーエンは珍しく肩を震わせて笑った。

＊＊＊

入学から一ヶ月半が経《た》ち、秋が深まり始めたある日の早朝、ルイスは洗濯室で眉《まゆ》をひそめ、腕組みをしていた。

ミネルヴァの学生寮では、洗濯物は寮の洗濯室に出して洗濯してもらい、翌日にそれを回収する流れになっている。

だが、ルイスが洗濯室に行くと、どういうわけかルイスの洗濯物がなくなっていた。

洗濯物は部屋番号のついた籠《かご》に畳んでしまわれることになっているので、オーエンが回収してくれた可能性もある。

だが、オーエンは今日は回収する洗濯物がないはずだし、ルイスはオーエンに「洗濯室に行ってくる」と声をかけているのだ。洗濯物を回収してくれたのなら、その時にオーエンが何も言わないのはおかしい。

(となると、誰かが間違って持っていったか、あるいは……)

ズラリと並ぶ洗濯籠の向こう側で、忙しそうに働いている中年の女に、ルイスは声をかけた。

「おばちゃん、俺の洗濯物知らね?」

「あらっ、ごめんなさいね。誰がどれ持ってったかまでは見てないからっ。お友達が持っていったんじゃなぁい?」

女は洗濯籠を一瞥《いちべつ》し、早口で言う。

まぁ、そうだろうな。と思いつつ、ルイスは回収済みの洗濯籠に目を向けた。

洗濯物を回収したら、空になった籠は端に寄せておく決まりになっている。ルイスは比較的早い時間に洗濯物の回収に来たので、回収済みの洗濯籠は然程《さほど》多くなかった。

ルイスの前に回収された籠は三つ——その籠の部屋番号を見たルイスは、俄かに目を細めた。


テレンス・アバネシーは寮の自室のベッドに座り、膝《ひざ》を抱えていた。

——ドンドン。

扉をノックする音が聞こえる。否、あれはノックじゃない。扉の下の方を乱暴に蹴《け》る音だ。

テレンスは顔を引きつらせ、両手で耳を塞《ふさ》いだ。

(大丈夫、大丈夫、静かにしてればバレない、大丈夫……)

部屋には鍵《かぎ》をかけてあるし、テレンスにはルームメイトがいないから、このまま引きこもっていられる。なんなら、今日の授業なんてサボってしまえばいい。

扉を蹴る音は止まり、足音が遠ざかっていく。

それでもテレンスは、しばらくベッドの上から動けず、じっとしていた。

そうして、どれだけ時間が経っただろう。

（もう、大丈夫かな）

ゆっくりと息を吐き、ベッドから下りようとしたところで、カタンと窓の方から音がした。

薄く開いていた窓が大きく開かれ、カーテンが揺れる。

そして、窓枠に座っているのは……。

「よぉ」

当初、テレンスのルームメイトになる予定だった少年、ルイス・ミラー。

「こっ、こここここ、にか、二階……！」

「あぁ？　たかが二階だろ。余裕で登れるわ」

ルイスは窓枠に座ったまま、右目を細めた。

その少女めいた顔には、八重歯を覗《のぞ》かせた物騒な笑みが浮かんでいる。

「わざわざ居留守を決め込んでるってこたぁ……クロだな？」

ヒィッ、とテレンスは喉《のど》を震わせ、後ずさる。

「しょっ、証拠もないのに言いがかりだ……僕は、何も知らな……ぃいいい」

ルイスは猫のようなしなやかさで窓枠から下り、熊のような馬鹿力でテレンスの胸ぐらを締め上げる。

「お優しいお貴族様は、平民の服があんまりボロっちいから、わざわざ捨てておいてくだすったってか？　あぁ？」

「アドルフっ、アドルフに頼まれたんだよ！　君が生意気だから、ちょっと、自分の立場を分からせてやろうって！」

アドルフはテレンスに命令をした訳じゃない。頼みごとをしたのだ。だから、テレンスはそれを快く聞いてやった。自分はアドルフの友人だからだ。

なにより、アドルフの頼みを聞いて、ルイスを懲らしめることは、このミネルヴァのためになる
──アドルフがそう言っていたし、テレンスもそう思った。

ルイス・ミラーはこのミネルヴァに相応《ふさわ》しくない異物だ。貴族であるテレンスは、自分が置かれた環境を整える義務がある。

「俺の制服、どこやった？」

「ご、ゴミ捨て場……」

「捻《ひね》りがねぇのな。証拠隠滅のために、燃やすぐらいしてるかと思ったぜ」

ルイスはテレンスの胸ぐらを掴《つか》んだまま、ボソリと呟《つぶや》く。

もしかしたら、解放してもらえるかもしれない、とテレンスは淡い期待を抱いた。

だって自分は、制服を燃やしたわけじゃない。ちょっとゴミをゴミ捨て場に捨てただけだ。

「さて、制服を回収に行くが……そのついでだ」

ルイスはテレンスの体を引きずるようにして窓辺に近づく。

「あ、や、やだ、なにするんだよぅ」

涙声をあげるテレンスに、ルイスはニタリと物騒な顔で微笑《ほほえ》んだ。

「ゴミはゴミ捨て場に……それなら、クソ野郎はどこに捨てると思う？」

＊＊＊

アドルフ・ファロンが教室の自席に座り、上機嫌で娯楽小説のページを捲《めく》っていると、取り巻きのクラスメイトが血相を変えて駆け寄ってきた。

「アドルフ、大変だ。テレンスが……」

あぁ、きっと、おつむが空っぽなテレンスがヘマをしたんだな。とアドルフは思った。それだけだ。

テレンスはアドルフに期待しているようだが、アドルフはテレンスに何も期待していない。

テレンスは今頃、あの新入りに脅されているのだろうか。

「新入りが、テレンスを肥溜《こえだ》めに叩《たた》き込《こ》んだって！」

「………」

アドルフが思っていたより、報復が悪質だった。

「貧乏人は、やることが下品だな」

「じゃあ、お貴族様流のお上品なやり方を教えてくれよ」

北部訛《なま》りの下品な声が、アドルフの背後で響いた。ギョッと振り向いた先には案の定、ルイス・

ミラーが佇《たたず》んでいる。

アドルフは動揺を押し殺し、皮肉っぽく笑ってみせた。

「今日は、休んだ方が良かったんじゃないか？　なにせ、魔法戦の授業があるしな」

今日は中等科に上がってから、初めての魔法戦の授業だ。

アドルフは初等科の頃から訓練を受けているので、魔法戦には自信があった。

実践魔術の授業で、最近はルイス・ミラーがでかい顔をしているが、ルイスはちょっと魔力操作が上手いだけで、魔法戦には不慣れなはずだ。しかも、まだ防御結界を使えない。

余裕たっぷりのアドルフに、ルイスは右目を細めて凶悪に笑う。

「あぁ、楽しみだな、魔法戦」

テレンスをけしかけられ、腹を立てたルイスは、きっと魔法戦でアドルフを集中的に狙うだろう。

それも踏まえて、アドルフは策を用意している。

（ミネルヴァに来たことを後悔させてやるよ、ルイス・ミラー）

＊　＊　＊

ミネルヴァの校舎から少し離れた森の中に、魔法戦の訓練設備がある。その森には、攻撃魔術から人や環境を保護するために、特殊な結界が張ってあるらしい。

正直、ルイスとしては魔法戦よりも、その結界の仕組みの方が気になった。

魔法によるダメージから肉体や周囲の木々を保護し、その代わりに被術者の魔力を減らす高度な

魔術師養成機関ミネルヴァ 中等科1年
アドルフ・ファアロン

術。それを広域に展開するなんて、どれだけ複雑な魔術式になるのだろう。

（間違いなく、土地に手を入れて、魔導具埋め込んでるよな。それと、連動する魔導具を用意して……多分、魔法戦ってのはどこでもできるものじゃねぇんだ。できる場所が限られてる）

思案しつつ、ルイスは整列している生徒達を見回す。

魔法戦の授業は必須《ひっす》ではなく選択制だが、半数以上の生徒が受講していた。たとえ目指すのが研究職だとしても、魔法戦の実績があることは、就職で有利に働くからだ。

ただ、魔法戦を受講する生徒の中に、ロザリーの姿はない。その事実に、ルイスはホッとした。

魔法戦では、対戦相手の魔術が当たっても怪我《けが》をすることはないが、痛みは感じるらしい。ロザリーが痛い思いをするのは嫌だな、とルイスは密かに思っていたのだ。

「それではこれより、四人一組になって、魔法戦をしてもらう」

よく響く声で宣言したのは、金髪を首の後ろできっちり束ねた、四〇歳ほどの凛々《りり》しい顔立ちの女。魔法戦担当教師のソロウだ。

更に彼女の隣にはボサボサ眉毛の老人──〈紫煙の魔術師〉ギディオン・ラザフォードが佇んでいる。

ラザフォードは高度術式応用学の教授で、普段、中等科で教鞭《きょうべん》を執ることはないのだが、今回はソロウの補佐役をするらしい。

ソロウもラザフォードも、動きやすい服の上に魔術師のローブを羽織り、手には上級魔術師が持つ杖《つえ》を握りしめている。

リディル王国における魔術師の杖は、魔術師としての格が高いほど長くなる。

下級以下の見習いは、肘《ひじ》から指先ぐらいの長さの短杖《たんじょう》。中級は傘やステッキ程の長さ。上級は中級よりは長いが身の丈には届かぬ程度。

そして、魔術師の頂点に立つ七賢人だけが、身の丈ほどの長い杖を持つことを許される。

教師達の上級魔術師用の杖を見ながら、ルイスは思った。

(武器にするなら、あのぐらいの長さは欲しいな)

見習い用の短杖は、ルイスに言わせれば小枝である。細くて頼りないし、目を突くくらいにしか使えない。

手元の短杖を眺めながらそんなことを考えていると、組み合わせを決めるための、くじの箱が回ってきた。

ルイスは箱の中から折りたたんだ紙を一枚取り出し、数字を確認する。その時、背後から視線を感じた。

(……誰か見てんな)

ルイスはあえてその視線に気づかない振りをし、くじがよく見えるように手元で広げた。

それと同時に動き出した者が数名。アドルフ・ファロンとその取り巻きだ。

ルイスは笑いそうになるのを堪《こら》え、「俺は第三グループか」と独り言のように呟いてみせた。

第一、第二グループの魔法戦は、特に決着らしい決着がつかないまま、時間切れになって終了した。

攻撃魔術というのは、基本的に人に当てるのが難しいのだ。しかも、攻撃と防御を同時にこなすための判断力は、中等科の一年にはまだない。

誰かが攻撃魔術を使うと、他の者が慌てて防御結界を張り、逃げ回る。また、誰かが見当違いの攻撃魔術を放ち、それに怯《おび》えた生徒が防御結界を使う。先のグループの魔法戦はその繰り返しだった。

魔法戦の心得や戦略等を学んでいても、実戦でそれを反映させるのは難しい。まして、初等科の頃から魔法戦の訓練を受けていた者は、本当に極少数なのだ。

そしてグループが入れ替わり、ルイスを含めた四人の生徒が、森の少しひらけた場所に正方形を描くように立つ。それぞれ左右の相手とは、二〇歩ほどの距離をあけた形だ。

ルイス以外の三人は、アドルフとその取り巻きらしき男子生徒で構成されていた。アドルフはルイスから見て、丁度左手にいる。

「それでは、始めっ！」

ソロウが声を張り上げる。アドルフとその取り巻き達が、詠唱を始めた。

アドルフの企《たくら》みは読めている。おおかた三人で結託して、ルイスを痛い目に遭わせてやろうと考えたのだろう。

だからルイスは開始の合図と同時に走った。

まずは右手の一人。その男子生徒の詠唱が終わる前に、ルイスは距離を詰め、男子生徒の腹を殴り飛ばす。

「ぐぼっ」

男子生徒がくぐもった声をあげ、地面を転がる。それと同時に、アドルフともう一人の男子生徒が、ルイスに攻撃魔術を放った。取り巻きは炎の矢、アドルフの方は、使った魔術が視認できない。

(不可視の風の刃《やいば》か)

アドルフ達の攻撃魔術は、それなりに連携はとれていた。

炎の矢に意識を奪われていると、別方向から飛んできた不可視の風の刃に狙われる。

そうなると、防御結界の使えないルイスに防ぐのは難しい。

だからルイスは気絶させた男子生徒の体を、片手でむんずと持ち上げ、走り出した。

「あらよっと!」

不可視の風の刃は、気絶した男子生徒を盾にして防ぎ、目に見える炎の矢は走って回避。追尾性能のない見習いの魔術など、目に見えるのなら、避けるのはそれほど難しくない。

ある程度距離を詰めたところで、ルイスは即席の盾をポイと放り捨て、炎の矢を放った男子生徒の腹に拳《こぶし》を叩き込んだ。

これで残るは、アドルフ一人。

アドルフは引きつった顔で、ルイスを凝視している。

「馬鹿か!? これは魔法戦だぞ!?」

「馬鹿はてめぇだ、アドルフ・ファロン。魔術師相手にすんなら、詠唱する前に黙らせるのは当然だろ」

「反則だ! こんなの……こんなのずるい!」

いかにも育ちの良いお坊ちゃんじみた言い分に、ルイスは腹を抱えてゲラゲラ笑った。

「魔術を使ってぶちのめせばいいんだろ？　安心しろよ。お前をぶちのめしてから、丁寧に魔術叩き込んでやる」

笑いながらルイスは走りだした。アドルフが恐怖に顔を引きつらせながら、詠唱をする。盾状の防御結界だ。

アドルフは自身の前方に、大盾ほどの防御結界を作り、「間に合った！」と安堵《あんど》の声をあげる。

「何が間に合ったって？」

ルイスは横から回り込むと、右手に握った短杖を、アドルフの眼球スレスレに突きつける。

「ぎゃあっ⁉」

仰け反ったアドルフがバランスを崩したところで、ルイスは軽やかに飛び上がり、アドルフの広い額に渾身《こんしん》の回し蹴《げ》りを叩き込んだ。

アドルフは白目を剥《む》き、後ろ向きにひっくり返る。

跳躍からの回し蹴りを決めたルイスは、猫のような身軽さで着地を決め、とどめを刺すための詠唱をした。

敵は三人とも地に伏している。動かない的に当てるのは簡単だ。

（とどめだ）

ルイスは短縮詠唱で、頭上に大きめの火球を一つ作り出す。

火球を操るべく手にした短杖を一振りしたその時、ルイスは気がついた。己の周りを白いモヤが覆っている。

（あ、やべ）

気づいた時にはもう、ルイスの全身は痺《しび》れ、動かなくなっていた。煙に麻痺《まひ》成分を付与する、〈紫煙の魔術師〉ギディオン・ラザフォードお得意の魔術だ。

短杖を取り落とし、膝《ひざ》をつくルイスの頭上でラザフォードの声が響く。

「こんっのクソガキ……常識破りも大概にしろや！」

げ、と呻《うめ》くルイスの脳天に、ラザフォードの踵《かかと》落としが直撃した。

こうして、ルイス・ミラーの魔法戦デビューは、開始から僅《わず》か三分で対戦相手全員を行動不能にし、とどめを刺そうとしたところを、ラザフォードに止められて終了。

職員室で説教を受けたルイスは、「ちゃんと最後は魔術を使ったじゃねーか！」と言い張り、ラザフォードに張り倒され、反省文の提出と、一ヶ月のトイレ掃除を命じられた。

また、魔術で攻撃を仕掛けてきたアドルフ・ファロンとその友人達を暴力で制圧した事実は、瞬く間にミネルヴァ中に広まり、この日から、ルイスに新しい呼び名が増えたのである。

——即ち、ミネルヴァの悪童。

ジャム狩りのミラー並みに格好悪い呼び名に、ミネルヴァの悪童は反省文を書いた後で「ダセェ」と不貞寝《ふてね》した。

五章　岩窟《がんくつ》の魔術師

「これは由々しき事態ですっ！」

職員会議が始まると同時に、力強くそう宣言したのは、五〇歳ほどの女教師、結界術担当のメイジャーである。

「魔法戦で暴力事件を起こすなんて、信じられません！　即刻、ルイス・ミラーを退学にすべきです！」

中等科で初めての魔法戦の授業が始まってから、早一ヶ月。その間に魔法戦の授業は最初の授業を含めて五回行われたが、その全てでルイス・ミラーは問題行動を起こしていた。

まずは、同級生を殴るわ蹴るわの暴力で制圧した一回目。

二回目は、同級生との距離を詰め、転んでよろめいたフリをして、当て身をくらわせた。曰《いわ》く、「不幸な事故だったなぁ」。

三回目は対戦相手の服を掴《つか》んで、他の対戦相手にぶん投げた。曰く、「殴っても蹴ってもいないよな？」。

四回目、同級生に暴力を振るうな、と厳命されたルイスは同級生に足払いをしかけた。曰く、「足払いは暴力の内に入んねぇだろ」。

そして五回目、同級生が火球の魔術を放ったのを見たルイスは、足下にあった石を拾い上げ、火球に向かって思い切り投げつけたのだ。

火球の魔術は、被弾すると同時に炸裂《さくれつ》する性質がある。だが、豪速球で放たれた石は火球の爆風をものともせず突き進み、同級生の額に直撃した。

――なお、ここまでの回想に登場する同級生もとい犠牲者は、ほぼほぼアドルフ・ファロンか、その取り巻きである。

ルイスが問題を起こす度に、ラザフォードは現場に駆けつけ、紫煙でルイスを拘束しているのだが、ルイスはラザフォードの紫煙に関しても対策を練っているらしい。

姿勢を低くして息を止めたり、濡《ぬ》らしたハンカチで口元を覆ったりと、様々な工夫を凝らしていた。今のところ、どれも有効打にはなっていないが。

「色々工夫してみたり、向上心はあるんですけどねー」

法学担当の若い教師、アリスンが腕組みをして呟《つぶや》き、魔法戦を担当している女教師のソロウが硬い声で言った。

「私も『魔法戦では魔術を使え』と何度も説得したのですが、その度に彼はこう言うのです。『だって、殴った方が早いだろ』……と」

曇りのない眼で、当たり前のように言い放つルイスが、ラザフォードには容易に想像できた。

教師一同が黙り込む中、学長のレミントンが机の上で指を組んで、口を開く。

「ミラー君の成績を見ました。どの教科も優秀。実技の成績も飛び抜けていて、今はもう全属性の初級魔術と、中級魔術の一部を使いこなしているとか。特待生として申し分のない成績です」

ルイスの退学を訴えるメイジャーに、レミントンは柔和な笑みを向けた。

「生活面においては、色々と問題があるようなので、これからも我々教師陣で指導していきましょう」

「……はい」

メイジャーが不承不承ながらも頷《うなず》いたのを確認し、レミントンは穏やかに続けた。

「いずれにせよ、魔法戦の結界を改良する必要があるでしょう。あの結界の問題点は、以前から指摘されていたことですし。メイジャー先生、例の件はどうなっていますか？」

メイジャーは結界術の担当だ。学園内で行われる魔法戦の結界も、彼女が管理している。

メイジャーはルイスの処遇に対する不満を引きずらず、いつもの彼女らしい聡明《そうめい》さでキビキビと答えた。

「わたくしが師事した、〈水鏡の魔術師〉サムス・ホレイソン様が、既に新しい魔法戦の結界を完成させているそうです」

「では、冬至休みも近いことですし、早めに〈水鏡の魔術師〉様に結界の調整を依頼しましょう」

メイジャーとレミントンの会話に出てきた〈水鏡の魔術師〉は、リディル王国でも有数の、高度な結界術の使い手である。

今、ミネルヴァで使われている魔法戦の結界は、彼が考案した術式が多数使用されているのだが、〈水鏡の魔術師〉は現状に甘んずることなく研究を続け、より高度な魔法戦用結界の開発に成功したらしい。

学長席のレミントンは、新しい魔法戦の結界について、一通り指示を出し、次の議題を口にした。

「それでは次に、前期試験についてですが……」

＊＊＊

ルイスがミネルヴァに入学して、およそ三ヶ月。前期筆記試験が終わった頃には、秋も深まり、冬の気配を感じさせる冷たい風が吹くようになっていた。

中央地方の冬は、極寒の故郷に比べればマシだが、それでも寒いものは寒い。ルイスは寒さに慣れているが、寒いのは嫌いだ。

故郷では、寒い時は酒を飲んで体を温めるのが当たり前だった。粗末な酒なら薪《まき》より安上がりだし、まして、ルイスが暮らしていた物置部屋には暖炉なんてなかったのだ。

そういうわけで、すっかり冷え込んできた今日この頃、ルイスは数日前から安酒を仕入れ、服やブーツのほつれを直し、冬支度をしていた。

ルイスが大量の酒瓶を手に寮に帰宅した時は、ルームメイトのオーエンが理解に苦しむ顔をしていたが、ルイスに言わせてみれば、オーエンが愛飲しているコーヒーの方が、よっぽど理解に苦しむ飲み物である。

それから、更に数日が経《た》ったある日、廊下に前期筆記試験の総合順位が張り出された。

廊下には生徒達が溢《あふ》れているが、ルイスがやってくると、皆そそくさと距離をあける。おかげでルイスは背伸びをせず、掲示を見ることができた。

入学前、夏の帰省土産にとロザリーから大量の問題集を貰《もら》ったルイスは、ロザリーを驚かせることを目標に、真剣に勉強に取り組んできた。

普段から、不良だ野生児だ悪童だと言われているが、ルイスは計画性があるし、物覚えも早い。試験の手応えは、それなりにあった。

どれどれ、と張り出された順位を眺めたルイスは、少女めいた顔を目一杯しかめる。

（……中等科一年、総合五位）

入学前は初等科の問題すら解けなかったことを思えば、飛躍的な進歩である。だが、ルイスはこの結果に素直に喜ぶことができなかった。

「あら」

背後で聞き覚えのある声が聞こえ、ルイスはパッと振り向いた。こちらを見ているのは、教本や紙の束を胸に抱いたロザリーだ。

ロザリーは張り出された順位をチラリと見て、いつもクールな顔に小さな笑みを浮かべる。

「総合五位、おめでとう」

「……ありがとよ」

普段あまりニコニコしないロザリーの笑顔も、おめでとうの言葉も嬉《うれ》しい。だが、ルイスには素直に喜べない理由があった。

ルイスは下唇を突き出して、横目で順位表の一番上を見る。

『総合一位、ロザリー・ヴェルデ』

二位の生徒とかなりの点差を広げている彼女は、ほぼ満点に近い点数だ。

普段から、成績優秀で周囲から一目置かれているとは思っていたが、ルイスが想像していた以上に彼女は優秀だった。

「お前って、すげーんだな」

「……頭でっかちなだけよ」

ルイスの素朴な称賛に、ロザリーは視線を足下に落として苦笑した。照れ隠しではなく、何かを押し殺したような笑い方だ。

その笑い方が気になって、だが、どう追求すれば良いか分からなくて、ルイスがなんと声をかけようか迷っていると、ロザリーがパッと顔を上げた。

「そういえば、もうすぐ冬休みだけど……貴方《あなた》は、帰省するの？」

「しねぇ」

リディル王国では冬至から新年にかけての休みは、基本的に家族で静かに過ごすものとされている。故に、ミネルヴァでも冬至の少し前から、冬休みが設けられていた。

冬休みは殆《ほとん》どの生徒が帰省するらしい。寮に残るのはルイスみたいな訳ありか、或《ある》いは経過観察の必要な研究を抱えている研究生ぐらいだ。

ロザリーは、訳ありのルイスに、特に事情を探るようなことは言わず、穏やかに相槌《あいづち》を打った。

「そう、そしたら冬休み明けには、また参考書と問題集を持ってくるわね」

「……ありがとよ」

実用的な本が貰えるのは、良いことだ。故郷にいた頃だったら、絶対に喜んでいた。

それなのに、今はこうも複雑な気持ちになるのは何故《なぜ》だろう。本は嬉しいけれど、物足りなさに胸がスカスカするのだ。

その複雑な気持ちを咀嚼《そしやく》しきれず、ルイスが密《ひそ》かに唸《うな》っていると、ロザリーがふと思い出したように言った。

「私、さっきまで職員室にいたのだけど……マクレガン先生が貴方を探してたわよ。進路希望の書類、まだ提出してないんでしょ？」

「あー……」

中等科一年の進路調査は、今後、どのような授業を選択するかに関わってくる大事なものだ。

大半の生徒は高等科への進学を希望し、その後は研究職に就く者、魔導具職人になる者、魔法兵団や騎士団の魔術師部隊を目指す者など、様々だ。

中にはミネルヴァに残って研修生になる者もいるし、名家出身の人間なら実家に戻って家業を継ぐ。

ミネルヴァに正式入学して三ヶ月近く経つが、ルイスはいまだ明確な将来の夢を描けずにいた。

ミネルヴァに通う人間は、家業を継ぐことが決まっている貴族か、或いは明確な目標がある者が殆どだ。

（多分、ロザリーは、貴族のお嬢様なんだろうな）

ルイスのような、平民出身の特待生ではないのは確かだ。

ロザリーが成績優秀なのを差し引いても、同級生や教師達が彼女を丁重に扱っているのが、なんとなく分かる。

教室では貴族出身、準貴族かそれに匹敵する裕福な家出身、それ以外とで明確にグループが分かれているが、ロザリーはそのいずれにも属していない。いつも一人で、黙々と勉強をしている。かと言って、ルイスのように悪目立ちし、孤立しているわけでもない。

ロザリーは貴族出身の生徒とも、平民出身の生徒とも、ルイスに話しかける時と同じ淡々とした態度を貫いている。

「ロザリーは、もう進路を決めてんのか？」

問題の解き方を訊《き》いた時のように、すぐに答えが返ってくると思っていた。

だが、ロザリーは何故か虚をつかれたような顔をする。いつも真《ま》っ直《す》ぐに前を見つめている目が、一瞬泳いだ。

「……そう、ね。高等科に進学できるなら、したいと思ってる」

「お前の成績なら余裕だろ」

ロザリーは曖昧《あいまい》に笑い、「職員室に行くの、忘れずにね」と念を押して、ルイスの横をすり抜ける。

多分、自分は今、ロザリーに気を遣わせたのだ、とルイスは察した。

ロザリーの笑い方は、娼館の女達が「あんたは知らなくていいことだよ」と優しく誤魔化す時のそれに似ていたのだ。

「……あー、くそっ」

ルイスはパサパサした栗《くり》色の髪をかき、唇を曲げた。

ルームメイトのオーエンは、学費の工面に親が苦労していることを申し訳なく思いながら、必死で魔法兵団を目指している。

ロザリーは筆記試験で学年首席の成績を取れるほど勉強しながら、やっぱり進路に悩んでいる。

それなのに、特待生という恵まれた立場の自分は、進路のことなんて何も考えていない。

そのことが、ルイスにとって小さな引け目になっていた。

＊＊＊

「なぁ、マクレガン先生よ。俺は、高等科に行けんのか？」

職員室に向かったルイスは、マクレガンの机にズンズンと近づき、訊《たず》ねた。

マクレガンは、進路希望の書類をまとめて封筒に入れながら答える。

「今の成績を維持できるなら、特待生のまま進学できるでしょうね。でも、素行はもうちょっと気にしてね」

「証拠隠滅する努力はする」

「証拠隠滅が必要な事態を起こさない努力をしてちょうだい……じゃあ、ミラー君は高等科進学希望ってことで。その先は、何か考えてる？」

ルイスは適当にそれっぽい答えを返そうかと数秒考え、結局やめた。

「てめぇの食い扶持《ぶち》稼げりゃ、それでいい。あとは……お貴族様に愛想笑いして媚《こび》売る仕事だけは、死んでもごめんだな」

つまるところ、魔術師でなくても構わないのだ。

魔術師のいない田舎で育ったルイスは、魔術のことをすごい技術だと思っているが、あくまで

「できたら便利な技術」の一つでしかない。

マクレガンは、フサフサした眉毛《まゆげ》の下の目でルイスをジィッと見た。

「じゃあ、もうちょっと曖昧でいいから、こういう魔術師になりたいとか、この人みたいになりたい、とかはある？」

「全然」

「あれだけ、ラザフォード君の魔術を見てるのに？」

ルイスは思わず鼻で笑ってしまった。ルイスが知っているラザフォードの魔術など、煙草《たばこ》の煙に麻痺《まひ》成分を付与する魔術ぐらいである。

「あのジジイの煙の、何がすごいんだよ。あんなの、毒撒《ま》いた方が早《はえ》ぇじゃねぇか」

「……そう思うなら、チミはまだ、ラザフォード君の凄《すご》さを理解できる域に達してないのね」

ルイスは無言で、こめかみを引きつらせた。

マクレガンは、悪童の物騒な視線など気にもせず、髭《ひげ》を指でしごきながら呟《つぶや》く。

「チミ、最近、防御結界を覚えたんだって？」

「おう、盾と半球体と」

結界術は、通常の属性魔術とは異なる系統の魔術だ。

結界術には、防御結界、封印結界など、いくつか種類があるが、とりあえず防御結界だけでも覚えれば、魔法戦が有利になる。

魔術師が一度に維持できる魔術は二つまで。故に、防御結界で身を守りながら、攻撃魔術で敵を攻撃すれば、より勝率が上がる。

ただ、結界術は簡単そうに見えて、意外と扱いが難しい。状況に合わせた結界を張るためには、複雑な魔術式を展開し、精緻《せいち》な魔力操作技術で魔力を編み上げなくてはいけない。

結界術は、よく建築作業に喩《たと》えられる。

どういう家を造るか事前に細かく計算し、土台からしっかり積み上げていかなくては、頑丈な家は作れない。結界も同じだ。

今のルイスが使えるのは、防御結界が二種。盾の形をしたものと、自分を中心に半球体に展開するものだ。

前者の方が防御範囲は狭いが堅く、後者は背後の敵にも備えられるが、脆《もろ》い。

「半球体型防御結界を張っちまえば、ジジイの煙を防げるだろ。簡単な話だ」

防御結界を習得してから、まだルイスは一度も魔法戦をしていない。ちょうど防御結界を習得したタイミングで、試験準備期間が始まったからだ。

試験準備期間に入ったら、試験が全て終わるまで、魔法戦の演習場は閉鎖される。

試験が終わった後は、冬休みまで二週間ほどあるのだが、この期間、中等科では魔法戦の授業は行われない。高等科以上の生徒が、集中的に魔法戦演習を行うためだ。

つまり、次にルイスが授業で魔法戦を行うのは、冬休み明けということになる。

そこで覚えたばかりの防御結界を、どう使うか――そんなことを考えていると、背後で声がした。

「それなら、今やってみるか。魔法戦」

振り向くと、背後でラザフォードが煙管《きせる》を咥《くわ》えて佇《たたず》んでいた。ルイスに負けず劣らず殴りダコの目立つ手は、魔術師の杖《つえ》を握りしめている。

マクレガンがラザフォードに声をかけた。

「もしかして、新しい結界の設置、終わったの？」

「おう、今さっきな。早速、具合を試してみてぇと思ってたところなんだ」

ラザフォードは杖を持ち上げ、トントンと軽く肩を叩《たた》くと、ニヤリと笑う。

「そろそろ体が鈍《なま》ってた頃だろ。軽く揉《も》んでやるよ、クソガキ」

「上等だ、ジジイ」

覚えたばかりの結界術を試す良い機会だ。

（ジジイの紫煙を防いで、あっと言わせてやる）

＊＊＊

魔法戦の結界は、規模や強度にもよるが、結界の維持には一般的に魔術師二人が必要とされている。

魔導具を使った簡易結界もあるが、ラザフォードは、マクレガンと結界術教師のメイジャーに魔法戦用結界の維持を依頼した。

メイジャーは、素行の悪いルイスのことを毛嫌いしている老女だ。今も、ルイスを睨《にら》むような目で見ている。

「それでは、魔法戦の結界を展開いたします」

メイジャーはよく響く声で宣言し、地面に水晶球を置いて詠唱を始めた。

白い輝きを宿した杖が水晶球に触れると、結界の青白い光が周囲に広がり、瞬く間に消えた。

（今までの魔法戦用結界とは、違う感じがするな……なんか、面倒な術式が組み込まれてやがる）

ルイスは右目を細めて、水晶球を睨みつけたが、仕込まれた魔術式までは読み取れない。

メイジャーが水晶球から杖を離し、顔を上げた。

「それでは、ルールを説明いたします。結界内では魔力を用いた攻撃のみ使用可。物理攻撃は無効です」

わざわざ物理攻撃無効を強調するあたり、よほどこちらの所業が腹に据えかねているのだろう、とルイスは考えた。

メイジャーはルール説明を続ける。

「残存魔力量が一〇分の一を切った時点で、敗北が確定です」

（俺の魔力量は直近の計測結果だと、一一〇……つまり、大体一一を切ったら負けってわけか）

魔法戦において、魔力量はそのまま生命線だ。攻撃のために魔術を使うのにも魔力がいるので、単純に魔力量が多い人間ほど有利と言われていた。

（このジジイの魔力量は、一体いくつだ？）

上級魔術師ということは、ルイスより多いのはほぼ確実だろう。もしかしたら、一五〇を超えているかもしれない。

ラザフォードとの距離は、大体一〇歩程度開いている。

走って距離を詰め、足が滑ったとでも言って、飛び蹴《げ》りをかましてやりたいが、ラザフォードの紫煙が先に発動したら、ルイスは紫煙に突っ込むことになってしまう。

(さっきは、半球体型防御結界で紫煙を防ぐと言ったが……半球体型はデメリットが多い)

半球体型防御結界は、言うなれば自分の上にガラスドームを被《かぶ》せるようなものだ。

全方向からの攻撃に対応できるが、盾型よりも魔力消費が激しい、強度がやや低い、移動ができない、など幾つか欠点がある。

「それでは、始めっ！」

メイジャーが魔法戦開始の合図をするのと同時に、ルイスとラザフォードは詠唱を始めた。どちらも短縮詠唱だ。詠唱が終わるのはほぼ同時。

(先に半球体型防御結界を発動しちまうと、身動きが取れなくなる。だから、あれは追い詰められた時にとっておく)

ラザフォードが煙管を口元から外し、紫煙を吐き出す。白い煙は風向きに逆らい、ルイスに向かってきた。

(使ってきたな、紫煙！)

これに対抗するべく、ルイスが選んだのは、強風を起こす魔術。

強風で紫煙を吹き飛ばし、ついでに敵の体勢も崩せる一手だ。

「吹き飛べ、ジジイ！」

突きつけた杖の先端から、強い突風がラザフォードめがけて真っ直ぐに放たれる。

それなりに魔力を込めた風だ。頼りない紫煙など、散り散りになる——筈《はず》だった。

だが、白い煙は突風に逆らい、ルイス目掛けて飛来する。

のみならず、この突風をまともに受けたラザフォードは涼しい顔でその場に佇んでいた。

ラザフォードのローブはバサバサと音を立てて大きくはためく。だが、それだけだ。

「よう、クソガキ。なんだ、このそよ風は？」

「ク、ソ、ジ、ジ、イ！」

呻《うめ》きながらルイスは後方に走り、紫煙から逃げる。

紫煙は持続時間がさほど長くなく、効果範囲も広くない。何度もその身でくらって検証したので、それぐらいは分かる。

突風が効かなかったのは想定外だが、まだピンチになった訳じゃない。

（紫煙対策その二。紫煙の届かぬ遠距離から、攻撃魔術を叩き込む！）

ルイスは短縮詠唱で小さな火球を十数個作り出し、ラザフォードのやや手前の足下目掛けて放った。

普通にぶつけても、防御結界で防がれるのは目に見えている。だからルイスはあえて地面に放って、土埃《つちぼこり》を起こした。

そして、土埃で視界を遮っている内に、素早く横から回り込む。

「くたばれ、ジジイ――っ！」

もはや、足が滑ったとは言えない勢いでルイスは跳躍し、ラザフォードのこめかみ目掛けて、凶悪な飛び蹴りを放った。

ルイスの擦《す》り切れたブーツのつま先が、ラザフォードのこめかみに直撃する。だが、足に蹴りの衝撃が伝わってこない。

蹴りの勢いがラザフォードの手前で分散してしまったような未知の感覚に、ルイスはよろめきながら着地する。

「なんだ、これ？」

「だから言ったろ。物理攻撃は無効だって」

ルイスは野生動物の素早さで後ろに飛びすさり、ラザフォードと距離をあけた。

ラザフォードは攻撃を仕掛けてこない。ルイスに反撃するチャンスだというのに、美味《うま》そうに煙管を吸っている。

「新しい魔法戦の結界には、〈水鏡の魔術師〉サムス・ホレイソンが作った、物理攻撃無効術式を組み込んである。つまり、お前お得意の暴力は通じねぇってことだ」

「は、あ、あぁぁ⁉　なんだそりゃ……！」

動揺しつつ、ルイスは足下の石を拾い上げて、ラザフォード目掛けて投げた。

拳《こぶし》ほどある石は、確かな殺意と威力でラザフォードの頬に直撃したが、ラザフォードはケロリとしている。全く効いていない。

「この結界の中じゃ、魔術か、あるいは魔力付与した武器でないと、ダメージを与えられねぇんだよ。お前に拳骨《げんこつ》をかませねぇのは残念だが……」

ラザフォードは皺《しわ》の刻まれた口元を持ち上げ、凄みのある笑顔で告げる。

「代わりにイイモンくれてやるよ」

ゾクリ、とルイスの背中が震えた。

荒事慣れしているルイスの勘が、「ヤバイのがくる」と告げている。

（防御結界――盾か、半球体か）

堅いのは盾だ。だが、ヤバイのがどこから来るかが分からない。

ルイスはいつも以上の早口で短縮詠唱を口にし、半球体型防御結界を展開する。

ラザフォードは短縮詠唱でお馴染《なじ》みの紫煙を操り、紫煙を維持したまま、杖を地面に突いて、長い詠唱を口にした。

紫煙は長い詠唱のための時間稼ぎ、本命の攻撃は長い詠唱の方だろう。

(このまま、攻撃を……)

防御結界を維持しつつ、攻撃魔術の詠唱を口にしていたルイスは、己の致命的な失敗に気づき、「あ」と声をあげる。

離れたところで見ていたマクレガンが、場違いに呑気《のんき》な声で言った。

「やっちゃったね、ミラー君」

半球体型防御結界は、自分の上にガラスドームを被せるようなものだ。

つまり、自分の攻撃も阻害してしまう。

(こういう時は、あれだ、遠隔魔術……っ)

自分の手元ではなく、離れた場所で発動させる遠隔魔術を使えば、半球体型防御結界の中から攻撃できる。

ただ、ルイスはまだ、遠隔魔術を習得していないのだ。

やっべぇ、と思った時には、ラザフォードの通常詠唱は終わっていた。

更にラザフォードは通常詠唱に続ける形で、儀礼詠唱を口にする。

「ヴェゼルダの丘に眠る輝きの王、我が呼びかけに応え、その力の片鱗《へんりん》を示せ」

それは、これから呼び出す存在に敬意を示し、その偉大さを知らしめるべく、口にする言葉だ。

ラザフォードの眼前に、オレンジ色に輝く光の粒子が集い、大きな門を形作る。

「〈岩窟の魔術師〉ギディオン・ラザフォードの名の下に、開け、門」

光の粒子でできた門が、開く。

門から溢《あふ》れる光は、サラサラと地面に流れ落ち、染み込んでいく。

「断絶の底より現れ出《い》でよ、地の精霊王アークレイド」

精霊王召喚。それは精霊王の力の一部を呼び出して操る、上級魔術師の中でも使い手は殆《ほとん》どいない、最上位の魔術の一つだ。

ルイスの足下が鳴動し、隆起する。

今更気がついた。半球体型防御結界は、術者を中心にガラスドームを被せたようなものだ——つまり、足下が無防備になる。

地面がグニャグニャと歪《ゆが》みだし、ルイスは立っていられず、片膝《かたひざ》をついた。

ルイスの周囲の土がボコボコと盛り上がり、柱のように伸びて、ルイスの顎《あご》を突く。

「ぐぉっ⁉」

これが、ただの土塊なら、物理無効結界が働くところだ。だが、この土の塊は強い魔力を帯びているので、魔術による攻撃扱いとなる。

魔法戦ではダメージの分だけ、魔力が減る。柱の一撃がルイスの魔力をごっそり削った。

「ぎゃっ⁉　がっふぁ！　ぶべっ！」

次々と地面から伸びる土の柱がルイスを滅多打ちにし、そして、閉じ込める。ルイスが張った防御結界は内側から容易く砕け、もはや跡形もない。

結局、ルイスはものの一分足らずで魔力が尽きて倒れ、地面からデタラメに伸びた土の柱に閉じ込められた。

魔力が著しく減少すると、人間は貧血に似た症状に陥る。大抵の人間は意識を失うところだが、ルイスは気力だけで意識を保っていた。

地面から生えた柱に、左右から首を挟まれ、歯軋《はぎし》りをするルイスに、結界術教師のメイジャーが冷ややかに告げる。

「半球体型防御結界の扱いを誤りましたね、ルイス・ミラー。後でレポートを提出するように」

ルイスは返事の代わりにグルグルと唸《うな》った。もはや、捕獲された野生動物である。

メイジャーに続いて、マクレガンも魔法戦の結界を解除しながら口を挟んだ。

「ラザフォード君はね、昔は王立騎士団に所属してたのよ。王立騎士団魔術師部隊、元隊長〈岩窟《がんくつ》の魔術師〉ギディオン・ラザフォード……ちょっと凄《すご》かったのよ、彼」

戦闘専門の魔術師と言うと、今は魔法兵団が有名だが、数十年前はまだ魔法兵団がなかったのだ。当時、戦闘専門の魔術師と言えば、騎士団の中にある魔術師部隊が有名だった。

そこの隊長を務めていたともなれば、なるほど、魔法戦に強いのも納得だった。この柄の悪い老人は、元軍人なのだ。

「土属性の攻撃魔術の使い手って貴重でね。ラザフォード君は、土属性の名門ローズバーグ家に匹敵するって言われてたのよ」

「土属性魔術は総じて燃費が悪いから、退団する時、紫煙に切り替えたんだけどな。こっちの方が使い勝手がいい」

マクレガンの言葉を引き継ぎ、ラザフォードは地面に倒れたルイスの前でしゃがんだ。

「最近じゃ、精霊王召喚なんて滅多に使わねぇよ。毎度毎度、地面をボコボコにしてたら、後始末が面倒だろ。お前みたいな雑魚を拘束するのなんざ、紫煙で充分だ」

雑魚、という一言にルイスは青筋を浮かべ、指を地面にめりこませた。

怒りのあまり、頭の血管がちぎれそうだ。だが、今自分がここに這《は》いつくばっている事実は変わらない。

ラザフォードは、煙管でルイスの頭をポクポク叩《たた》いた。既に魔法戦の結界は解除されているので、普通に痛いし熱い。

「あと、お前は紫煙を防御結界で防げると思ってるようだが、甘い。俺の紫煙は、防御結界をすり抜ける」

「は、はぁっ⁉」

そんな馬鹿な、とルイスは目を剥《む》き、結界術教師であるメイジャーを見た。メイジャーは、神妙な顔でコクリと頷《うなず》く。

「わたくしの結界でも、ラザフォード教授の紫煙は防げません」

メイジャーはミネルヴァで最も結界術に長《た》けた魔術師だ。そんな彼女でもお手上げと言うのなら、ラザフォードの紫煙は誰にも防げないということになる。

メイジャーの隣で、マクレガンがのんびりと言った。

「しかも、煙に魔力付与する魔術って、ラザフォード君だけが使える唯一無二だから。嘘《うそ》だと思うなら、真似《まね》してごらん。今のところ、できた人は誰もいないのよ」

精霊王召喚は誰もが驚く魔術だが、使い手は世界にただ一人、というわけではない。

そして、ルイスがあれだけショボいショボいと馬鹿にしていた紫煙は、誰にも真似できない奇跡の技なのだという。

ルイスは信じがたいものを見る目で、ラザフォードを見上げた。

ラザフォードはゆっくりと煙管を吸い、口からポゥッと息を吐いて、紫煙で輪を作ってみせる。

魔力付与されていない煙は、すぐに空気に溶けて消えた。

「俺には、こっちの方が、よっぽど難しいがな」

「…………………」

ルイスはようやく理解した。ラザフォードと自分の間にある、圧倒的な実力差を。

これは完敗だ。

＊＊＊

新しい魔法戦用結界の試験運用が終わった翌日、結界術教師メイジャーは、自身の研究室で手紙を書いていた。

宛先《あてさき》は、彼女の恩師である〈水鏡の魔術師〉サムス・ホレイソン。物理無効効果の魔法戦用結界を開発した、リディル王国でも有数の結界術の使い手だ。

新しい結界を開発し、優先的にミネルヴァに設置してくれたことへの謝辞を綴《つづ》っていると、研究室の扉がノックされた。

どうぞ、と声をかけると扉が開かれる。分厚い紙の束を手に佇《たたず》んでいるのは、昨日、ラザフォードにコテンパンにされた特待生、ルイス・ミラーだ。

「昨日の反省レポートができたのですか」

「それもあるが、訊《き》きたいことがある」

メイジャーは粗暴なルイスのことを良く思っていないが、それでも長年教育者を務めてきた自負はある。生徒の質問には、誠意を持って答えるのが教育者だ。

「半球体型防御結界について、分からない点が？」

「違う……いや、それもあるけど、一番知りたいのは、昨日の新しい魔法戦用結界についてだ」

そう言ってルイスは、手にした紙の束をドンと机に置いた。そこには細かな字で、魔法戦用結界を構成する魔術式が記されている。

しかも、まだ一般公開はされていない、物理無効効果についても、想定される魔術式が数パターンほど書かれていた。

「ラザフォードのジジイに蹴《け》りを放った時に、硬い物を蹴ったっていうより、衝撃がどこかに受け流されるみたいな感じがした。だから、衝撃を逃す術式について三パターン。あと、物理攻撃無効って言うけど、どこまでを物理攻撃と認識するのかが気になったから、それに関係する術式をいくつか調べてみたけど、どれもしっくりこなくてだな。メイジャー先生の意見を聞かせてくれよ」

メイジャーは唖然《あぜん》とした。ルイス・ミラーは昨日の魔法戦に参加しているが、魔法戦用結界の魔導具や魔術式を直接見たわけではない。

おそらく、彼は自分ならどう術式を作るかを考え、それをレポートにまとめてきたのだ。

魔法戦用の結界は、上級魔術師でも理解が難しい代物だ。まして、昨日の魔法戦用結界は、まだどこにも公開されていないというのに！

メイジャーはずり落ちかけた眼鏡を持ち上げ、レポートに目を通した。まだまだ粗い部分が多いが、本質をよく捉《とら》えている。着眼点も鋭い。

更に、魔法戦用結界に関するレポートの下には、半球体型防御結界の改良案のレポートが。そのまた下には、防御結界の持続時間や強度についてのレポート。現存する防御結界でラザフォードの紫煙が防げないのなら、どのように術式改良すれば良いかに関する考案など。

どれも、レポート用紙にビッシリと考察や術式が記されている。

『半球体型防御結界の欠点の一つが、地面からの攻撃に弱いことである。そこで、結界内の地面も覆うようにするには、どのような魔術式が必要か？』

『〈紫煙の魔術師〉ギディオン・ラザフォードの紫煙は、初級の突風では防げなかったが、中級以上の術ならばどうか？　紫煙はどこまで指向性を持たせられるのか？』

メイジャーはレポートに一通り目を通し終えた。これは、レポートの添削に随分と時間がかかりそうだ。それだけレポートの内容が濃い。

そのことをメイジャーが口にしようとすると、ルイスが珍しくかしこまった態度で言った。

「なぁ、メイジャー先生。明日から冬休みまでの間、結界術の補習講座やるんだろ。俺も参加させてくれよ」

「……あれは、赤点の生徒を対象としたものですよ」

「それでもいいから、頼むよ。もうちょい、結界の訓練時間増やして、強度とか持続時間を上げたいんだ。でないと、ラザフォードのジジイと渡り合えねぇ」

メイジャーは眉間《みけん》の皺《しわ》に指を添えて、葛藤《かっとう》した。

ミネルヴァの教師は、熱意ある生徒の懇願に弱いのだ。

こんな充実したレポートを書いて、その上、補習に出たいなどと言われたら悪い気はしない。

（素行に問題があるのは事実ですが、昨日の魔法戦で心を入れ替えたのなら……）

未来ある子ども達を指導することこそ、教育者の使命である。

とは言え、特別扱いをあっさり許可するわけにもいかない。

メイジャーが、いかにも不承不承という態度を取り繕っていると、ルイスが制服のケープの下から何かを取り出した。そこそこの大きさの瓶だ。

「頼むよ、先生。差し入れも持ってきたからさ」

メイジャーは傾いた丸眼鏡を持ち上げ、訊《たず》ねた。

「それはなんです」

「酒」


その後、メイジャーはルイスに一時間みっちり説教をしてから、レポートの添削をし、補習の参加を承諾した。当然に、酒は没収である。

この日から、ルイスはメイジャーの研究室に入り浸るようになり、結界術の研究に明け暮れた。

打倒ボサ眉《まゆ》ジジイ、という素敵な目標を胸に掲げながら。

六章　悪童、責任の重みを知る

「俺は、この世で最も憎んでいる仕事がある」

ルイスはその顔にドス黒い憎悪を滲《にじ》ませ、手にしたスコップを、足下に広がる雪に差し込む。そうして全身の力を使って雪を持ち上げ、道の端に寄せた。

「それが雪かきだ。寒い、だるい、終わりがない。これほど不毛な仕事が他にあるか？」

ぼやくルイスに、隣でチマチマとスコップを動かしていたオーエンが、作業の手を休めず言う。

「別に、終わりがないってことはないでしょ。こっちじゃ、たまに降るぐらいなんだから……ぼやく割に、手際良いよね」

「北部育ち舐《な》めんな」

フンッと鼻を鳴らし、ルイスは手際良くスコップを持ち上げた。


ミネルヴァ周辺で雪が降ったのは、冬休みが明けて一週間が過ぎた頃のことだった。

一晩中降り続けた雪は明け方には止《や》んだが、膝《ひざ》が隠れるぐらいに雪が積もっている。

南方育ちの生徒の中には、雪を珍しがる者もいたが、起床したルイスは窓の外の雪景色を見て、盛大に舌打ちをした。

ミネルヴァではこうして雪が降った時は、外掃除当番の生徒が雪かきをする。間の悪いことに、ルイスとオーエンがそうだったのだ。

結局その日は、他の掃除当番の生徒達と協力して雪かきをしてから、校舎に行くはめになった。

雪かきで筋肉痛になるほど繊細な体ではないが、朝から面倒な仕事はしたくないものである。

（……ったく。他に、やりたいこともあるってのによ）

その日の休み時間、ルイスはポケットから折り畳んだ地図を取り出し、睨《にら》みつけた。

地図はミネルヴァの敷地内の簡易地図だ。

周囲を森に囲まれたミネルヴァは、校舎の北東に学生寮が、北西に図書館がある。南にある大きな道は、ラグリスジルベの街に繋《つな》がる道だ。バイトで街に行く時、ルイスはいつもこの道を使う。

そして校舎の東には、魔法戦や実践魔術の訓練場がある。冬休み前、ルイスがラザフォードと魔法戦をしたのもここだ。

（おそらくは、この近く……立入禁止区域の位置から推測するに、訓練場の北が怪しいな）

「悪巧みしている顔ね」

すぐ近くで聞こえた声に、ルイスはギクッとしつつ、咄嗟《とっさ》に地図を折りたたんだ。

顔を上げると、机に手をつき、ジトリとこちらを見ているロザリーと目が合う。

ロザリーはどちらかというとパッチリと丸い目ではなく、涼しげな目元をしているので、睨まれるとそれなりに迫力があった。

「なんでもねーよ」

そそくさと地図を教本の下に隠したが、ロザリーはまだ懐疑的な顔をしている。

ルイスは慎重に言葉を選んだ。

「最近、メイジャー先生んところで結界術の勉強しててさ、魔法戦の結界の仕組みに興味が湧いたんだよ。だから、魔法戦の結界がどの程度の規模なのか、地図で確認してたんだ」

口にした言葉は嘘《うそ》じゃない。ただ、全てを言っていないだけで。

ロザリーはしばし、ルイスの顔を凝視していたが、やがて小さくため息をついた。

「そう。それならいいのだけど……危ないことはしないようにね」

ロザリーは引き下がったが、その目は教本の下に挟まれた地図をチラチラと見ていた。

＊＊＊

放課後、寮に戻ったルイスは制服の上に外套《がいとう》を羽織り、ブーツの上にボロ皮をグルグルと巻きつけ、紐《ひも》で固定した。

それと、暗くなるまで出歩くつもりはないが、念のためにランタンを持ち、外套のポケットには暖を取るための酒瓶を入れる。

（冬は日が暮れるのが早い……なるべく急いで、見つけねぇとな）

ルイスは寮を出ると、道に残った雪を蹴散らしながら、魔法戦の訓練場北部にある森に向かう。

（立入禁止区域のどこかに、絶対にあるはずだ……魔力濃度の濃い土地が）

メイジャーの下で結界術を学んで、ルイスが気づいたのは、結界術は規模が大きくなるほど、魔力の消費が激しくなるということだ。自分一人を守るための結界ならともかく、魔法戦の結界のように複雑な上、周囲一帯を囲うものなど、魔術師一人の魔力で賄いきれるものではない。

なんらかの魔導具で補助しているのだろうけれど、魔導具に付与できる魔力量にも限りがある。

そこでルイスが考えたのが、川の水を自分の村に引いてくるように、魔法戦の結界も、どこかから魔力を引いてきているのではないか、ということだ。

(魔法戦の結界はどこでも展開できるものじゃない、とメイジャー先生が言っていた……その条件が、土地の魔力濃度を指しているなら、合点がいく)

魔力濃度の濃かった旧時代と違い、現代では土地の魔力は薄れつつある。

そして、現代の人間は昔ほど魔力に耐性がなく、魔力濃度の濃い土地に長時間滞在すると、魔力中毒になる危険性があった。

故に、魔力濃度の高い土地は立入禁止区域に指定されていることが多い。

ミネルヴァでは、野生動物に襲われたり、迷子になったら危険だからという理由で、森の奥を立入禁止にしているが、魔力濃度の濃い土地があるから、というのも理由の一つだとルイスは推測している。

雪を蹴散らして森の奥へ進んだルイスは、木と木の間にロープが結んである、立入禁止区域の手前に到着した。

(きっと、このロープの向こう側だ)

ルイスはロープを持ち上げて、その下を潜《くぐ》り、躊躇《ためら》うことなく森の奥へ進んでいく。

ルイスが魔力濃度の濃い土地を探しているのには、理由がある。

冬休み前の、ラザフォードとの魔法戦でルイスが痛感したのが、魔法戦における魔力量の重要性だ。

ルイスの魔力量は現在一一〇程度。決して低い数値ではないが、ラザフォードの魔力量は一八〇前後なのだという。

魔力量は一般人が五〇未満、上級魔術師は一三〇が大体の目安である。魔術師の頂点である七賢人にいたっては、一五〇以上が絶対条件であるらしい。

それを考えると、ラザフォードの魔力量がいかに並外れているかが分かる。

だから、ルイスはラザフォードとの再戦に臨むにあたり、どうしても自分の魔力量を増やしておきたかった。

魔力量を増やすには、とにかく普段から魔力に触れ、そして消費することが重要である。

そして、これは推奨されていない方法だが、魔力濃度の濃い場所で過ごすことで、魔力量が増えることもあるらしい。

更に、魔力濃度の高い土地にいると、それだけ魔力の回復が早くなるから、いつも以上に魔術の練習も捗《はかど》る。

(魔力量を増やして、魔術の腕を磨くなら、魔力濃度の高い土地でやるのが一番手っ取り早いはずだ)

魔力量は一〇代が成長のピークで、二〇歳ぐらいで成長は止まり、あとは緩やかに減少していくという。だからこそ、成長期である今、徹底的に訓練をして、ラザフォードの魔力量を超えたい。

ロープを越えて、二〇分近く歩いたところで、明らかに魔力濃度が変わるのを肌で感じた。

特に景色が変わったわけではない。それでも脈が少し速くなり、心臓の裏側辺りがジンワリと温かくなる。

ルイスは酒に酔ったことがないが、酔っ払いが感じる酩酊《めいてい》感というのは、こういうものなのかもしれない。

自分の残存魔力量を把握するのは、腹の空《す》き具合を確かめるのに似ている。正確に数値で答えるのは難しいが、なんとなくの具合は分かるのだ。

今は、日中の訓練で消費した魔力が、いつも以上の早さで回復しているのを感じる。

(当たりだな。これからは、ここで魔術の訓練を……)

「止まりなさい、ルイス・ミラー」

不意に、背後で鋭い声が響いた。

振り向くと、こちらに向かってくる人影が見える。ロザリーだ。

彼女はおぼつかない足取りで、雪を踏み締めてこちらに近づいてくる。制服の上に羽織った外套は雪まみれだった。きっと、何度か転んだのだろう。

「お前、どうして……」

「足跡を辿《たど》ってきたの。ここは立入禁止区域よ。すぐに引き返しなさい」

ロザリー相手に、下手な嘘は通じない。

ここは、魔力濃度の濃い土地での魔術訓練の有用性を説いた方が早いだろうか――そう考えるルイスに、ロザリーは押し殺した声で言う。

「魔力濃度の濃い土地で、魔術の訓練をしようと考えたのでしょう」

「よく気づいたな？」

魔力濃度の濃い土地の存在は、生徒達には伏せられているはずだ。少なくとも、ルイスは知らなかったし、看板にもその旨は書かれていなかった。

密《ひそ》かに驚くルイスに、ロザリーは口の端を歪《ゆが》め、暗い目で自嘲《じちょう》する。

「……分かるわよ。私も、同じことを考えたことがあるんですもの」

ロザリーの言葉が、ルイスには意外だった。

優等生でルールに厳しいロザリーが、自分と同じことを考えるだなんて思ってもいなかった。

ロザリーは外套の胸元をギュッと握り、血の気をなくした唇で呟《つぶや》く。

「……魔力量二〇」

「あ？」

「それが、私の魔力量よ。初等科の一年から、殆《ほとん》ど増えていない」

ミネルヴァ中等科一年の平均魔力量が、およそ七〇。初級魔術師を目指すなら、最低でも五〇は欲しいと言われている。

その最低ラインに、ロザリーは全く届いていないのだ。

魔法戦の授業をロザリーが受けていないのも当然だ。ロザリーには、魔法戦ができるだけの魔力がない。おそらく、実技の授業で数回魔術を使うのが精一杯なのだろう。

冷たい風が吹いて、木の上から雪がボタボタと落ちた。ロザリーは乱れた横髪を指先で耳にかけ、苦いものを堪《こら》えるような顔をする。

「筆記試験は学年首席で、魔力量は学年最低。それが七賢人の娘、ロザリー・ヴェルデの成績よ」

「七賢人？」

それは、このリディル王国における魔術師の頂点ではないか。

唖然《あぜん》とするルイスに、ロザリーは小さく頷《うなず》く。

「七賢人が一人、〈治水の魔術師〉バードランド・ヴェルデは、私の父よ」

同級生や教師が、ロザリーに対して丁重な態度を取る理由がようやく理解できた。理解すると同時に、ルイスは冷たい雪の塊を飲み込んだような気分になった。

魔術師の頂点である七賢人の娘——当然に、周囲から期待されてきたはずだ。そして、それに応える努力をロザリーはしている。

だが、魔力量は体質の問題だ。訓練することで増えると言われているが、それでも増えづらい者は確かにいる。

「何度も、考えたわ。魔力濃度の濃い場所で訓練すれば、魔力量が増えるかもしれない。みんなに追いつけるかもしれない」

ポツポツと言葉を口にする度に、ロザリーの口元から白い吐息が零《こぼ》れて、消える。

沈みかけの夕日は灰色の雲に覆われ、既に周囲は薄暗い。じきに、凍える夜が訪れる。

「でも、規則を破って無理な訓練をして、後遺症が残ったら？　周りに迷惑をかけたら？　父の顔に泥を塗ったら？　……そう考えると、私はあのロープを越えることができなかった」

いつも冷静で涼しげなロザリーが、今は必死だった。その悲しいほどの必死さが、ルイスの心を抉《えぐ》る。

「私は、貴方《あなた》に、そういう後悔をしてほしくない」

俺とお前は違うんだよ。俺には、迷惑かけて困る父親なんていないんだよ——そう皮肉を返してやればいい。

それなのに、ルイスは何も言えなかった。

周りに迷惑をかけないために、立入禁止のロープを越えずにとどまってきた彼女が、ルイスを説得するためにロープを越えた。その事実の重みが、ルイスの肩にのしかかる。

それはきっと、ロザリーを巻き込んだことに対する責任の重みだ。そして、ロザリーが背負ってきたものは、ルイスのそれより何倍も重いのだ。

ルイスが何も言えずにいると、ロザリーが口元を手で覆い項垂《うなだ》れた。寒さに紅潮していた頬は、いつの間にか血の気を失い、真っ白になっている。

「ロザリー⁉」

ルイスが駆け寄ると、ロザリーは口元を手で覆ったまましゃがみ込んだ。

細い眉《まゆ》は苦しげに寄せられ、額には脂汗が滲《にじ》んでいる。ロザリーは固く目を閉じ、か細い声で言った。

「……気持ち、悪い」

そうだ。この場所は既に立入禁止区域。魔力濃度が濃くなっている。

人間が一度に取り込める魔力量には限度がある。それを超えると、体内の別の器官に魔力が蓄積し、時に重篤な中毒症状を起こす。最悪、命に関わることもあるのだ。

そして、魔力量の少ない人間ほど、一度に取り込める魔力量が少なく、魔力中毒になりやすい。

ルイスは自分の外套を脱いでロザリーの背にかけ、その体を背負った。ロザリーの体はすっかり冷え切っていて、どこもかしこも冷たい。

おまけにロザリーの靴は、雪の対策をしていない普段使いの靴だった。雪がしみて大変なことになっている。このままだと凍傷になりかねない。

七賢人の娘でお嬢様である彼女は、雪の中を長時間歩くなんて、したことがなかったのだろう。それをさせたのはルイスだ。

(あぁ、くそっ、畜生、クソッタレ‼)

ルイスは胸の内で悪態をついた。全部、ロザリーを巻き込んだ馬鹿な自分に対する悪態だ。

思いつく限りの悪態を自分に吐きながら、ルイスはロザリーを背負って、雪の森を歩きだした。

＊　＊　＊

医務室の常駐医であるウッドマンは、白髪まじりの黒髪に無精髭《ぶしょうひげ》の、くたびれた雰囲気の中年男性である。

痩《や》せた体にヨレヨレの白衣をひっかけたウッドマンは、椅子の背もたれにだらしなくもたれ、首を捻《ひね》って窓の外に目を向けた。

「おじちゃんね、いつも思うわけよ。生徒が授業受ける時間決まってんだから、その時間過ぎたら、大人も仕事終わりで良くない？　って。ほんとね、余計な仕事したくないのよ」

窓の外はもうすっかり暗くなり、日が沈んでいる。

そんな暗闇の中、意識を失ったロザリーを背負って医務室に駆け込んだルイスは、ゼェゼェと荒い息を吐いてウッドマンを睨《にら》みつけた。

このやる気のないオッサンに仕事をさせるには、どう脅すのが早いか。

真剣に脅し方を検討するルイスの前で、ウッドマンは「よっこらしょ」と呟きながら立ち上がった。

「だからね、ミラー君が喧嘩《けんか》して怪我《けが》したなら、自分でなんとかしてって思うけど、魔力中毒は素人じゃ処置できないからね。はい、そこ寝かせて」

そう言ってウッドマンが、ベッドを顎《あご》でしゃくったので、ルイスは背負っていたロザリーをベッドに横たえた。

「なんでこんなオッサンが、ミネルヴァの常駐医なんだろうな」

「それはね、おじちゃんが医術と魔術の両方の知識がある、すごいおじちゃんだからです」

「自分のこと、おじちゃんおじちゃん言うなよ。気持ち悪《わり》ぃぞ、オッサン」

「これはね、『自分のこと若くないって、ちゃんと弁《わきま》えてますよ』っていう謙虚アピールなの。ミラー君も年取ったら分かるよ」

「分かりたくもねぇわ」

ウッドマンはストーブに薪《まき》を放り込み、水を張ったケトルをその上に置いて、湯を沸かす。

それから薬品棚の鍵《かぎ》を開け、いくつかの薬液や、魔導具らしき宝石を取り出した。

リディル王国では肉体に魔力付与を施す、治癒や肉体操作の魔術全般を禁術としている。人間の体は魔力耐性がさほど高くなく、魔力中毒になる危険性が高いからだ。

現代魔術では、小さな切り傷一つ治すのに、膨大な魔力がいるという。切り傷一つ治すために魔力中毒で死んでしまっては、それこそ意味がない。

そういった事情もあり、リディル王国では医療用魔術という分野が、確立されているとは言い難い状況だった。

それでも、魔力が原因で体調不良になる人間はいる。

魔力中毒、魔力欠乏症、魔力過敏症、魔力過剰吸収体質、精霊憑《つ》き等々、そういった症状に対応できる、医術と魔術の両方の知識を持つ人間――それが、このヨレヨレ白衣のやる気のないオッサンこと、ウッドマンなのである。

「もうね、前提として、人間って一度にたくさんの魔力を吸収したり、放出したりしちゃいけないのよ。管に水を流す時、水が多すぎると管が破裂しちゃうでしょ。それと同じ」

ウッドマンはロザリーの靴を脱がせて、冷えた手足を手際良く拭《ふ》き、湯で温めた布で包《くる》んでやった。その際、右手に青い石を握らせる。

「それ、魔導具か？」

「そうそう、魔力吸収してくれるやつ。研究者してる時は、なかなか買えなくてさ〜。いやもう、太っ腹よねミネルヴァ。すんごい高いのよ、これ」

ロザリーの手の中で青い石が内側から弱く輝く。それが、ロザリーから吸い上げた魔力なのだ。

先ほど、ウッドマンは魔力の流れを管と水に喩《たと》えたが、この管も太さに個人差があるらしい。魔力量の少ない人間ほど、この管も細くなる。だから、ロザリーは少しずつしか魔力を放出できない。

「魔力濃度が濃い土地での訓練は、魔力を流す管や、貯《た》める器を強引に広げる効果があるんだけど、体への負担も大きいわけよ」

そう言って、ウッドマンはルイスをチラリと見る。

きっと彼は、ルイス達が立入禁止区域に入ったことに気づいているのだ。

「面倒だから、職員室には報告しないけどー、もうやめてね？　おじちゃん、面倒ごとが嫌いなのよ」

「……助かる」

ボソボソと小声で礼を言い、ルイスは桶《おけ》に張った湯で布を温め、固く絞った。


頭が痛い。ズキズキと分かりやすい痛みではなく、部分的に緩く圧迫されるような、そういう痛みだ。

（ここは、どこかしら……）

ロザリーが重い瞼《まぶた》を持ち上げると、カーテンが見えた。窓にかけるカーテンではない。病室で、ベッドとベッドを区切るためのカーテンだ。ということは、ここは医務室なのだろう。

そこでようやく思い出した。自分はルイスを追いかけて、立入禁止区域に入り、そして倒れたのだ。おそらく、魔力中毒で。

ベッドに寝かされているロザリーの体は、冷えないようにと厚手の毛布でグルグル巻きにされていた。靴下が脱がされているから、きっと、凍傷になりかけたのだろう。

手と足の指を何度か開閉し、きちんと動くことを確認して、ロザリーは寝返りを打つ。

見覚えのある制服が見えた。ゆっくり見上げると、しかめっ面をしているルイスと目が合う。

ルイスは唇をギュッと引き結び、眉間《みけん》に皺《しわ》を寄せ、険しい顔をしていた。

侮られることが嫌いな彼は、日頃から周囲を威嚇するような顔をしているけれど、今はなんだか、込み上げてくる色々な感情を堪えているように見える。

「起きたかよ」

ぶっきらぼうな声でルイスが言う。怒っている声だった。

（まぁ、良い気はしないでしょうね）

自分がルイスにぶつけた言葉を思い出し、ロザリーは内心苦笑する。

魔力濃度の濃い土地での、魔術訓練——それは、魔力量を増やしたい人間にとって非常に魅力的だ。それをロザリーは止めた。

私も我慢してきたのだから、貴方も我慢しなさい、と子どもじみた言い分で。

「ごめんなさい」

「なんで、お前が謝るんだよ」

「迷惑をかけるのは良くないと言っておきながら……結局、貴方に迷惑をかけてる」

ルイスの顔がますます渋くなったので、ロザリーはベッドから起き上がった。

椅子に座って本を読んでいた常駐医のウッドマンが、欠伸《あくび》まじりに言う。

「魔力中毒は軽症だったし、手足も凍傷とかにはなってないから、もう帰っていいよ。というか、おじちゃんも早く帰りたい」

「ご迷惑をおかけしました、ウッドマン先生」

ロザリーが深々と頭を下げると、ウッドマンは読みかけの本を閉じ、ルイスを見た。

「見習って、ミラー君」

「うっせぇ」

ロザリーの外套《がいとう》や靴は、ストーブのそばに干してあった。ロザリーはそれを手早く身につけ、医務室の扉に手をかける。

すると、ルイスが無言でついてきた。

「……送る」

「なら、お願いするわ」

医務室を後にする二人に、ウッドマンが「お大事にー」とヒラヒラ手を振った。


雪の残る夜道は、いつも以上に冷え込みが厳しい。

寮に続く道は、雪かきこそされているが、日中溶けた雪が夜の寒さで凍りつき、とにかく滑る。

ロザリーが凍った地面に苦戦していると、隣を歩くルイスがランタンを持つのと反対の手を差し出した。

「ん」

「……ありがとう」

差し出された手を取ると、ルイスはロザリーの手をしっかりと握りしめて、歩きだす。

二人はしばし、無言で歩いた。ルイスはまだ不貞腐《ふてくさ》れたような顔をしている。

「俺は」

ルイスは前を向いたまま、怒り顔で口を開く。

「迷惑なんて、思ってねーからな」

医務室でロザリーが口にした謝罪について言っているのだろう。

ロザリーが返す言葉に迷っていると、ルイスは荒れた唇を尖《とが》らせて、小声で付け加える。

「……森の奥には、もう行かねぇ」

「そうね。無理な訓練をしなくても、貴方なら、すぐ伸びるわ」

きっと、この人はすごい魔術師になるのだろう、とロザリーは思う。

教わったことはすぐに吸収し、応用ができる。実技でも、既に短縮詠唱、同時維持、防御結界を身につけている。

ミネルヴァに入学して、まだ半年も経《た》っていないのに、ルイスはもう上級魔術師に匹敵する知識と技術を身につけつつあるのだ。

勉強だけが取り柄のロザリーとは、違う。

(……私は、ルイスが羨《うらや》ましいんだわ)

魔術の才能もそうだが、それ以上に、その奔放さが。周囲の嫉妬《しっと》や羨望《せんぼう》を蹴散《けち》らして、不敵に笑う強さが、ロザリーには眩《まぶ》しかった。

七賢人の娘という肩書きに縛られ、周りの顔色を窺《うかが》ってしまう自分は、どうしたってルイスみたいにはなれない。

「なぁ、高等科への進学、まだ悩んでんのか」

「そうね。高等科に上がったら、より実践的な授業も増えるだろうから……」

本当は高等科に行って、もっと勉強がしたい。だが、ロザリーの魔力量は、あまりにも少なすぎた。

魔力量の成長のピークは一〇代だから、まだ伸びる可能性はあるが、現時点で一般人の平均以下なのだ。この先どれだけ魔力量が増えても、良くて、中級に届くか届かないか程度だろう。

俯《うつむ》くロザリーの手を、ルイスがギュッと握った。手袋越しに、熱が移るような心地がする。

「明日、魔法戦の授業あんだろ」

「え、えぇ？　私は、術式応用の授業だけど……」

「それサボって、見に来いよ」

「え」

驚き見上げるロザリーに、ルイスは口元から八重歯を覗《のぞ》かせ、不敵に笑う。

それは、とっておきのイタズラを思いついた、悪ガキの笑みだ。

「明日の魔法戦で、魔力量が少なくても勝てるってことを証明してやるよ」

＊＊＊

冬休みが明けた頃から、魔法戦の授業は一対一の形式をとることも増えてきた。

中等科一年でも有数の実力者であるアドルフ・ファロンは、一対一の魔法戦では負け知らずだ。

ただ、アドルフはまだ、特待生のルイス・ミラーと一対一の試合をしたことがない。

そして今日の魔法戦の授業は一対一の形式で、組み合わせは成績順。ともなれば、対戦相手は確実に、ルイスだ。

(前期は、あいつがルール違反しまくったせいで、酷《ひど》い目に遭ったが……後期からは、魔法戦の結界が新しくなっている)

新しい結界の中では、物理攻撃が無効になる――つまり、ルイスお得意の暴力に訴える作戦は効かないのだ。

純粋な魔術勝負だったら、勝つのは自分だ。アドルフは初等科の頃から、ずっと実技一位だったのだ。ポッと出の田舎者なんかに負けるはずがない。

打倒ルイスと意気込んでいると、くだんのルイスがアドルフに近づいてきた。

ルイスは少女めいて見える顔に、ニヤニヤと品のない笑みを浮かべている。

ふと、アドルフはルイスのポケットから何かがはみ出していることに気がついた。小汚いボロ切れだ。

「おい、なんだそれ?」

アドルフが訊《たず》ねると、ルイスはその布をポケットの奥にねじ込んだ。

「いけね。はみ出してたか……ハンカチだよ、ハンカチ」

「ハンカチ?　ボロ切れの間違いだろ」

アドルフの嫌味に、ルイスは何故《なぜ》か笑みを深くする。

アドルフとルイスが話しているのを見て、教師達が慌てて魔法戦用の結界を発動した。魔法戦用の結界を展開すれば、ルイスが暴れても怖くないからだ。

今日の担当教師は魔法戦の教師ソロウ、補佐役にラザフォード。

共に軍人経験のあるこの二人は、ルイスの悪質さを理解している。

教師だけじゃない。この場にいる誰もが、ルイスが次は何をやらかすつもりかと、ヒヤヒヤしているのだ。

ルイスは周囲を覆う魔法戦の結界をじっと観察していた。癖なのか、ルイスは何かを観察する時、よく右目を細める。今もそうだ。

（今日は何をやらかす気だ……？）

ルイスはずる賢い男だ。そういう奴《やつ》を相手にする時は、こちらもずる賢くならなければ。

アドルフが用心深くルイスを見ていると、ルイスはニヤニヤ笑いながら肩を竦《すく》めた。

「そんなに警戒するなよ。良い勝負をしようぜ、アドルフ・ファロン」

そう言って、ルイスは右手を差し出す。

（こいつが握手？　絶対、何かあるだろ）

アドルフは念の為にルイスの手のひらを観察したが、指の間に針を挟んだり、手のひらに何か貼りつけている様子はない。もし武器を隠していたとしても、既に物理攻撃無効の結界は張られているのだ。

アドルフが握手に応じると、ルイスは握る手に力を込めた。こちらの手を握《にぎ》り潰《つぶ》さんばかりの馬鹿力だ。痛い。

（こんの野郎……っ！）

アドルフも負けじと、その手を強く握り返す。その手を、ルイスはじっと見ていた。

「それでは、魔法戦を始める。双方、位置について」

魔法戦教師ソロウの指示に従い、二人は徒歩二〇歩分の距離をあけて、向き合った。

「それでは、始め！」


ソロウの開始の合図と同時に、ルイスは全力で走った。

アドルフは攻撃魔術の詠唱をしているが、ルイスは大抵の攻撃なら走って避《よ》けられる自信がある。

アドルフが短杖《たんじょう》の先端をルイスに向けて、叫んだ。

「くらえっ！」

アドルフの杖《つえ》の先端から、強い風が吹く。おそらくはアドルフお得意の、不可視の風の矢だ。

だが、不可視の攻撃を放つには、アドルフの視線はあまりに素直すぎた。

（足を狙ったんだろ）

ルイスは右に跳んで攻撃を回避。そのまま一気に距離を詰め、ポケットに手を突っ込む。

アドルフはその場を動かず、次の術の詠唱をしていた。ルイスが殴ろうが蹴ろうが怖くないと思っている顔だ。

「馬鹿《ぶあか》が」

凶悪な顔でせせら笑い、ルイスは右手に握った砂をアドルフの顔に投げつけた。

アドルフが「ぎゃっ⁉」と悲鳴をあげて仰《の》け反《ぞ》る。詠唱が止《や》んだ。

その隙に、ルイスはアドルフの背後に回り込み、己の腕でアドルフの首を絞めあげる。

アドルフは砂に汚れた目をショボつかせながら、必死でルイスの腕を引き剥《は》がそうとした。

「なっ、なにをす……ぐぇぇっ」

「おいおい、騒ぐなよ。同級生を優ーしく、抱きしめてるだけだろ？　俺達、仲良しだもんなぁ？」

物理攻撃無効の結界で、ラザフォードに敗北した日から、ルイスは密かにこの結界の抜け道を探し続けていた。

そもそも、物理攻撃とは、どこまでが攻撃の範疇《はんちゅう》に入るのか？

何度も検証を繰り返し、ルイスは気づいたことがある。

まず、殴打や、武器を振り下ろすこと、石を投げることは攻撃行為とみなされるが、砂つぶほど小さいものになると、攻撃行為とみなされない——故に、砂で目潰しをするのは有効である。

そして物理攻撃無効結界は、手を握ることと、手を握り潰すことの違いを感知できないのだ。そのことは、先ほどの握手でも実証されている。つまり、絞め技は普通に効くのである。

アドルフはルイスの腕に爪を立てて抵抗しようとした。だが、いくら爪を立てても物理攻撃無効結界のせいで、爪痕《つめあと》一つ残せない。

アドルフの抵抗が弱ってきたところで、ルイスはアドルフを解放し、少し距離をあけた。

アドルフはゼィゼィと苦しげに呼吸しながら、それでも憎悪に満ちた目でルイスを睨《にら》み、詠唱をしている。

（火属性中級魔術……火を槍《やり》にして放つやつか）

ルイスもまた、詠唱を口にする。先に詠唱が終わったのは、アドルフだ。

「くらえっ！」

アドルフの短杖の先端から生まれた炎が、槍の形になる。槍の形に成形する魔術は、分割して矢にしたものより威力が高い。まともにくらえば、相当なダメージを受けるだろう。

迫り来る炎の槍を前に、ルイスは一歩も動かず、軽く腰を落として拳《こぶし》を握りしめる。

そして、拳の前に小型の盾型防御結界を展開し、その結界で炎の槍を殴りつけた。

「オラァ！」

防御結界は小さくするほど、強度と持続時間を上げやすくなるという性質がある。

ルイスが展開した防御結界は、広げた手のひらより一回り大きい程度。全身を守れるほど大きくないが、だからこそ桁違《けたちが》いに堅い。

結界をまとったルイスの拳が、炎の槍を散らす。霧散する炎の向こう側で、アドルフが驚愕《きょうがく》に目を剥《む》く。

ルイスは右手の結界を維持したまま走り、結界でアドルフを殴りつける。

腹に一発、顔面に一発。アドルフがグシャグシャに顔を歪《ゆが》めて泣き喚《わめ》いた。効いている。物理攻撃無効結界は、怪我こそしないが痛みは感じるのだ。

魔術で起こした炎や風と同じく、結界も魔力を帯びている。つまり、結界で殴りつける行為は、魔力を帯びた行為と判定されるのだ。

ただ、アドルフの魔力が尽きるまで殴り続けるのもかったるい。そこでルイスは、手っ取り早く決着をつけることにした。

ルイスはアドルフを仰向《あおむ》けに倒して跨《またが》り、ポケットからハンカチ——という名の、砂まみれのボロ切れを取り出し丸めて、アドルフの口にねじ込む。

「ようは、魔術が使えなくなった時点で負け確定なんだろ？　だったら、簡単だ。詠唱ができないように口を塞《ふさ》げばいい」

ルイスはポケットから、別の布を取り出し、暴れるアドルフに猿轡《さるぐつわ》を噛《か》ませる。あとは、手足を拘束すれば完璧《かんぺき》だ。

「むぐぅっ⁉」

ルイスは森の木陰に目を向けた。木陰からチラチラとこちらを見ているのはロザリーだ。

（見たか、ロザリー！　魔力量が少なくたって、工夫次第で、どうとでもできるんだぜ！）

得意気に笑うルイスに、木陰のロザリーがパタパタと手を動かした。焦った表情の彼女は、何かを伝えようとしている。

（…………『上』？）

前にもあったな、こんなこと。と思った瞬間、魔法戦の結界が音もなく消え、ルイスの脳天にラザフォードの踵《かかと》落としが炸裂《さくれつ》した。

「魔術を使えって言ってんだろうが、クソガキっ！」

ルイスはコブのできた頭を押さえ、涙目で喚き散らす。

「ちゃんと結界で殴っただろうが！」

「なぁぁにが、ちゃんとだ！　攻撃魔術使えや！」

「うっせぇ、ジジイ！　魔法戦の結界解除したなら、こっちのもんだぜ。おら、くらえやぁ！」

ルイスは全身のバネを使って、跳び上がるように立ち上がり、その勢いのまま拳を振るう。ラザフォードはそれを身を捻《ひね》ってかわし、ルイスの腹に膝《ひざ》を叩《たた》き込《こ》んだ。

グボォと呻《うめ》き、よろめくルイスの鼻っ面に、ラザフォードの拳が炸裂する。

ルイスの体は豪快に吹っ飛び、ゴロゴロと転がった。雪の残る地面に、真っ赤な鼻血の花が咲く。

ラザフォードはケッと喉《のど》を鳴らし、煙管をクルリと回した。

「出直してきな、クソガキ」

＊　＊　＊

「おじちゃんね、怪我の手当とか面倒なことしたくないのよ。もうね、怪我なんて清潔にして安静。それが一番」

鼻血と泥に塗《まみ》れて医務室を訪ねてきたルイスに、読書していた常駐医のウッドマンは心底嫌そうな顔をする。

ルイスはいまだ鼻血の止まらぬ鼻を手で押さえ、くぐもった声で呻いた。

「仕事しろや、オッサン」

「その辺に、綿とか布とか水とかあるから、ご自由にどうぞ」

そう言ってウッドマンは読書を再開した。ルイスが凶悪な顔で舌打ちをしても、お構いなしだ。

仕方なく、ルイスは部屋の隅にある布を拝借し、適当に顔を拭《ふ》いた。布は血と泥がベッタリとこびりついて大惨事である。

そこに、「失礼します」と声をかけて入室した生徒がいた。ロザリーだ。

ロザリーはズンズンとルイスに歩み寄ると、怒りと呆《あき》れが混ざった複雑な顔をした。

「……本当に、困った人なんだから」

表情は怒って呆れているのに、その声が優しく聞こえたのは気のせいだろうか。

ロザリーはテキパキと桶《おけ》の水で布を濡《ぬ》らして、ルイスの顔を拭《ぬぐ》っていく。

間近でこちらを見る彼女の顔は、真剣そのものだ。

「カッコ良かったろ？」

「鼻血出してる人が何言ってるの」

調子の良いルイスの言葉をザックリと切り捨て、ロザリーは黙々とルイスの顔を拭う。

やりすぎたかな、とルイスはらしくもないことを考えた。

魔力量が少ないからと、高等科への進学を諦《あきら》めかけているロザリーに、魔力量が全てではないことを見せてやりたかったのだが、優等生のロザリーを怒らせただけかもしれない。

こういう時は何を言えば良いのだろう。ルイスが悩んでいると、ロザリーがポツリと小声で言った。

「……あまり問題ばかり起こしてると、一緒に高等科に上がれないわよ」

ルイスはパッと目を見開きロザリーを見る。ロザリーはその視線から逃げるように桶と向き合い、汚れた布をジャブジャブ洗う。

ルイスはまた垂れてきた鼻血を手の甲で拭い、不敵に笑った。

「高等科に上がる頃には、筆記試験でお前を追い越してやるからな」

「そう、受けて立つわ」

洗った布をギュッと絞るロザリーは、色々なものを吹っ切ったような顔をしていた。

七章　結界の魔女

昼飯時の食堂ゴアの店で、中年の男二人が口論をしていた。

お前がぶつかったから酒がこぼれただの、こっちこそスープが服についただの、しょうもない口《くち》喧嘩《げんか》だ。頭に血が上ったのか、男の片方が相手の胸ぐらを掴《つか》み、胸ぐらを掴まれた男は相手の髪を掴む。

「お客さぁん！　困りますぅ！」

店で給仕をしている金髪の娘が困り顔で止めたが、二人は耳を貸さない。

そこに、店の奥からエプロンと三角巾《さんかくきん》をつけた少年が姿を見せた。栗《くり》色の髪の、どこか少女めいた顔立ちの少年だ。

少年が二人の間に割って入ろうとすると、中年男の片方が唾《つば》を飛ばして喚《わめ》き散らした。

「邪魔すんなよ、お嬢ちゃん！」

お嬢ちゃん呼ばわりされた少年は、低い声で「あ？」と呟《つぶや》き、男二人の顔面を左右の手で鷲掴《わしづか》みにした。

中年男二人は、ギャアギャアと騒ぎながら、顔に食い込む手を引き剥がそうとするが、その手はビクともしない。

少年は中年男二人をズルズルと引きずり、店の外に繋《つな》がる扉に向かう。

給仕の娘が気を利かせて先回りし、扉を開けた。

「お客さん二名、お帰りで〜っす。お会計はツケで」

「喧嘩の続きは外でやれや、クソども」

少年が二人を店の外に放り出し、少女が笑顔で扉を閉める。

その光景に、店の客達はゲラゲラと笑い、ひやかすような声をあげた。

「息ぴったりだね、お二人さん！」

「俺ぁ久しぶりにこの店に来たが、背が伸びたな、ルー坊」

「前は、サリーの方がでかかったのになぁ」

「そのまま、サリーの婿にしてもらえよ！」

客達のからかいに、金髪の看板娘サリーは真顔で一言。

「え、ルイスは無理」

「無理とか言うな。俺の立場がねぇだろが」

ルー坊こと、ルイス・ミラーはしかめっ面で呻く。

ルイスがこの店で働き始めて、もうすぐ三年。当初は少し大きかったエプロンも、今では丁度良いサイズになっていた。

少女めいた顔立ちと、肉の付きにくい体は相変わらずだが、以前よりも背が伸び、少年から青年に近づきつつある。

ジャム目当てでミネルヴァにやってきてから、早三年弱。

寒村の少年は、もうすぐ一五歳になる。半年後の秋には、ミネルヴァ高等科の一年生だ。

忙しい昼飯時が過ぎた頃、ルイスは賄いのスープとパンをガツガツと腹にかきこんだ。

店内では大柄な店主のゴアと、痩《や》せた中年男のロウが、それぞれ夜の仕込みと掃除をしていて、ゴアの娘のサリーはルイスの向かいで、パンを小さくちぎっている。

「ルイスの食べ方、お上品じゃなーい。なんでいつも、口いっぱいに詰め込むのぉ？」

「別にいいだろ。零《こぼ》しちゃいねぇんだから」

故郷を出て随分経《た》つが、貴重な食料は取られる前に隠すか食べ切れ、という精神が、なかなか抜けないのである。

「だから、モテないんだよぉ」

「うっせぇよ、猫かぶり」

ルイスが悪態を吐《つ》いても、サリーは怯《ひる》んだりしない。ミネルヴァのお嬢様達と違い、粗雑な男に慣れているのだ。なにせ父親が強面《こわもて》のゴアである。

サリーは白い頬に手を添えて、唇を尖《とが》らせた。

「好きな人に、可愛《かわい》いと思ってもらうために、努力してるだけですぅ」

「じゃあ、そいつの前だけで、猫かぶってろよ」

ルイスの言葉に、サリーは出来の悪い生徒を見るような目を向けた。

サリーはルイスより一歳年上だが、事あるごとにお姉さんぶりたがる。

「こういうのは、好きな人の前だけじゃなくて、普段から徹底しないと駄目なの」

「その根性には頭が下がるぜ」

「ルイスだって、好きな女の子ができたら、格好つけたくなるよぅ」

「へいへい」

空になった器を洗い場に運ぶと、肉を煮込んでいた店主のゴアが、思い出したように言う。

「そうだ、ルー坊。今年もミネルヴァの学園祭に出店するから、手伝えよ。手当は弾むぜ」

ルイスは「よっしゃ」と、拳を握った。

ミネルヴァでは、学園祭という名目をとっているが、実際のところは研究発表の一般公開日という方が正しい。

市井の学校ではこういう時、歌や芝居を披露するらしいが、ミネルヴァは魔術師養成機関の最高峰である。故に、行われるのは魔術の研究発表だ。

発表者は主に教授か研究生。一部の優秀な生徒が、発表者に選出されることもあるが、それも高等科の生徒に限った話で、中等科の生徒が発表者になることは、まずない。

学園祭の日、生徒達は客人の案内役をするか、各々が興味のある研究分野の発表を聞きに行くのが一般的であった。

そしてルイスはというと、入学して一年目と二年目の学園祭は、興味のある分野の研究発表だけ聞きに行き、それ以外は配布される資料を回収して、あとは殆《ほとん》どゴアの店の手伝いをしていたのである。

学園祭は大勢が出入りするので、街の人間がミネルヴァに許可を取って、飲み物や軽食の店を出店するのだ。

テーブルを拭いていた、痩せた中年のロウが心配そうにルイスを見た。

「ルイス君、毎年手伝ってくれてるけど、大丈夫？　学園祭当日って、ミネルヴァの生徒さんも、忙しいんじゃないの？」

「まぁ、上手《うま》くやるさ」

ルイスはいまだ慣れぬ水道を睨《にら》みつつ、皿を洗いながら、ロウを見る。

「今年は何の店出すんだ？　去年と同じ串《くし》焼《や》きか？」

「最近は冷えこみが厳しいから、温かいスープにしようと思うんだ」

「いいな、儲《もう》かりそうだ」

ミネルヴァの学園祭は、三週間後の冬終月《ロマリア》末日に行われる。まだまだ寒さの残る時期だから、温かいスープは喜ばれるだろう。

ルイスは頭の中で算盤《そろばん》を弾《はじ》いた。

学園祭に出店する店の手伝いは、臨時収入としてはかなり美味《おい》しい。売り上げが良ければ、特別手当も出るのだ。これで、最近きつくなってきたブーツを買い替えられる。

（あと、問題なのは格好だな）

ミネルヴァの生徒が外で働くことは、禁じられてはいないが、あまり良い顔はされない。

殊に「学園祭は貴重な研究発表を見られる機会なのだから、なるべく研究発表を見ろ。働くなら目立たないようこっそりやれ」――というのが、ラザフォードの言である。

だから一年目と二年目の時、ルイスは私服に着替えて頭にバンダナを巻き、裏方に徹していた。

ただ、研究発表を見て回る時に、また制服に着替えるので、いちいち着替えを持って歩き回るのが面倒くさいのである。

今年はどうしたものかと考えていると、ゴアが塊肉を切り分けながら言った。

「今年は、サリーに出店を任せることにしてな」

「こっちの店も開けたいからねぇ」

掃除をしていたロウがおっとりと頷《うなず》き、サリーが満面の笑みでルイスを見た。

「だから、あたしがルイスの服も用意してあげるね」

「おう、そんじゃ頼むわ」

この時、軽率にサリーに頼んだことを、ルイスは心底後悔することになる。


ゴアの店で昼食を食べたルイスは、大急ぎで研究棟に向かった。

午後の授業まではまだ間があるが、昼の内に研究室に来るようにと、ラザフォードに言われていたのだ。

(しっかし、なんで研究室?)

ルイスになにかしら説教があるのなら、職員室の方に呼び出すのが常だ。

首を捻《ひね》りつつ、ルイスはラザフォードの研究室をノックした。中から返事はない。

ドアノブを捻ってみると、扉は簡単に開いた。研究室には貴重な研究資料もあるだろうに、不用心である。

(よしよし、折角だから、何かジジイの弱みになりそうなモンでも……)

とりあえず机に近づいてみたルイスは、机の上に珍しい物が置いてあることに気がついた。握《にぎ》り拳《こぶし》ほどの大きさの木彫りで、星に似た形の十二面体だ。持ち上げて振ってみても、特に音はしない。

（なんだこれ……魔導具か？　いや、パズル？）

三角形の面を指で押すと、僅《わず》かに動く感触がした。興味を惹《ひ》かれたルイスは、木彫りの星を手の中で転がし、全体を確認してから、少しずつ指先で動かしてパズルを解いていく。

最初はなんとなく始めてみたパズルだが、次第にルイスは楽しくなってきた。この手の娯楽用品に今まで触れる機会があまりなかったのだ。

ものの一分足らずでルイスはパズルを解体し、そのまま組み立て直してみた。

「よし、できた」

「へぇ、すごいねぃ。あっという間だ」

背後から響いた声に、ルイスは危うく手の中のパズルを取り落としかけた。

振り向くと、扉の前にルイスより幾らか年上の女子生徒が佇《たたず》んでいる。煉瓦色《れんがいろ》の髪を首の後ろで素っ気なくまとめた、素朴で親しみのある雰囲気の女子生徒だ。

ラザフォードの私物を弄《いじ》っていたルイスを咎《とが》めるでもなく、どこか面白がるように見ている。

（高等科の生徒か……？）

ルイスが警戒していると、女子生徒は自然な足取りでルイスに近づき、その手から木製のパズルを抜き取った。

「これ、旅のお土産に、うちがラザフォード先生にあげたんだよ。本当は解くのにもっと時間がかかるもんだけど、やるのは初めて？」

「……おぅ」

「そりゃすごい。結界術とか術式応用の適性がありそうだ」

そう言って彼女は、目を細めて笑う。陽《ひ》だまりで微睡《まどろ》む、猫のような笑顔だ。

ルイスは自分の悪名が高等科の方でも、それなりに広まっていることを知っている。だが、この女子生徒は、ルイスを警戒する様子はない。きっと、ミネルヴァの悪童のことを知らないのだろう。

その時、部屋の扉が開いて、煙管《きせる》を咥《くわ》えたラザフォードが部屋に入ってきた。

ラザフォードはルイスと女子生徒を交互に見て、目を丸くする。

「来てたのか、カーラ」

カーラと呼ばれた女子生徒は、ほんの少し困ったように眉《まゆ》を下げ、頬をかいた。

「学園祭の研究発表の件なんだけどさ……やっぱ、うちも出なきゃ駄目？」

「魔術師組合のお偉いさんが、是非にだとよ。演習場で、あれを一発かますだけでいいぜ」

「それはそれで、悪目立ちして嫌なんだけどなぁ……大量の資料作るよりマシかぁ」

ラザフォードに対して気さくな態度を取る人間も珍しいが、話の内容も何やら気になる。

（……ただの生徒じゃねぇのか？）

ルイスがカーラを見ていると、ラザフォードは煙管の先端でルイスを指し示した。失礼なジジイである。

「カーラ、こいつが中等科特待生のルイス・ミラーだ」

「うん、多分そうなんじゃないかなって思ってた」

ルイスの名前を聞いても、カーラは特に動じる様子もなく頷く。

ラザフォードは首の後ろをガリガリとかきながら、ルイスに言った。

「こいつは、カーラ・マクスウェル。高等科の特待生で、うちの研究室の唯一の生徒だ」

「ルイス・ミラーだっけ？　師匠から、お噂《うわさ》はかねがね。うちは今年で高等科卒業で、入れ違いになっちゃうけどさ、来年以降も研究生として残る予定だから、よろしくね」

ミネルヴァでは高等科に上がると、研究室に所属することができる。

無論、誰もが研究室に所属できるわけではなく、担当教師の許可がいる。

そして、〈紫煙の魔術師〉ギディオン・ラザフォードは、滅多に研究生を取らないことで有名な人物であった。

そのラザフォードが在校生で唯一認めた研究生で、弟子が、このカーラなのだ。

ラザフォードは元軍人だが、カーラに軍人然とした雰囲気はない。どこにでもいる、気さくな雰囲気の女子に見える。

（特待生ってことは、成績優秀なのは確かだな。どんな魔術を使うんだ……？）

ルイスがまじまじとカーラを見ていると、ラザフォードが灰皿に灰を落としながら言う。

「あぁ、そうだ。それでだな、クソガキ、お前を呼び出した理由だが……高等科進学審査の結果、お前には特別な課題を課すことになった」

「はぁ!?」

今のルイスは中等科三年。高等科へ進学するには、筆記試験における一定の成績、魔法戦の試験、もしくは論文の提出が求められる。

筆記試験に関しては、ロザリーにはいまだ届かぬものの、申し分のない成績だったし、魔法戦の試験も、ルールの抜け道を突いたりせず、真っ当かつ堅実な戦い方でルイスは合格していた。

正直、ぶつぶつと詠唱して攻撃魔術を当てるのは面倒だなぁ、殴った方が早いのになぁ、というのが本音なのだが、その気になればルイスは魔術だけでも、充分に相手を圧倒できる。

そういうわけで、ルイスは高等科進学に必要な要素を全て満たしているのだ。

納得いかない、という顔をするルイスに、ラザフォードが渋面になる。

「……理由は言わなくても分かるな？」

「あぁ？　知るかよ」

「素行が悪すぎるっつってんだよ、ボケェ！」

「師匠、師匠、大人気ないって」

ガラの悪い老人と、ガラの悪い少年が治安の悪い空気を作り上げても、カーラは特に気にする様子もなく、どうどうとラザフォードをなだめる。

ラザフォードはケッと喉《のど》を鳴らした。

「そういうわけで、職員会議の結果、お前には学園祭で研究発表をしてもらうことになった。その発表内容次第で、高等科進学の可否を決める」

「学園祭って……あと、三週間しかねぇじゃんかよ⁉」

「おう、死ぬ気で取り組め、クソガキ」

ルイスは絶句した。そもそも、研究発表の舞台に中等科の生徒が立つこと自体、稀《まれ》なのだ。

しかも、研究資料の準備など、どんなに短くとも一ヶ月はかかる。人によっては、一年前から翌年の準備を進めることもあるぐらいなのだ。

「それなら、うちが手伝おっか？」

救いの手は、意外な方向から差し伸べられた。カーラだ。

「発表内容の方向性が固まったらさ、資料の作り方とか、教えてあげられると思うよ」

カーラから下心や恩着せがましさは感じられない。

だから、ルイスは素直に頭を下げることにした。

「……頼む」

「ほいさ、困ったらいつでもおいで」

＊　＊　＊

「ルイスに頼みがあるんだ」

ルイスが寮の自室に戻ると、ルームメイトのオーエン・ライトが改まった口調で切り出した。

初めて会った頃はまだ初等科で、ルイスよりも小柄だったオーエンだが、ここ最近はすっかり背が伸びて、ルイスと同じぐらいになっている。

「なんだよ、頼みって」

「実は、学園祭の日に、両親がミネルヴァに来るんだ」

学園祭は貴重な一般公開日であり、魔術師組合の人間だけでなく、生徒の親が見学に来ることもあるのだという。

オーエンの両親は、息子がどんな環境で勉強をしているか、興味津々らしい。

「で、寮の部屋も見たいって言われて……」

「やべぇだろ」

ルイスは咄嗟《とっさ》にベッドを見た。オーエンの散らかし癖は相変わらずで、今も彼のベッドの上には教本や私物がごっちゃりと広がっている。オーエンは少し早口になった。

「勿論《もちろん》、学園祭の日には片付けるさ。ただ、うちの親が部屋に入ったら、君は嫌かもしれないから、一応確認をとっておこうと思って……」

ルイスは自分の部屋に他人を入れることを好まないが、三年近く同じ部屋で過ごせば、少しぐらい思うところはある。

なにより、オーエンがミネルヴァに入学させてくれた両親に深く感謝していることを、ルイスは知っているのだ。

「別に構わないぜ。学園祭の日は、研究発表で忙しくて、寮に戻る暇ねぇし。親御さんとゆっくりしてろよ」

「……研究発表？」

オーエンが目を丸くする。驚くのも当然だ。中等科の生徒が研究発表するなんて、滅多にあることではない。

ルイスは後ろ向きに、オーエンは横向きに椅子に座った。勉強机の椅子は、そのまま座ると背中合わせになるので、椅子に座って話す時は、この体勢が定番なのだ。

ルイスは椅子の背もたれに頬杖《ほおづえ》をつき、研究発表することになった事情を、かいつまんで説明する。

高等科の進学条件は満たしたが、素行の悪さが原因となり、学園祭での研究発表を言い渡された──それを聞いたオーエンは、呆《あき》れ顔《がお》で一言。

「自業自得だよね」

「ほっとけ」

散らかし癖同様、辛辣《しんらつ》なところも、出会った頃から変わらない。

ルイスが下唇を突き出して不貞腐《ふてくさ》れていると、オーエンはモゴモゴと小声で言う。

「自業自得だけど……」

「あん？」

「学園祭の研究発表と、三年に一度の研究室対抗魔法戦大会。これに選ばれるって、すごいことなんだよ」

学園祭の研究発表は、まさに今回ルイスが抜擢《ばってき》されたもの。研究室対抗の魔法戦大会は、オーエンの言う通り三年に一度行われるもので、昨年の年明けに行われている。

「俺は研究発表より、魔法戦大会の方が興味あるんだけどな」

魔法戦大会は、高等科に進学し、かつ研究室に所属している人間の中から選抜が行われるのだ。中等科のルイスは研究室に所属できないので、当然に参加資格はない。

「お前だって、魔法戦大会の方が興味あるだろ？　魔法兵団目指してんだから」

「そりゃ、まぁ……」

「次の魔法戦大会は俺が高等科二年、お前が一年の年か。もしかしたら、戦うことになるかもしれないな？」

そう言ってニヤリと笑うルイスに、オーエンはボソボソと返した。

「その時は、僕が勝つよ」

小声なのに、負けん気の強さがしっかり滲《にじ》み出《で》ているのがオーエンらしい。

「楽しみにしとくぜ」

魔法戦大会に参加するには、まず大前提として高等科への進学が必須《ひっす》だ。その上で、いずれかの研究室に所属しなくてはならない。

（そういや、ラザフォードのジジイの研究室は、去年の魔法戦大会、出てないんだよな。研究生が少ないとかで）

ラザフォードの研究室に所属している生徒は一人だけだ。

ふと気になって、ルイスは訊《たず》ねた。

「なぁ、オーエン。お前、カーラ・マクスウェルって知ってるか？」

「〈星槍《せいそう》の魔女〉カーラ・マクスウェル？　高等科の天才少女だよ。多分、君より有名人」

魔術師の二つ名は、主に上級以上の魔術師で、実績があり、魔術師組合に認められた者が名乗るものだ。上級魔術師になれば、必ず名乗れるというものでもない。

つまり、カーラは学生の身でありながら、既に魔術師組合に認められている実績があるのだ。

「二つ名持ちってことは、相当すげーんだな」

「ジャム狩りとか悪童の二つ名とは、比較するだけ失礼だよね」

「ほっとけ」

「〈星槍の魔女〉は、一度に七つの魔術を維持できるらしいよ」

「なんだそりゃ、人間か？」

一般的に魔術師が同時に維持できる魔術は、二つが限界だ。もし噂が真実だとしたら、規格外どころの話ではない。

「そのうち、最年少七賢人になるだろうって、みんな言ってるよ」

七賢人、と聞いて、ルイスはロザリーのことを思い出した。ロザリーの父親は、現役七賢人〈治水の魔術師〉なのだ。

七賢人に興味のないルイスと違い、オーエンは七賢人の〈砲弾の魔術師〉に助けられ、戦う魔術師を目指した身だ。そのためか、オーエンはいつもより饒舌《じょうぜつ》に語り出す。

「七賢人は、〈茨《いばら》の魔女〉のローズバーグ家と、〈深淵《しんえん》の呪術師〉のオルブライト家が、代替わりしても七賢人になるから、実質五枠なんだよね。現七賢人は高齢の方も多いし、そろそろ入れ替わるんじゃないかな」

ふぅん、と相槌《あいづち》を打ち、ルイスは何気ない口調を装って、オーエンに訊ねる。

「……なぁ、〈治水の魔術師〉ってのは、すごいのか？」

「竜討伐みたいな派手な功績があるタイプじゃないけど、すごい人だよ。氾濫《はんらん》した川を治めたり、土砂崩れを堰《せき》止めたり。大勢の命を救った、偉大な魔術師だ」

それならきっと、ロザリーにとって自慢の父親なんだろうな、とルイスはぼんやり思った。そんなことを考える自分に、少しだけ苦笑する。

自慢の父親なんて言葉、故郷にいた頃は、全く無縁のものだったからだ。

＊　＊　＊

研究発表を命じられた翌日、ルイスは結界術教師メイジャーの研究室を訪ねた。

研究発表のテーマでルイスが選んだのが結界術だ。それならば、メイジャーの協力は欠かせない。

「職員会議で、研究発表の件は聞いています」

メイジャーは眼鏡の縁を持ち上げ、ルイスが一晩かけて作った研究発表の概要を眺める。

「正直、意外です。貴方《あなた》が研究テーマに結界術を選ぶなんて」

「だって、一番面白いだろ」

率直なルイスの言葉に、メイジャーは眼鏡の奥で瞬《まばた》きをした。

ルイスとしては、そんなに驚くようなことを言ったつもりもないので、淡々と言葉を続ける。

「特に魔法戦の結界は、まだできたばかりの技術だから研究の余地がでかい。研究発表するなら、これがいい」

魔力濃度の濃い土地から魔力を引いてきて、大規模結界を展開する技術。

物理攻撃無効化における、物理攻撃の識別。更に、そこから衝撃を流す術を自動展開する技術
——魔法戦用の結界には、複数の高度な技術が使われているのだ。

しかも、最近作られたばかりの術ともなれば、研究材料としてうってつけだ。

メイジャーはルイスが用意した概要に一通り目を通し、告げる。

「貴方に、一つ教えなくてはいけないことがあります。魔法戦の結界は、わたくしの師にあたる〈水鏡の魔術師〉が作製したものでした。ですが、その師は……三ヶ月前に、亡くなっているのです」

恩師の死を嘆くでもなく、穏やかに生徒を諭す、静かな口調だった。

「師は結界術の達人でした。あの方がいない以上、複雑なこの結界に手を加えられる人間はいないでしょう」

「あ？　なんでだよ。開発者が死んでんなら、尚《なお》さらもっと研究して、後続の人間が改良していかないとだろうがよ」

魔法戦の結界は、今後更に発展していく技術だ。ルイスはそう思っているのだが、メイジャーは何かを諦《あきら》めたような、疲れたような顔をしている。

「貴方は、〈水鏡の魔術師〉の偉大さを知らないから、そのようなことが言えるのです」

「あぁ、知らねぇよ」

ルイスは鼻を鳴らした。

現代魔術史に興味の薄いルイスは、〈水鏡の魔術師〉の功績など知らない。魔法戦用の結界を作った、なんかすごいじいさん、ぐらいにしか思っていない。

「俺が知ってるのは、このミネルヴァで一番結界術に詳しいのは、メイジャー先生だってことだ」

ミネルヴァでは結界術を教えている教師や研究生が、他にも何人かいる。そういった魔術師達が、実際に結界術を使うところを見てきた。書いた論文にも目を通した。

その上で、一番優れているのがメイジャーであるとルイスは判断したのだ。だから、こうして教えを乞《こ》うている。

メイジャーはコホンと咳払《せきばら》いをした。

「おだてても、何もでませんよ」

「俺は媚《こび》を売るのが嫌いだ」

それはルイスの本心だ。誰かに媚《こ》びるぐらいなら、脅すか賄賂《わいろ》を渡すかする。

メイジャーも、ルイスの気質を分かっているのだろう。

彼女は細く長い息を吐き、「分かりました」と頷《うなず》いた。

「やるからには、わたくしは妥協しませんよ」

「そんなの、とっくに知ってらぁ」


ルイスは研究室の隅にある机を借りて、メイジャーの監修の下、更に細かいところを詰めていく。

まずは、魔法戦の結界の脆弱性《ぜいじやく》——これについては、たっぷりと自主研究してきたから、幾らでも挙げられる。

その上で、魔術式の展開図を書き、改善方法や、新たに組み込むべき術式を考えていく。

この魔術式がとにかく長い。机いっぱいに広げた紙に、麦粒ほどの字で書き連ねても、紙が足りなくなるほどなのだ。

「第一九節、五七節、一七七節、四三九節、間違っていますよ」

「げ、マジか」

まだ全てを書き終えていないのに、次々とミスを指摘され、ルイスはパサパサの髪を雑にかく。

机に顔を近づけて文字を睨《にら》むルイスに、メイジャーが訊ねた。

「貴方は、もしかして、目が悪いのではありませんか？」

「人と比べたことないから、知らね。でも、右目の方が見えづらいのは確かだな」

ルイスの視力は左右でだいぶ違う。特に何かあったわけでもないが、昔から右目の方が少しだけ、見えづらいのだ。

それでも日常生活に支障が出るほどでもないので、今まで気にしたことはない。

「眼鏡の導入を、検討してみては？」

「そういうのは、お上品な奴《やつ》がつけるもんだろ」

そもそも眼鏡は高級品だ。とてもではないが、ルイスに買える代物ではない。今のルイスは、成長期である自分の下着や靴を買い替えるのが精一杯なのだ。

ルイスが再び紙と向き合うと、メイジャーが術式の一部を指さした。

「五七節の修正、もっと効率が良く、安定している術式接続を授業で教えたはずですよ」

「あ、そっか。そういや、そうだ」

メイジャーの指摘を受けて、ルイスは気づく。

〈水鏡の魔術師〉が作った魔術式は、非常に高度なものだが、少しばかり術式が古いのだ。

（……多分これは、頭の硬い偏屈じいさんが作ったんだな）

一方、メイジャーは教師だ。それ故、生徒に教えるべく、常に最新の知識を学び続けている。

メイジャーは魔術師として、新しい知識を受け入れられるだけの柔軟さがあるのだ。

だからルイスは、メイジャーのことを素直に尊敬している。

「なぁ、メイジャー先生には二つ名ってねぇの？　上級魔術師なんだろ」

「ありません。二つ名を与えられるだけの功績が、わたくしにはなかった。わたくしは、師に遠く及びません」

「ふぅん、いかにも〈結界の魔女〉って感じなのにな」

ルイスの何気ない呟《つぶや》きに、メイジャーは目を瞠《みは》り、そして小さく笑う。いつも神経質そうな雰囲気を漂わせている彼女らしからぬ、柔らかな顔で。

「それは、あらゆる結界に対する知識と矜持《きょうじ》がないと、名乗れない名前ですね」

「だから、メイジャー先生だろ」

フッ、フッ、と息を吐くみたいに、初めてメイジャーが声をあげて笑った。

八章　大忙しの学園祭

中等科三年、アドルフ・ファロンは怒りと不満を燻《くすぶ》らせていた。

今日、ミネルヴァでは学園祭が行われ、そこでミネルヴァでも指折りの実力者達が研究発表を行う。

その研究発表に、あの憎きルイス・ミラーも発表者として登壇するのだ！

中等科の生徒が発表者になるなど、滅多にあることではない。

研究発表会には、ミネルヴァの人間だけでなく、魔術師組合をはじめとした、リディル王国中の魔術師達が集まるのだ。

つまらぬ発表をすれば、国内最高峰の魔術師養成機関という肩書きに傷がつく。

教師達は、ルイスが研究発表を成功させると、信じているのだ。

（なんで、ファロン家の俺じゃなくて、あんな田舎者が……！）

あの小生意気な面を思い出しただけで、はらわたが煮えくりかえるようだ。

アドルフにとって、ルイス・ミラーとは、最初はちょっと気に入らないやつ、ぐらいの認識だった。

田舎者の癖に調子に乗っている。だから、身の程を思い知らせてやろうと思った。

ところがあの田舎者は、私物を隠したテレンスを肥溜《こえだ》めに叩《たた》き落《お》とし、ちょっと小突けば、鼻血が出るまで殴り返しと、やりたい放題。

そのくせ、教師には気に入られ、特別扱いされている。

(素行が悪くて、ちょっと勉強ができるだけのルイス・ミラーより、普段から素行が良くて、成績優秀な俺の方が優れてるに決まってる。研究発表だって、俺の方がずっと良い発表ができるのに)

小さな苛立《いらだ》ちは、積もり積もって根の深い憎悪となる。

あんな田舎者など、研究発表で大失敗して恥をかけばいい。

そう思うが、きっと奴《やつ》は研究発表を成功させるだろう、という予感があった。ルイスが実技だけでなく、筆記試験も優秀なのは事実だ。

教師が出来の良いレポートの例を挙げる時、いつもルイスの名が出てくる。

(なんとか、あいつに恥をかかせる方法はないか……?)

既に学園祭の始まりまで、小一時間を切っていた。近くの街の人間は、屋台の準備を始めている。

そこに見覚えのある栗《くり》色の髪を見つけ、アドルフは足を止めた。


「おい、サリー……これは、なんだ?」

「可愛《かわい》いでしょぉ。あたしとお揃《そろ》ーい」

重低音で問うルイスに、屋台の用意をしていたサリーが、自分が着ているスカートの裾《すそ》をつまむ。

ふんわりと可愛らしいロングスカートだ。サリーのスカートは青、ルイスに渡されたスカートは赤。同じデザインの色違いらしい。

ミネルヴァの生徒が屋台で働いていると外聞が悪いから、目立たぬ格好をする必要がある。

そこで、サリーがルイスのために用意した服がこれだった。

襟元にリボンのついたブラウスとロングスカート、清楚《せいそ》なエプロン。

更にはルイスの髪色によく似たロングヘアーのカツラ付きだ。

「そのカツラは、お芝居やってる友達に借りたやつだから、大事に扱ってね～」

「今すぐ、ゴミ箱に叩き込みてぇんだが？」

「弁償することになったら高くつくよぉ～」

確かにルイスは、少女めいた顔立ちの少年である。だが、彼は娼館勤めの頃から、そのことを気にしていた。

店主には、役に立たなきゃドレスを着せて店に出すだなんて、寒気がすることを言われるし、周りには舐《な》められるし、とにかく良いことがない。

ルイスは見る者の背筋を震え上がらせるような顔で、怒気を撒《ま》き散《ち》らした。

だが、図太いサリーはケラケラと笑っている。父親が強面《こわもて》の髭親父《ひげおやじ》だから、耐性があるのだ。

「お給金弾むって、パパが言ってたよぉ？」

そう言ってサリーが小声で提示した金額に、ルイスは思わず苦悶《くもん》の表情で胸を押さえた。

かなり美味《おい》しい金額だ。それだけあれば、ブーツと下着だけでなく、最近穴が広がっている鞄《かばん》も、折れかけの羽根ペンも新調できる。好物のジャムも、大きな瓶で買える。

今から大急ぎで寮に戻って、私服に着替えるという手段も考えた。だが、今日はオーエンの親が寮を見に来るから、学園祭が終わるまでは寮に戻らないと、オーエンに言ってあるのだ。

「ほらほらぁ、早く準備してよぉ。そこの茂みで、チャッチャと着替えて！」

「知ってるか？　今のお前は、俺の古傷をナイフで抉《えぐ》って、笑ってるようなもんなんだぜ？」

「わぁ、それっていつものルイスみたーい」

「………………」

返す言葉もなく、ルイスは女物の服とカツラを手に、茂みの陰に移動した。


リボン付きのブラウスと、ロングスカートの上にエプロンを身につけたルイスは、顔をしかめた。股《また》の辺りがスースーする。

そこにサリーがカツラを被《かぶ》せ、長い栗色の髪を二つに分けて結い、三角巾《さんかくきん》を被せた。これで、素朴でキュートな町娘の出来上がりである。

サラリと揺れる栗色の髪に、長いまつ毛に縁取られた灰紫の目。質素だが可愛らしい服は、整った顔を引き立たせている――が、アカギレの目立つその手には、立派な殴りダコ。凶悪な歯軋《はぎし》りをしてドスドスと歩く姿は、さながら怒れる地竜である。

「ほら、笑顔笑顔。そんな人喰《ひとく》い竜みたいな顔じゃ、可愛い服が台無しだよぉ」

「この格好で、ニコニコ愛想振りまけるような神経、俺は持ち合わせてねぇんだよ」

「じゃあ、いつも笑顔のあたしを見習うといいよ～」

何か言い返してやろうかと思ったところで、学園祭の開始を告げる鐘が鳴った。

ルイスは舌打ちをし、大通りに背を向け、スープ鍋《なべ》と向き合う。

「俺は接客はしないからな。火の番して、スープ盛って、洗いモンするだけだからな」

「はいはい」

ルイスの研究発表は比較的順番が遅く、午後の部の四番目だ。だからそれまでルイスは、屋台でサリーを手伝う約束をしている。

研究発表の準備は万全だ。結界術教師メイジャーの指導の下、親切なカーラに資料集めを手伝ってもらい、時折ラザフォードに横槍《よこやり》を入れられ殴り合いをしつつ、なんとか三週間で間に合わせることができた。

自分以外の研究発表でも気になるものはあったが、それらの配布資料は、ロザリーとオーエンに頼み、回収してもらう手筈《てはず》になっている。

意外だったのは、医務室の常駐医である、自称おじちゃんこと、ウッドマンが研究発表をするということだった。

リディル王国では人体に魔術を施すことを全面的に禁じているが、魔力が引き金となって起こる諸症状に対し、魔術を施すのではなく、魔導具を用いることで、後遺症を残さず治療するには――といった内容の発表をするらしい。

(本当は、ロザリーと回れたら良かったんだけどな)

ルイスはカマドの前でしゃがみ、火加減を確かめた。今日は少し風があるから、火の扱いには充分に気をつける必要がある。

学園祭開始の鐘が鳴っても、しばらく客は来なかったが、昼が近づいてくると、それなりに忙しくなってきた。今日は風が強くて肌寒いからか、スープの売れ行きは好調だ。

屋台に訪れる客は、外部の人間とミネルヴァの生徒が半々だが、今のところルイスに気づいた者はいないようだった。

クルクルした金髪にパッチリした目のサリーは、街でも評判の美人だし、愛想も良いので、客の意識はそちらに向いているらしい。

サリーが注文を受けて金を受け取り、ルイスがスープをよそって、サリーがそれを客に渡す。

この手の屋台は、店で食うより幾らか値段が高く設定されていて、食べ終わった食器を返すと、食器の分だけ金を返す仕組みになっている。その食器を回収して洗うのも、ルイスの仕事だ。

少し離れたところにある水場で食器を洗い、コソコソと戻ってきたところで、サリーがルイスに小声で言った。

「お手洗いに行きたいから、店番お願ぁーい」

「……客がミネルヴァの生徒なら、準備中って言って、追っ払うからな」

誰に見られても恥ずかしい格好だが、特にロザリーには見られたくない。あと、ラザフォードに見られた日には、あのご老体を棺桶《かんおけ》に叩き込んで埋めることになる。

ルイスはスープ鍋をかき混ぜながら、客来るな、客来るな、と念じ続けた。

だが、願いも虚《むな》しく、背中に声をかけられる。

「すまぬが、スープを二つ貰《もら》えるか」

ルイスは少しだけ顔を上げ、客をチラリと見た。

ミネルヴァの制服は着ていない、ルイスと同じ年ぐらいの少年二人だ。

ルイスに声をかけた少年は、金髪で厳《いか》つい顔立ちだ。全体的に筋肉質で、仕立ての良い服を着ている。

ルイスは少し前に、街の見せもの小屋のパレードで見た、大きな動物を思い出した。

（あれは、なんだったか……そうだ、ゴリラだ、ゴリラ）

ルイスは改めて、金髪の少年を見た。なるほど、金のゴリラに相応《ふさわ》しい立派な体躯《たいく》と、つぶらな目である。

その斜め後ろに控えている地味な顔立ちの少年は黒髪で、中肉中背。動きやすそうな服を着て、帯剣していた。

おおかた、どこぞの貴族のお坊ちゃんと、その護衛といったところだろうか。珍しい組み合わせではない。ミネルヴァの生徒は貴族の子女が多いので、その身内の人間なのだろう。

ミネルヴァの生徒じゃないなら、まぁいいか。とルイスは無言で代金を受け取り、スープをよそう。

ルイスが差し出した器を、金髪の少年が手を伸ばして受け取った。すると、帯剣した黒髪の少年がその手を押さえ、小声で言う。

「まずは自分が毒味を……」

毒味。その言葉を聞いた瞬間、カチンときた。

ルイスは金髪の少年が手にしているスープの椀《わん》をふんだくって、二人の前で一匙《さじ》掬《すく》って頬張ってみせる。

ゴアが丁寧に下拵《したごしら》えをし、ロウが繊細な味付けをした、美味《うま》いスープだ。

ルイスは椀を差し出し、二人をギロリと睨《にら》みつける。

「おらよ。これで満足か？」

金髪の少年がハッとした顔で、勢いよくルイスに頭を下げた。

「すまない！　私の従者が大変失礼をした！」

声がでけぇ、と顔をしかめるルイスに、金髪の少年は改まった態度で言う。

「改めて、スープをいただいても良いだろうか？」

「はよ持ってけや」

無愛想なルイスに、金髪の少年は厳つい顔を緩めて「ありがとう」と礼を言う。

二人は椀を持って、屋台のそばでスープを啜《すす》り始めた。その合間合間に、なにやら話している。

「ネイトよ、毒味の必要性は分かっている。だが、それは店の人間の前で切り出すべきではない」

「……申し訳ありません」

「滋味深いスープだ。冷えた体にしみるようではないか」

「……そうですね」

金髪の少年は、諭すような口調で黒髪の少年に注意したが、それ以上小言を引きずったりはしなかった。一度注意を口にした後は、ひたすら美味い美味いとスープを褒めている。

やがて、椀が空になったところで、金髪の少年はソワソワと黒髪の少年に訊《たず》ねた。

「ネイトよ、この椀はどうすれば良いのだ？　持ち帰るのか？」

「店に返すんですよ。自分が持って行きます」

ネイトと呼ばれた黒髪の少年は、椀を二つ重ねて店に戻ってきた。

「先ほどは、失礼しました」

風の囁《ささや》きのような声だった。最初は単純に声が小さいだけかと思ったが、発声と同時にヒューヒューと息が漏れているような音がする。おそらく喉《のど》が悪いのだ。

ルイスは無言で椀を受け取り、さっさと立ち去れと冷ややかな目を向ける。

黒髪のネイトは、そんなルイスの剣呑《けんのん》な視線を真っ向から受け止め、か細い声で言った。

「……ところで、その格好はご趣味ですか？」

「目ん玉ほじくられたくなきゃ、うせろ」

ネイトはそれ以上何も言わず、ルイスに頭を下げ、金髪の少年に「行きましょう」と声をかける。

金髪の少年は、厳つい顔に快活な笑みを浮かべて、ルイスに言った。

「ご馳走様《ちそうさま》。実に美味しいスープだった！」

「そりゃ、どーも。作った奴に言っとくぜ」

それよりも大声を出すな。こっちに注目が集まったら困るだろうが、とルイスはげんなりしながら、二人を見送る。

（お忍び気取りのボンボンと、その従者ってとこだろうな）

二人が立ち去ったところで、ルイスは簡易カマドと向き合う。先ほどから、火が弱くなっていることが気になっていたのだ。

火は強すぎるとスープが煮詰まるし、弱すぎれば冷めてしまう。

スカート姿で足を広げてしゃがみ、ルイスは簡易カマドの火加減を調整する。

その時、ルイスは気がついた。屋台の隅にまとめて置いていた荷物――その一番上にあった制服が、ない。

今日は風が強いので、制服が飛ばされぬよう大きめの石を載せておいたのだが、その石は残っているのだ。制服一式だけが、綺麗《きれい》になくなっている。

今日一日、ルイスはほぼ裏方の仕事をしていたから、荷物には目を光らせていた。サリーが手洗いに行くまでは、確かに制服はあったのだ。

もし、何者かが持ち去ったのだとしたら、そのチャンスは一度きり——あの金髪と黒髪の客相手に接客をしていた時だ。つまり、さほど時間は経《た》っていない。

「ルイスー、お待たせぇ～」

そこにサリーが戻ってきたので、ルイスは売り上げの入った箱をサリーに押しつける。

「サリー、悪いが交代だ。制服が盗《と》られた。犯人シメてくる」

「えっ、うっそ。やばいじゃーん……犯人が」

最後の一言で、サリーがルイスをどう思っているかがよく分かる。

「犯人は分かってるのぉ？」

「制服以外の貴重品は手付かずだった。つまり、これは純然たる嫌がらせだ。このミネルヴァで、そういうセコイことをするのは、大体あいつって決まってんだよ」

ルイスは八重歯を覗《のぞ》かせた凶悪な顔で笑い、指の骨をゴキゴキと鳴らした。

＊＊＊

屋台を飛び出したルイスがまず初めに調べたのは、屋台の近くにある茂みである。

本当は、適当にその辺の生徒を捕まえて、「アドルフ・ファロンはどこだ」と脅す方が手っ取り早いのだが、そうすると女装姿を晒《さら》すことになる。それだけは絶対に避けたい。

（この辺の草が潰《つぶ》れてるな。ここに潜んで、制服を盗む隙を狙ってたってことか……足跡から察するに、向かったのは校舎の方か）

ルイスはさながら獲物を追う歴戦の狩人《かりゅうど》の如《ごと》く、僅《わず》かな痕跡《こんせき》も逃さず追いかける。

勿論《もちろん》、この姿が生徒に見られないよう、人の少ない道を選び、時に木から木に飛び移り、時に壁に張りつき、狭い物陰に身を隠しながらだ。

（研究発表の時間まで、あと一時間を切っている。余裕はねぇ……）

最悪の場合、パンツ一丁と女装のどちらで登壇する方がマシだろう、とルイスは頭の隅で考える。

精神的に楽なのは前者だが、まだまだ寒いこの季節、保温性を取るなら後者である。究極の二択だ。

それか、その辺の男子生徒を脅してひん剥《む》くか……などと、追《お》い剥《は》ぎのようなことを考えながら校舎のそばを歩いていると、講堂に続く渡り廊下のそばで、ルイスはお目当ての人物を見つけた。

黒髪長身の気取った男、アドルフ・ファロンだ。

そして、アドルフがヘラヘラ笑いながら話しかけているのは、焦茶の髪の少女——ロザリーではないか。

その瞬間、ルイスは頭の血管が千切れるんじゃないかというぐらいに激昂《げきこう》した。

（あ、あ、あんの野郎ぉぉぉ、俺がこの格好で、ロザリーの前に出られないって分かってて……！）

どうやらアドルフは、一緒に講堂に行こうとロザリーを誘っているらしい。

アドルフは、馴《な》れ馴《な》れしくロザリーの肩を抱き、顔を近づけている。

（その立派なデコを、ぶち抜いてやんよぉ……っ！）

ルイスが足下にある石を拾い上げ、投擲《とうてき》の構えをとったその時、離れた場所にいるルイスの耳にも届くぐらい、堂々とした声が響いた。

「すまぬが、道を訊《き》いても良いだろうか！」

アドルフとロザリーに話しかけたのは、金髪の厳つい少年——さきほど店でスープを頼んだ少年だった。背後には、帯剣した黒髪の少年も控えている。

ルイスの位置からはロザリーの表情は見えないが、アドルフは目に見えてギョッとしているようだった。

ロザリーと金髪の少年は短く言葉を交わし、そしてロザリーが先導する形で二人組は校舎の方へ歩きだす。

アドルフは一緒についていこうとしたが、ロザリーに何か言われて引き下がった。大方、「貴方《あなた》は気にせず、講堂に行って。聞きたい発表があるのでしょう」といったところだろう。ロザリーなら、きっとそう言う。

（でかした、ゴリラ！　よくやった、ゴリラ！）

ルイスは声に出さず喝采《かっさい》をあげた。

本当はちょっと羨《うらや》ましいけれども、それでも、ロザリーがアドルフに肩を抱かれている光景を、女装姿で見守るよりは百倍マシだ。

アドルフは気まずそうに立ち尽くしていたが、すぐに講堂に向かい早足で歩きだす。講堂に入ってしまえば、ルイスは追ってこられないと思っているのだろう。

ルイスは周囲の人間に顔を見られぬよう身を低くし、獲物を見つけた熊のごとく駆け抜けた。

そして、講堂まであと少しのところで、アドルフの胴体に当て身をくらわせる。もはや、魔術のことなど頭には微塵《みじん》もなかった。制裁をくわえるなら、殴る方が手っ取り早い。

当て身をくらったアドルフは、グボォとくぐもった声で呻《うめ》き、その顔に脂汗を滲《にじ》ませて、ルイスを見た。

ルイスはアドルフを肩に担ぎ、人目のつかぬ木々の陰に移動する。数人に目撃されたかもしれないが、少なくとも自分の顔は見られていないはずだ。

ルイスはアドルフを地面に転がすと、その腹を踏みつけた。

そして、可憐《かれん》な少女の装いで、凶悪な竜のように歯を剥き笑う。

「俺の制服どこやった？」

「う……おぇ……なんのこと、だか……」

「今、正直に話せば、申し訳程度の手心は加えてやるぜ」

ルイスがグリグリと踵《かかと》を捩《ね》じ込むと、アドルフはフゥフゥと苦しげに息を吐きながら、それでも虚勢に満ちた嘲笑《ちようしよう》を浮かべた。

「はっ、お前のいうことなんか信用できるか、雌顔野郎！」

ルイスの世界から、ほんの一瞬、音が消える。

怒りの一線を越えた瞬間、ルイスの感情はその一瞬だけ凪《な》ぎ、そして次の瞬間、強烈な殺意となって膨れ上がった。

少女めいた顔は無表情のまま、灰色がかった紫の目だけが、剃刀《かみそり》のようにギラギラと輝く。

「次にそれ言ったら、タマ潰すぞ」

首筋にヒヤリと冷たい刃《やいば》を当てるような、強烈な殺意を浴びせられ、アドルフは泡をふいて喚《わめ》き散らす。

「あ、も、燃やし……燃やしたんだよ。ばーか、ばーか、もう、お前はお終《しま》いだ。発表で恥をかけ……」

「恥をかくのは、テメェだよ」

ルイスはアドルフの上に馬乗りになると、彼の制服のボタンに手をかけた。

＊＊＊

ミネルヴァの大講堂で行われる研究発表会は、教員席とは別に、来賓席が設けられている。ここに座るのは主に、魔術師組合や王立魔法研究所の幹部といった名のある魔術師ばかりだ。

そんな来賓席の一つに、フカフカのクッションを敷き詰めて座る、美しい女がいた。

銀髪を美しく結った年齢不詳の女で、胸元の開いたドレスの上に、金糸の刺繍《ししゅう》をあしらった豪奢《ごうしゃ》なローブを羽織っている。

彼女の隣には、六つか七つぐらいの赤毛の少年が、お行儀良く座っていた。

真紅の薔薇《ばら》を思わせる艶《つや》やかな巻き毛に緑色の目の、まるで人形のように美しい少年だ。こちらは、フリルたっぷりのドレスシャツと、薔薇の飾りボタンがついたジャケット、半ズボンを身につけており、いかにも良家の子息といった雰囲気である。

少年は研究発表の間は、姿勢を正してジッとしていたが、発表が終わり小休憩の時間になると、椅子の背にもたれ、小さく欠伸《あくび》をした。

そんな少年に、銀髪の女がおっとりと話しかける。

「ちょっと退屈しちゃった？」

「そ、そんなことないぜ、メアリーさん。オレ、ちゃんと聞いてたって！　えっと、ウッドマンって人が提唱してた魔導具を用いた治療法は、付与魔術が得意なオレんちとも関わりが深くて……」

「うんうん、ちゃんと聞いてて良い子、良い子」

メアリーと呼ばれた銀髪の女は、ニコニコしながら少年を抱き寄せ、真紅の巻き毛に頬擦《ほおず》りをする。

「研究発表を見終わったら、お外に行きましょう。訓練場でね、〈星槍《せいそう》の魔女〉っていう子が、すごい魔術を披露するの。とっても綺麗なのよぉ～」

「わぁ、楽しみだなぁ！」

少年は白い頬を薔薇色に染めて、目を輝かせた。

整いすぎている顔故に、どこか近寄りがたい雰囲気のある少年だが、年相応の無邪気な笑みを浮かべていると、なんとも愛らしい。

「メリッサちゃんも来れば良かったのにねぇ」

「姉ちゃんは、学園祭なんて行くのやめとけって言うんだ。うらやましくなるだけだから、って……」

言葉にして呟《つぶや》くことで、羨ましさを募らせてしまったのだろう。

少年は俯《うつむ》き、足をプラプラさせていたが、やがてポツリと呟いた。

「学校に通ったら、友達いっぱいできるかなって思ったんだ……でも、おばあさまに言ったら、オレには学校は必要ないって……」

しょんぼりと項垂《うなだ》れる少年に、メアリーは悪戯《いたずら》っぽく微笑《ほほえ》み、小声で耳打ちする。

「ねぇ、ラウルちゃん。ちょっとだけ抜け出して、屋台に行ってみましょうか」

「良いの？　おばあさまは、屋台は駄目だって……」

メアリーはローブを脱ぎ、毛皮のコートを羽織ると、少年にパチンとウィンクをする。

「みんなには内緒よ？」

「やったぁ！」

＊　＊　＊

午後の研究発表者が、また一人終わった。

教員席でその発表を聞いていたメイジャーは、フゥと息を吐き、壁の時計を見上げる。

小休憩を挟んだら、次はルイス・ミラーの発表だ。

結界術の教師として、教えられることは全て教えたはずだが、やはり、不安は拭《ぬぐ》えない。

休憩時間の終わりが近づくと、離席していた人々もチラホラと戻ってくる。だが、先ほどまでと比べて明らかに空席が目立っていた。中等科の生徒の発表だから、優先順位が下がるのは致し方ない。

「気が気じゃないって顔だな、メイジャー」

メイジャーの横に座ったのは、離席していたラザフォードだ。

気遣うような口調のラザフォードに、メイジャーは苦笑を返す。

「そうですね。今年は七賢人の方も、何名かいらっしゃるようですし……」

そう言って、メイジャーは来賓席に目を向ける。メイジャーが気づいた範囲だと、来ているのは三名。今着席しているのは、〈雷鳴の魔術師〉と〈治水の魔術師〉だ。〈星詠みの魔女〉はこの小休憩のタイミングで、ローズバーグ家の秘蔵っ子と共に離席し、戻る気配はない。

メイジャーは再び視線を前方に戻す。

「それでも、やれるだけのことは、やりましたよ。まったく……わたくしの、教員生活最後の大仕事です」

メイジャーは今年度で退職することが決まっている。

体力の衰えを感じ、前々から考えていたことではあるが、一番の決め手となったのは、師である〈水鏡の魔術師〉の死だ。

結界術の第一人者とも言える〈水鏡の魔術師〉の弟子でありながら、メイジャーは大きな功績を残せていない。そのことを、ずっと師に対して申し訳なく思っていたのだ。

だから、せめて師が存命の間は、第一線の魔術師として働き続けなくては、と頭のどこかで思っていたのかもしれない。

魔術師として、何も名を残せぬまま引退することになるが、メイジャーの心は穏やかだった。

「ラザフォード先生」

「おう」

「わたくしは、ルイス・ミラーを、〈紫煙の魔術師〉ギディオン・ラザフォードの研究室に推薦します」

高等科に上がった生徒の中で、優秀な者は研究室へ所属することができる。

だが、ラザフォードは滅多に研究生を取らないことで有名だ。現在、ラザフォード教室の研究生は、〈星槍の魔女〉カーラ・マクスウェルだけである。

そこに、メイジャーはルイスを推薦したかった。それが一番相応しいと思ったからだ。

「俺は、結界術の専門家じゃないぜ？」

「ルイス・ミラーが結界術に長《た》けているのは事実ですが、彼の才能は結界術に限定されるものではありません。満遍なく、広い知識を身につけさせた方がよろしいかと」

「……まぁ、物覚えが早いっつーか、小器用なのは事実だよな」

魔術師の中には、特定の分野に特化した者も少なくはない。だがルイスは、どの系統、属性の魔術もそつなく使いこなせる珍しいタイプだ。

本人は「付け焼き刃でも、刺さりゃ良いんだよ」などとうそぶいているが、彼は身につけた技術を付け焼き刃で終わらせない。試行錯誤し、実践で通用するレベルまで磨ける人間である。

ラザフォードは気難しい顔で、何も持っていない右手の指を動かした。おそらく、煙管《きせる》を回す仕草だ。講堂内は煙管を吸えないから、手持ち無沙汰《てもぶさた》なのだろう。

「俺はあいつを特待生に推薦したが、だからと言って、簡単に研究生として受け入れたりはしないぜ。面倒だしな」

「受け入れるか否かは、この発表を見て、お決めください」

やがて小休憩が終わり、研究発表が始まった。

資料を手に登壇するルイスは、何故《なぜ》かブカブカの制服を着ていて、シャツもズボンも袖《そで》や裾を捲《まく》っている。

まったく、研究発表の場だというのに、なんとだらしない！　とメイジャーが密《ひそ》かに憤っていると、資料が回ってきた。

先に資料を見たラザフォードが、何故か小さく吹き出す。

（ラザフォード教授を、怒らせるでも呆《あき》れさせるでもなく、笑わせる資料？）

メイジャーは資料の中身こそチェックしたが、表紙にあたる一枚目を見ていない。あの悪童は、一体表紙に何を書いたのか。

恐る恐る資料を見たメイジャーは目を丸くする。

研究テーマと発表者の名を記した表紙。

そこには、発表者の名前よりも上の目立つ位置に、「監修・指導：結界術教師クラリス・メイジャー」と大きく記されていたのだ。

＊＊＊

ロザリー・ヴェルデは、ルイスの研究発表を後方の席で聞いていた。本当は前方の席にも空きがあったのだが、来賓席に近いその席に座る勇気がなかったのだ。

壇上に上がり研究発表をするルイスは、訛《なま》りを隠せていないし、相変わらず態度は大きいが、それでも普段の彼を知る人間からしたら、非常に気を遣っているのが分かる喋《しゃべ》り方であった。

「このように、魔法戦用結界は第九〇節以降での術式接続に脆弱《ぜいじゃく》性が見受けられる。その対策として組み込むのに提唱したいものが二点。一つ目がアストリー式魔力循環術式、二つ目が……」

いつものルイスなら「脆弱性が見受けられる」なんて言わない。「この結界はガバガバなんだよ」「抜け道が多くてチョロいな」と言う。

発表内容も、非常に優れたものだった。

中等科の学生の発表だからと侮っていた人間が、今は前のめり気味になって、彼の発表を真剣に聞いている。

魔法戦の結界は、非常に複雑で扱いが難しい技術だ。

一つの結界に複数の効果を盛りこみ、なおかつ結界が崩壊しないよう、緻密《ちみつ》に計算されている。

言うなれば、指一本の上に皿を載せ、そこに具材をたっぷり載せるようなものだ。盛る物のバランスが崩れると、全てがひっくり返る。

その部分的な脆弱性を指摘し、改良案を出す者は今までにもいたが、ルイスはそこから更に一歩踏み込んで、新しい術式を組み込む方法を提唱していた。

つまりは、ギリギリのバランスで成り立つ皿を安定させ、新しい具を載せようというのだ。

発表が終了すると、質疑応答の時間が始まる。魔術師組合の幹部が、王立魔法研究所の研究者が、数人手を挙げた。

投げつけられる質問に、ルイスは面倒くさそうな顔をしつつ、淡々と答えていく。

うっせぇな、んなもん少し調べりゃ分かるだろうがよ、頭使えやクソがっ——という心の声が聞こえてきそうな顔だった。高等科への進学がかかっているからか、今日のルイスは珍しく大人しい。

質疑応答を終え、ルイスの研究発表は盛大な拍手に包まれて終了した。ロザリーも心を込めた拍手を贈り、そして、来賓席をチラと見る。

その人は、ルイスの研究発表の後も離席せずに、じっと座っていた。

(今を逃したら……きっと、話しかけるタイミングを失ってしまう)

あの人が、自分に声をかけることはきっとないだろう。ならば、自分から行かなくては。

ロザリーは冷たくなった指をギュッと握りしめて立ち上がり、来賓席に近づく。

来賓席の一番端に座るのは、焦茶の髪を撫《な》でつけた四〇代半ばの男。七賢人が一人、〈治水の魔術師〉バードランド・ヴェルデ。ロザリーの父だ。

「お久しぶりです、お父様」

「あぁ」

それだけで、会話が途切れる。

父は多忙な人だ。長期休みで帰省した時も、父は家にいないことの方が多い。

だから、世間話で無駄に時間をとらせたくなかった。まして、ロザリーの学校生活の話など、もってのほかだ。

ロザリーは、七賢人である父に誇れるような成績ではないのだから。

(それでも、これだけは、きちんと伝えないと……)

コクリと唾《つば》を飲み、ロザリーは唇を開く。

「お父様……私、高等科に進学したいです」

父はじっとロザリーを見据え、小さく頷《うなず》く。

「好きにしなさい」

「ありがとうございます」

深々と頭を下げ、「失礼します」と一言添えて、ロザリーはその場を後にした。

冷たかった指先に、ようやく血が巡り始める。

高等科進学を否定されなかった――ただそれだけのことが、ロザリーには嬉《うれ》しかった。


ロザリーが来賓席を離れると、〈治水の魔術師〉バードランド・ヴェルデの横に座る小柄な老人が、か細い声で訊《たず》ねた。

「ヴェルデ君は、娘さんと仲が悪いんですかのぅ……？」

「娘は、私のことを良い父とは思っていないでしょう」

「……ほう？」

老人は長い髭《ひげ》を扱《しご》きながら、バードランドをじっと見る。話の続きを待っているのだ。

バードランドは数秒の葛藤《かっとう》の末に、言葉を続ける。

「娘は魔力量が多くないのです。それなのに私は……娘に理想を押し付け、厳しくあたりすぎた」

「……ふむふむ？」

「疎ましい父と、思っているはずです」

「……うーん？」

最年長の七賢人、〈雷鳴の魔術師〉グレアム・サンダーズは首を右に左に傾け、ポツリと言った。

「会話は、大事ですぞぉ」

＊　＊　＊

研究発表を終えたルイスは、その足で屋台に戻った。

スープは丁度売り切れたところらしく、サリーは撤収作業をしている。

「あ、ルイス、おかえり〜。聞いて聞いて、さっきね、すっごい綺麗《きれい》な女の人と、すっごい可愛い男の子が来てね」

「へいへい」

「もう、あんまり可愛いから、いっぱいオマケしてあげちゃったぁ」

「年下はタイプじゃないんだろ」

「それはそれ、これはこれ、だよぉ。ところで、貸した服はぁ？」

ルイスは無言で、サリーに借りた服一式とカツラを押しつける。

「次は、絶対やらねぇからな」

ルイスが凶悪な顔ですごんでも、サリーはケラケラ笑うだけだった。

ルイスは舌打ちをし、撤収作業を進める。売上を素早く計算してまとめ、まだ洗っていない食器を大急ぎで洗い、店の荷物を荷車に載せたところで、サリーが訊ねた。

「なんか急いでる？」

「見たいもんがあんだよ」

荷車は隣の屋台と共用で、隣の店の親父が街まで運んでくれる約束になっている。

店の荷物を荷車に全て積めば、ルイスの仕事は完了だ。

解体した簡易カマドを荷車に載せたルイスは、「よしっ」と呟《つぶや》き、サリーに片手をあげる。

「そんじゃ、俺はもう行くな」

「はーい、お疲れ様ー」

サリーに見送られながら、ルイスは魔法戦の演習場へ大急ぎで向かった。

演習場周辺は既に混雑していた。この学園祭の参加者達が、一斉に押しかけているのだ。

その時、人混みの向こう側で巨大な魔法陣が展開し、その中央に丸太程もある、巨大な光の槍《やり》が生まれた。

白く輝く光の槍を維持しているのは、煉瓦色《れんがいろ》の髪を括《くく》った女子生徒——ミネルヴァきっての大天才、〈星槍の魔女〉カーラ・マクスウェル。

そして、彼女が維持している高密度の光の槍こそ、リディル王国でも使い手が殆《ほと》どいない光属性魔術。彼女の二つ名にもなった、〈星の槍〉だ。

その威力は、国内最高火力と言われている七賢人が一人、〈砲弾の魔術師〉ブラッドフォード・ファイアストンの六重強化魔術に匹敵するという。間違いなく、リディル王国でも一、二を争う威力の魔術だ。

遠目に見えたカーラは、これだけ複雑かつ強大な魔術を維持しているのに、いつもと変わらぬ、ひだまりで微睡《まどろ》む猫のような顔をしていた。

「貫け、星の槍」

気負わぬ口調の呟きと同時に、輝く槍は勢いよく空に昇っていく。

〈星の槍〉は分厚い雲を切り裂き、真っ赤な夕焼け空に、星のような光の粒子を散らした。

（すっげぇ……）

リディル王国で主に扱う属性魔術は、火、水、風、土、雷、氷の六種類。理論上、光と闇の魔術も存在するが、この二つは殆ど解明されていない。精々一部の知識を魔術の名家が秘匿し、継承しているぐらいだ。

それを〈星槍の魔女〉カーラ・マクスウェルは独自に開発し、たった一人で発動してみせたのである。

カーラは決して魔術の名家の出身というわけではない。貴族ですらない。そんな一〇代の少女が光属性魔術を開発したという事実は、魔術師業界をざわつかせた。

今最も注目されている若手魔術師。ゆくゆくは七賢人になることは確実。それが、カーラに対する周囲の評価だ。

（多分、ミネルヴァに来たばかりの俺だったら、何がすごいか分からなかったんだろうな……）

きっとあの頃の自分なら、「なんかピカピカして派手な魔術だな」ぐらいにしか思わなかっただろう。

魔術を学べば学ぶほど、周りの凄《すご》さが見えてくる。自分がいかに届かないかが分かる。

だが、それで心折れるルイスではない。

「ここにいたのですね、ルイス・ミラー」

不意に、横から声をかけられた。結界術教師のメイジャーだ。

「見たかよ、メイジャー先生。〈星の槍〉、やべぇな。俺が防御結界を幾つ重ねても、防げる気がしねぇ……多分、魔力密度で勝負しても無駄なんだ。防ぐんなら、結界に触れた瞬間に術式分解させるとか、もっと違うアプローチで……」

「貴方を、ラザフォード教授の研究室に推薦しました」

不意打ちの一言に、ルイスは数秒固まってから、「あ？」と声を漏らす。

高等科に研究室制度があることは知っている。だが、ルイスは自分が研究室に所属するなら、メイジャーの研究室だと決めていたのだ。

「俺、メイジャー先生の研究室に申し込みてーんだけど」

「わたくしは、今年度で退職するのですよ」

「はぁあああ!?」

ルイスは顎《あご》が落ちんばかりに口を開き、愕然《がくぜん》とした。

「そんなの聞いてない！」

「もう年ですからね。悪童を叱り続けるだけの体力がないのですよ」

ルイスは閉口する。日頃から、メイジャーに喉《のど》を酷使させている自覚はあったからだ。

珍しく殊勝な悪童に、メイジャーは穏やかに微笑んだ。

「貴方の今日の研究発表は、素晴らしいものでした。あの資料に私の名が刻まれたことを、誇りに思います。皆、貴方の高等科進学を認めることでしょう」

「………」

「高等科に進学したら、ラザフォード先生に師事なさい。ラザフォード教室には〈星槍の魔女〉が所属している。学べることは多いはずです」

ルイスは不貞腐《ふてくさ》れたように黙り込んだ。こういう時、何を言えば良いのか分からなかったのだ。しばしの葛藤の末、結局ルイスは、いつもの悪童らしく不遜《ふそん》に振る舞うことにした。

「俺、きっと、すごい魔術師になるぜ」

「ええ、貴方ならなれますよ」

「上級魔術師になったら……そうだな、〈結界の魔術師〉って名乗ってやる。そしたら、メイジャー先生は近所のガキどもに言ってやれよ。〈結界の魔術師〉に結界術を教えたのは、〈結界の魔女〉なんだぞってさ」

メイジャーは口元に手を添えて、フッ、フッ、と喉を震わせ笑った。

「それだけ大口を叩《たた》くのなら、今日から心を入れ替えて、勉学に励むことですね。もちろん、破壊活動や、同級生への暴力、略奪行為など、もってのほか……」

ブカブカの制服を着たルイスは、すっと目を逸《そ》らした。

何かを察したメイジャーが、眉《まゆ》を吊《つ》り上《あ》げてルイスを見る。

「ルイス・ミラー。こちらを見なさい。貴方、その制服はまさか……」

〈星の槍〉の披露が終わり、観衆は散り散りになっている。そんな中、人の隙間を縫うように駆け抜け、こちらに向かってくる人物がいた。ラザフォードである。

「おぅ、クソガキ。アドルフ・ファロンを裸で木から吊るして煙責めにした件で、今すぐ職員室に出頭してもらおうか」

「へぇ、きっと誰かが、燻製《くんせい》作りでもしてたんだろうな」

とぼけるルイスをラザフォードが殴り飛ばし、メイジャーは天を仰いだ。

九章　悪童と金のゴリラ

ルイス・ミラーがミネルヴァにやってきて、四度目の秋。

中等科の三年間、素行の悪さを優秀な成績で上書きしたと思ったら、それを上回る素行の悪さを見せつけた問題児は、奇跡的に高等科への進学を果たした。

学園祭における「アドルフ・ファロン燻製未遂事件」は、ミネルヴァ史に残る悪行であったが、ルイスの制服を燃やしたアドルフにも非があったため、ルイスはギリギリのギリギリで進学を許されたのである。

こうして、高等科の一年生になったルイスは、今……。

「くたばれジジイっ！」

「人の研究室で暴れんじゃねぇぞ、クソガキっ！」

ラザフォードの研究室で元気に暴れ回り、殴り倒されていた。

痣《あざ》だらけで床を転がるルイスを見下ろし、今年から研究生となったカーラがため息をつく。

「師匠、これはちょっと、やりすぎじゃ……」

「こいつ相手に、やりすぎもクソもあるか。こいつは叩いた方が伸びるからな。適切な指導だ指導」

高等科に入学して、もうすぐ一ヶ月が経《た》つ。その間に、ルイスは次々と新しい魔術を習得し、順調に実力をつけていた。術の精度や威力も中等科の頃より、磨きがかかっている。

ラザフォードの研究室に所属することになったのも、結果的にルイスにとって良い方向に働いていた。

ラザフォードは基本的に、自分からあれをしろ、これをしろとは言わない。

生徒の自主性を尊重すると言えば聞こえは良いが、要は放任主義なのである。故に、自分で課題を見つけてくる必要がある。

その点、ルイスは人に与えられた課題をこなすより、自分が気になったものを追求する方が好きなので、ラザフォード教室は性に合っていた。

ただし、ラザフォードとの殴り合いは日常茶飯事で、今まで以上に生傷が絶えない日々である。

「喧嘩《けんか》も程々にしなよ。うちは、しばらく留守にするからさ、喧嘩を止められないよ」

殴られ腫《は》れたルイスの頬に、濡《ぬ》らしたハンカチをあてがいながら、カーラが言う。

ようやく麻痺《まひ》が抜けてきたルイスは、ハンカチを手で押さえ、カーラを見た。

「また、旅に出んのか？」

「うん、次は東部地方に足を延ばそうと思って。あの辺は竜峰《りゅうほう》もあるしね」

研究生になったカーラは、制服でもローブでもなく、野外活動をする人間が好む厚手の服を着ている。

彼女は〈星の槍〉を開発した才女だが、部屋にこもって研究をするより、外で調査をしている方が好きな性分らしい。

夏の長期休みも、カーラは大荷物を背負って、魔力濃度調査の旅に出ていたぐらいだ。

「そうそう、なんでも高等科の一年に、王子様が来るらしいじゃないか」

カーラの言葉に、ルイスはそういえばそんな話もあったな、と思い出す。

このリディル王国の第一王子ライオネルが入学してくるということで、学園内は今、非常にざわついている。

何故《なぜ》、わざわざ王族がミネルヴァに通う必要があるのか気になるところだが、そこは色々と複雑な政治的事情があるらしい。

本来は高等科一年の授業が始まると同時に入学する予定だったが、公務の都合で入学が遅れ、今月末から通うことになったのだとか。

「王子様に喧嘩売ったり、暴言吐いたり、殴ったりしないようにね？」

「むしろ、お前は王子に近づくな、ルイス。やらかしたら、マジで処刑もんだからな」

カーラとラザフォードの忠告に、ルイスは皮肉っぽく笑い、肩を竦《すく》めた。

「はっ、王族なんてどうせろくなもんじゃねぇだろ。頼まれたって、近づかねぇよ」

＊＊＊

研究棟を後にし、教室に向かう途中、ルイスは見たくもない顔と遭遇した。黒髪を真ん中分けにして額を出した、アドルフ・ファロンだ。

中等科時代、散々喧嘩を売っては返り討ちに遭っている癖に、アドルフは今もルイスに因縁をつけてくる。

アドルフがルイスの正面で足を止めた。

「道を譲れよ、田舎者」

「てめぇが退《ど》けや、露出趣味」

「寝言は寝て言え、女装野郎」

ルイスが殺意を漲《みなぎ》らせ、拳《こぶし》を握りしめたその時、背後から誰かが駆け寄り、ルイスを羽交い締めにした。

「喧嘩は良くない！　事情は分からぬが、まずは双方距離を置き、冷静に話し合うのだ！」

ルイスを拘束する二本の腕は太く、ガッチリとルイスを押さえ込んでいた。おそらく、何かしらの訓練を受けている人間だ。

闇雲に暴れても拘束が解けぬことに気づいたルイスは、首を下に向け、そして勢いよく後ろの人間に頭突きをした。

「邪魔すんじゃねぇ！」

「ぬおっ⁉」

後頭部でゴッッと音が響き、ルイスを拘束する人物はくぐもった声をあげる。だが、それでも拘束は緩まない。

もう一発かましてやる、とルイスが首を傾けたその時、後方から掠《かす》れた声がした。

「ライオネル殿下……っ！」

（ライオネル？）

リディル王国 第一王子
ライオネル・ブレム・エドゥアルト・リディル

それは入学予定の第一王子の名前ではなかったか。

見れば、向かいのアドルフは真っ青な顔でガタガタ震えていた。死を覚悟したような顔である。

そこに、ミネルヴァの制服を着た黒髪の少年が駆け寄ってきた。少年は、ルイスを拘束している人物に掠れた声で問う。

「殿下、ご無事ですか」

「うむ、私は大事ない……貴方《あなた》も少し落ち着かれただろうか？」

そう言って背後の人物は、ルイスを解放する。

ルイスは暴れるのをやめて、背後を振り向いた。

そこに佇《たたず》んでいるのは、ルイスと同じ制服を着た、金髪の厳《いか》つい少年だ。鼻からはボタボタと鼻血を垂らしている。ルイスはその顔を覚えていた。

（金のゴリラ……！）

まさか、半年前の学園祭で屋台を訪れた金のゴリラが、第一王子だったなんて。

唖然《あぜん》とするルイスの向かいで、今まで震えていたアドルフが勢いよく膝《ひざ》をついて、頭を下げた。

「た、大変申し訳ありませんでしたっ、ライオネル殿下！　おい、ルイス！　お前も頭下げろっ！」

ギャアギャアと喚《わめ》くアドルフに、ライオネルは鼻血を垂らしたまま、首を横に振る。

「いや、私に謝らずとも良いのだ。私は通りすがり様に、お節介をしただけにすぎない」

なんて傍迷惑《はためいわく》なお節介だ、とルイスは思った。不良の喧嘩の仲裁など、王族がする類のお節介ではない。

ラザフォードは王子に近づくなと言ったが、そもそも王子が自ら喧嘩に巻き込まれにくるなんて、想定外すぎる。

次第に周囲が騒がしくなり始めた。教師達がこちらに向かいながら、ライオネルの名前を叫んでいる。ついでに、「またお前か、ルイス・ミラー!?」という悲鳴も。

(面倒なことになる前に、ずらかるか)

そう考えるルイスの腕を、しっかりと掴《つか》んだ者がいた。ライオネルを追いかけてきた黒髪の従者だ。

ライオネル同様、ミネルヴァの制服を着ているが、こちらはしっかり帯剣している。

黒髪の従者は左手でルイスの腕を掴み、右手は剣の柄《つか》に手を添え、いつでも抜剣できる姿勢で呟《つぶや》いた。

「……今日は、制服なんですね」

「目ん玉ほじくるぞ」

歯を剥《む》いて威嚇するルイスを、教師達が悲壮な顔で包囲する。

数分後、ルイスは駆けつけたラザフォードに殴り倒され、アドルフ共々、校舎裏の草むしりを言い渡された。

＊＊＊

騒動の翌日、金のゴリラこと第一王子ライオネルは、その従者と共に、ルイスと同じ高等科一年の教室にやってきた。

「ライオネル・ブレム・エドゥアルト・リディルだ。これから、どうぞよろしく頼む！」

張り詰めたような緊張が漂う教室で、ライオネルは誠実な態度で言葉を続けた。

「皆、思うところはあるやもしれぬが、同じ学舎に身を置く学友として接してもらえると嬉《うれ》しい」

「……従者のネイト・ウォールです。殿下はこう仰《おつしや》っていますが、程々に気を遣ってください。よろしくお願いします」

ネイトの囁《ささや》くような声の自己紹介と補足に、ライオネルが太い眉毛《まゆげ》を吊《つ》り上《あ》げた。

「ネイトよ！　私に気遣いは不要だと……！」

「……殿下、世の中には程々に気を遣った方が気が楽な人間もいるのです。ご理解ください」

「むぅ、そうなのか……すまない」

ネイトの言葉に、ライオネルは素直に引き下がる。変わった主従だ。

リディル王国にはライオネルを含めて三人の王子がいるが、第二王子のフェリクスは今年の誕生日で七歳、第三王子のアルバートは三歳と、だいぶ歳《とし》が離れている。

そのため、次期国王候補にライオネルを、と考える者は多いのだろう。休み時間になると、親を有力貴族にもつ何人かが、ライオネルに挨拶《あいさつ》に向かった。

その顔触れを眺めて、ルイスは少しだけ意外に思う。

（……思ったより、少ないのだな）

この国の王子様がやってきたのなら、周りは我先にとライオネルへ群がり、自分の売り込みをするものだと思っていたのだが、そういう人間は意外と少ない。

あの目立ちたがりのアドルフ・ファロンですら、ライオネルに一度挨拶をし、昨日の謝罪をしただけで、すぐに自分の席に戻っているのだ。

「やっぱ、ゴリラ顔だから怖がられてんのか」

「なんて失礼なことを言うの」

ボソリと呟いたら、耳を抓《つね》られた。ロザリーが怖い顔でルイスを睨《にら》んでいる。

「王子様が来たら、もっと、キャーキャー言うもんじゃないのか？」

「皆、弁《わきまえ》えているのよ」

「本当にそれだけか？」

ルイスは声のトーンを落とした。

正直、貴族社会の事情に興味はないが、学校内でいらぬトラブルに巻き込まれたくはない。勿論《もちろん》、喧嘩を売られたらもれなく買うが。

「うちの国で一番豪華な学校って、セレンディア学園ってやつなんだろ？　だったら、そっちに行けば良いじゃねぇか。それともあのゴリラ王子は、わざわざミネルヴァを選ぶぐらい、魔術に興味があんのか？」

「セレンディア学園は、第二王子の祖父であるクロックフォード公爵が理事を務めているのよ。ミネルヴァは比較的、政治的に中立だから……」

ふぅん？　と唇を尖《とが》らせたルイスは、口の端が切れていることを思い出して、顔をしかめた。昨日、ラザフォードに散々殴られたせいで、どこもかしこも痛くて仕方がないのだ。

切れた口の端を舐《な》めながら、ルイスは思案する。

（つまり、クロックフォード公爵と第一王子は、対立してるってことか）

きっとクロックフォード公爵とやらは、可愛《かわい》い可愛い自分の孫を王位につけたくて仕方がないのだろう。

だが、第二王子のフェリクスは病弱で、祖父の屋敷で療養生活をしているという。そんな軟弱な王子が、王になどなれるはずがない。

(或《ある》いは、とりあえず孫を王にしといて、祖父が実権を握るってパターンもありそうだな)

なんにせよ、自分には関係のない話である。ただ、ルイスはふと思いつき、ロザリーに訊《たず》ねた。

「なぁ、もしかしてアドルフの実家って、クロックフォード公爵って奴《やつ》の子分か?」

「……懇意にしていると、聞いたことはあるわね」

なるほどな、とルイスは納得した。

アドルフのように、親がクロックフォード公爵と懇意にしている者は、ライオネルと迂闊《うかつ》に親しくなれないのだ。

とは言え、王族であるライオネル相手に、不敬な態度をとるわけにもいかない。

だからアドルフは、失礼にならない最低限の挨拶をして、距離を置いているのだろう。

教室を見回すと、そういう者は意外と多い。それだけ、第二王子もしくは第三王子の後ろ盾は権力が強いのだろう、とルイスはぼんやり考えた。

＊　＊　＊

「今日の魔法戦は二人一組で行う。各自、近くにいる者とペアを組みなさい」

魔法戦の教師のソロウは、硬い雰囲気で軍人然とした四〇代半ばの女だが、意外と気分屋で、その日の気分で組み分けを変える傾向にあった。

自分で組み合わせを決める日もあれば、クジを作ってくる日もあるのだが、今日は適当に誰かと組ませたい気分だったらしい。

近くにいる者とペアを、とソロウが言った瞬間、生徒達は一斉にルイスから離れた。絶対にこいつとは組みたくない、という空気がヒシヒシと伝わってくる。

（まぁ、それならそれで、良いんだけどよ）

あぶれた者は、教師と対戦することになるので、ルイスとしてはその方が都合が良かった。

魔法戦の授業は大体、ソロウとは別に補佐の教師がつく。今日の補佐役はラザフォードではなく、若い教師だ。

ソロウと若い教師、そのどちらかと魔法戦をすることになるのだろう、と考えるルイスに話しかける者がいた。ライオネルである。

「すまぬが、私と魔法戦をしてもらえぬだろうか」

「……あ？」

ルイスは思わず顔をしかめた。

王族であるライオネルの不興を買ったら一大事だ。だから、周りがライオネルと組みたがらないのは分かる。

だが、この授業にはライオネルの従者であるネイトがいるのだ。

黒髪のネイトは、生徒達の輪から離れ、演習場の隅にジッと佇んでいる。ルイスはネイトのいる方を見て、顎《あご》をしゃくった。

「あいつとやりゃ良いだろ」

「ネイトは、私の警護をするために、魔法戦の授業は免除されているのだ」

なるほど、教室内で行う授業と違い、野外で行う魔法戦の授業は暗殺の危機が増える。

周囲の者は皆、息を潜めてこのやり取りを見守っていた。

さて、どうしたものかとルイスが考えていると、ライオネルは姿勢を正し、己の胸に手を添えて言う。

「私はライオネル・ブレム・エドゥアルト・リディルだ」

「知っとるわ」

「貴方の名前を聞かせてもらえないだろうか」

相手の名前を訊《き》く時は、まず自分から名乗る——なんとも真面目なことである。

ルイスはゲンナリした顔で、雑に答えた。

「ルイス・ミラーだよ」

「そうか、勇ましく良い名だな！」

なんだこいつは、というのがルイスの率直な意見である。

少なくとも今までルイスの周りにはいなかったタイプの人間だ。王族というのは皆、こんな感じなのだろうか。

ライオネルはつぶらな目でじぃっとルイスを見ていたが、何かを思い出したように顔を輝かせる。

「思い出した。どこかで会った気がすると思っていたのだ」

「……あ？」

「半年前の学園祭で、スープの屋台の店番をしていたであろう？　あの時は何故、あのような格好を？」

ルイスは頬を引きつらせ、こめかみに青筋を浮かべてライオネルに詰め寄った。

「その話を蒸し返すんじゃねぇよ。いいぜ、やろうぜ、魔法戦」

学園一の問題児であるミネルヴァの悪童ルイス・ミラーが、王子と魔法戦。

まさかの展開に大多数の者は戦慄《せんりつ》し、ルイスをよく思わない一部の人間は、ルイスが処罰を受ける展開を予想してほくそ笑む。

そんな中、魔法戦教師ソロウは、いつもの彼女らしい堂々とした態度で「よろしい！」と声を張り上げた。

「それではまず、最初の五組！　開始位置につきなさい！」

二人一組で魔法戦をする場合、授業時間の都合上、何組かで同時に魔法戦を行う。

また、中等科の頃は敷地の森のひらけた場所しか使わなかったが、高等科になるとより実戦的な訓練をするために、障害物のある森の広域を使うのだ。

つまり森の木々に隠れれば、教師の目を盗んでやりたい放題である。

ルイスは擦《す》り傷だらけの拳《こぶし》を、軽く開閉した。

(軽くいなして、最後のトドメの瞬間だけ、木陰で目立たないようにやりゃいいか)

高等科の魔法戦は、申請すれば専用武器や魔導具の持ち込みができる。だが、ルイスはあえて短杖《たんじょう》を放棄していた。

杖《つえ》があった方が魔力操作が安定するのは事実だが、暴れ回るのに邪魔なのである。なにより、うっかり折ってしまったら目も当てられない。

一方ライオネルは、教師に申請して剣を持ち込んでいた。

魔法戦の結界内では、物理攻撃は無効である。それは剣による攻撃にも適用される。

（となると、使ってくるのはアレか……）

ソロウが「開始！」と声を張り上げた。

それと同時にライオネルが剣を抜き、詠唱を始める。

ライオネルの詠唱が終わると、彼の剣が赤い炎を纏《まと》った。物質に魔力付与する付与魔術の一種、魔法剣だ。

魔法剣は隣国のランドール王国で主流の魔術である。ミネルヴァでは、あまり見かけない。

通常の魔術より詠唱が短く、少ない消費魔力で長時間維持できるというメリットがあるが、魔術と剣術、両方の熟練度が要求されるからだ。

「ゆくぞっ！」

裂帛《れっぱく》の気合いと共に、ライオネルがルイスに肉薄する。その時には、ルイスも詠唱を終えていた。

振り下ろされた剣を、ルイスは掲げた拳で受け止める。勿論ただの拳じゃない。拳の表面には、手のひらより少し大きいぐらいの盾型防御結界を展開している。

攻撃魔術をチマチマ飛ばすより、ぶん殴った方が早い。そう考えるルイスが、物理攻撃無効結界の中で、敵をぶん殴るために編み出した戦闘方法である。

結界で敵を殴る魔術師など、まずいない。故に、大抵の相手は初見だと動揺して隙を見せるものだが、ライオネルは冷静だった。

最初の一撃を防がれたライオネルは、次の一撃を繰り出す。狙いはルイスの左胴。

それをルイスは詠唱をしながら、後ろに飛んでかわし、右足の甲に盾型結界を張って、蹴《け》りを放った。

「しゃぁっ！」

鋭い呼気と共に放たれた蹴りを、ライオネルは脇を締めて腕でガードする。

「ぬぅっ……良い蹴りだ」

魔法戦では受けたダメージの分だけ、魔力が減る。

ルイスの結界を使った蹴りは、しっかりダメージとして扱われるので、ライオネルの魔力は減少したはずだ。彼が手にした魔法剣の炎が大きく揺らぎ、火が少し薄くなる。

（こいつ、もしかして……）

ライオネルは受けたダメージをものともせず、大きく踏み込み、ルイスの左肩を狙って斬撃を放った。

今、ルイスが結界を維持しているのは、右手と右足――左側の守りが甘くなることを見抜いているのだ。

ルイスは咄嗟《とっさ》にスライディングをして、ライオネルの横をすり抜けるような形で斬撃をかわし、体勢を立て直す。

すかさず、ライオネルが追撃。頭上から振り下ろされた剣を、ルイスは右手の防御結界で防ぐ。

ライオネルの魔法剣と、ルイスの防御結界。この二つがぶつかった時、ルイスの結界はびくともしないが、ライオネルの魔法剣は目に見えて威力が落ちている。

ルイスは確信した。

（やっぱりそうだ……こいつ、剣の腕は良いのに、魔術がショボい！）

物理攻撃無効の魔法戦という結界の中だから魔法剣を使っているが、結界の外では普通に剣を振り回しているだけで充分強いだろう。

ライオネルが剣を振るい、それをルイスが結界で受け止める度に、ライオネルの魔力が減っていく。そのことが、ルイスには酷《ひど》くもどかしかった。

それならばと、ルイスは斬撃をかわしながら、少しずつライオネルを森の奥へ誘導する。

魔法戦の結界は森の広域に張られているが、その範囲をルイスは正確に把握していた。

（そろそろか……）

結界の範囲内ギリギリに辿《たど》り着《つ》いたところで、ライオネルの魔法剣は輝きを失った。

ライオネルは厳つい顔を歪《ゆが》め、悔しそうに項垂《うなだ》れる。

「……魔法剣を維持するだけの魔力がない。私の負けだ！」

「いいや、これは、魔法戦で決着つけるのは勿体《もったい》無いだろ」

ルイスはニヤリと笑い、親指で結界の外を指し示す。

「結界の外で、続きやろうぜ」

ライオネルはキョトンと目を丸くした。厳つい顔をしているのに、そういう表情をしていると妙に愛嬌《あいきょう》がある。

ルイスは驚いているライオネルをよそに、魔法戦の結界の外に出ると、ライオネルを手招きした。

「早くしろってば！」

「つまり、純然たる腕比べがしたいということか？」

「だってお前、魔術が下手すぎて、魔法戦じゃつまんねーんだよ。だから、魔術抜きでやろうぜ」

辛辣《しんらつ》なルイスの言葉に、ライオネルは「むぅ」と呻《うめ》き、そして真っ直《ます》ぐにルイスを見た。美しい水色の目だった。

「そうか、魔術が未熟な私に合わせてくれているのだな」

ライオネルは勢いよく鼻から息を吐き、腰の剣を地面に置いた。投げ捨てれば良いのに、そういう所作が丁寧な辺りは、さすが王族である。

ライオネルはズンズンと魔法戦の結界の外に出て、ルイスと向き合う。

「その挑戦、受け入れよう！　いざ尋常に勝負だ、ルイス・ミラーよ！」

ルイスは満足気に笑い、左手のひらに拳を叩《たた》きつけた。パァンと心地良い音がする。

「そうこなくっちゃ……なぁ！」

ルイスはライオネルの懐に飛び込み、掌底で顎を撃ち抜こうとした。だが、ライオネルはその大きな手のひらで、ルイスの手を受け止める。

ならばと、左の拳を振るうが、そちらも受け止められた。こうなったら力比べだ。

体格が恵まれているのは、圧倒的にライオネルだ。ライオネルの筋肉は飾りじゃない。きちんと訓練を受けている人間の肉体だ。

ライオネルの太い腕が、ルイスの体を押し返す。

「ぬぅぅぅぅぅぉぉぉぉぉぉお！」

負けじとルイスは、ライオネルの手を握《にぎ》り潰《つぶ》さんばかりに力を込める。

「おるぁぁあああああああ！」

踏ん張る足に力を込め、ルイスは首を後ろに傾けた。頭突きで、この膠着状態《こうちゃくじょうたい》を打破しようとしたのだ。

気づいたライオネルも歯を食いしばり、己の額を突き出した。

ゴッッッ、と岩と岩がぶつかるような音が響く。

互いに動きを止めること、数秒。

白目を剥《む》いて後ろにひっくり返ったのは、ルイスの方だった。

＊＊＊

ルイスが目を覚ますと、視界に飛び込んできたのは、ライオネルの心配そうな目と、ロザリーのジトリとした呆《あき》れの目だった。温度差が凄《すさ》まじい。

「おぉ、目を覚ましたか！　ウッドマン先生、ルイスが目を覚ましました！」

暑苦しく叫ぶライオネルの横では、ロザリーが氷点下の眼差《まなざ》しでルイスを見ている。

ルイスが上半身を起こすと、氷を包んだ布がベショリと落ちたので、ロザリーはすかさず拾って、ルイスの額に押しつけた。

その顔は、間違いなく静かに怒っている。

「ライオネル殿下に頭突きをするなんて、何を考えてるの」

勝つにはそれしかなかったんだよ。まぁ、負けたけど——という言い訳をルイスは飲み込んだ。反論をしたら、余計にロザリーの怒りを煽《あお》りそうだと思ったのだ。

とりあえずルイスは、黙って氷の塊を額のコブに押し当て、ライオネルとロザリーを交互に見る。

暑苦しく見守るライオネルと、冷ややかなロザリー。見事に対照的だ。

そんな二人をよそに、椅子に座って読書していた常駐医のウッドマンが、読みかけの本を閉じて言う。

「ミラー君、ライオネル殿下に背負われて、運ばれてきたのよ？　もう、おじちゃんビックリ」

「なんだそれ、誰か止めろよ」

ルイスは思わず顔をひきつらせたが、ウッドマン曰《いわ》く、ルイスを背負って必死の形相で走るライオネルに、誰も何も言えない空気だったらしい。

ライオネルは、「ぬぉぉぉぉ、しっかりしろ！　気を確かに持て！」と、白目を剥いているルイスに語りかけていたという。ルイスにとって、一生の恥である。

言葉を失うルイスに、ウッドマンが足を組んで肩を竦《すく》めた。

「素敵な王子様に背負われて担ぎ込まれたって、すごいねぇ。おじちゃんが女の子だったら、ときめいちゃうシチュエーションよ。頭にすんごいコブできてるけど」

「そこの、素敵な王子様に頭突きで負けたんだよ」

ルイスの皮肉に、椅子に座っていたライオネルはハッと顔をあげた。

そして膝《ひざ》に手をつき、勢いよく頭を下げる。

「すまぬ！　どうやら私は、相当な石頭らしいのだ！」

「殿下、謝る必要も、気にする必要もありません」

冷たく切り捨てるロザリーに、ライオネルは申し訳なさそうに太い眉《まゆ》をひそめた。

「だが、ロザリーよ、昏倒《こんとう》させたのは私の方なのだ」

「大体ルイスの自業自得です」

「ちょっと待て」

ルイスは口を挟み、ライオネルとロザリーを交互に見る。

実を言うとルイスは、目を覚ました時からずっと気になっていたのだ。

ロザリーは非常に真面目な娘である。そんな彼女が、王族とこんなにそばにいるのに、かしこまった雰囲気がない。もちろん、丁寧な態度ではあるが、どことなく気心が知れているような空気なのだ。

それはライオネルも同様である。しかも、ロザリー呼び。ちょっと聞き捨てならない。

「……お前ら、仲良いのか？」

ロザリーとライオネルは、ほぼ同じタイミングで頷《うなず》いた。

「父の仕事絡みで、何度か挨拶《あいさつ》をしたことが」

「うむ、学園祭でも道案内をしてもらったしな」

「……へー、ふーん、そーかよ」

ルイスは唇を尖《とが》らせ、額に氷を押し当てたまま、ベッドにゴロリと寝転がる。

そして、二人に背を向けるように寝返りを打った先で、ライオネルの従者のネイトと目が合った。

「ぎゃっ!?　いたのかお前!?」

驚き叫ぶルイスに、今まで気配を消していたネイトは風が囁《ささや》くような声で言う。

「……多少のヤンチャは見守るようにと、ヴィルマ妃より仰せつかっておりますが、程々にしてもらえると助かります……あまり危険なことは困りますので……」

囁くネイトは、いつもと同じ無表情だった。

大事な王子様に喧嘩《けんか》を売った不良に腹を立てているのかと思ったが、表情があまり動かぬので、どうにも感情が読みづらい。

黙り込むルイスに、ネイトは細い声で続ける。

「なお、貴方の負傷は、魔法戦の最中に転んだと説明してあります。転んで頭を打って、王子様に運び込まれたルイス・ミラーという噂《うわさ》が爆速で広まっていますが……自業自得なので諦《あきら》めてください」

ルイスはベッドにあぐらをかいて、ネイトを睨《にら》んだ。

「次の魔法戦は、お前が相手してくれても良いんだぜ？」

「うっかり斬り捨ててしまうと、それはそれで面倒なので……」

なかなかどうして、声は細いが態度が太々《ふてぶて》しい従者である。

「……どうぞ自分のことは、たまに喋《しゃべ》る壁だと思ってください」

ネイトの言葉に、ルイスのベッドを挟んだ反対側で、ライオネルが声をあげる。

「ネイトよ、そのようなことを言わず、ともに学生生活を謳歌《おうか》しようではないか」

「殿下、お忘れかもですが、自分、もう高等科に通う年齢じゃないので……」

ルイスは「あ？」と呟《つぶや》き、目を眇《すが》めてネイトを観察した。

地味な顔立ちの、短い黒髪の少年だ。中肉中背で、特に目立つ容姿ではない。年齢は一〇代半ばという雰囲気で、正直ネイトよりも厳ついライオネルの方が年上に見える。

「自分、今年で二七です。ミネルヴァには、あくまで護衛のために特例で入学させてもらいました」

ルイスは思わず、ズキズキと痛む額を押さえて呻いた。

「お前、今日から自分のこと、おじちゃんって言えよ」

「二七なんて、おじちゃんに言わせれば、まだ若い若い」

自称おじちゃんのウッドマンが、ケラケラと笑った。

＊　＊　＊

「わぁ、ルイス、すっごいコブ～！　プックプクじゃん～」

ライオネルの頭突きに敗北した翌日は休日だったので、ルイスは昼の少し早い時間から、ゴアの店を手伝っていた。

サリーはルイスの額のコブをペタペタ触っては、「痛い？　ねぇ、痛い？」と訊《き》いてくる。

ルイスは皮を剥き終わったニンジンをサリーの方に押しやり、怒鳴った。

「痛いに決まってんだろうが、ベタベタ触んなや！　ニンジンの皮剥き終わったぞ！」

「やぁん、ルイス怖ぁ～い。そろそろ混んできたから、注文取りよろしく～」

ルイスは舌打ちして、店内に目を向ける。昼が近づき、席は徐々に埋まりつつあった。あと三〇分もすれば、大忙しになるだろう。

ドアチャイムがチリンチリンと音を立てた。客が来たのだ。ルイスはできた料理を運びながら、入り口に目を向け声をかける。

「らっしゃぁせぇ…………………ぁあ？」

新しい客は三名。

お忍びらしく、質素な服を着たライオネルと、ネイトと、ロザリーである。

唖然《あぜん》とするルイスに、ライオネルが声を張り上げる。

「食事をいただこう！」

「…………………」

ルイスは無言でネイトとロザリーを見た。

ネイトがか細い声で言う。

「自分のことは、食事をする壁だと思ってください」

「なんて都合の良い壁だよ。おい、ロザリー、なんでお前らが……」

ブラウスとスカートという私服のロザリーは、ルイスに声をかけられ、珍しく早口になる。

「でん……彼が、街を歩いてみたいと言うから、私は道案内を……」

「うむ！　それと、学園祭で食べたスープが美味《おい》しかったのでな、ネイトに店を調べてもらったのだ！」

ルイスは、額のコブがズキズキと痛むのを感じた。コブに手を当て、黙り込んでいると、カウンター越しに店主のゴアが驚きの声をあげる。

「ルー坊のダチか⁉　おい、ロウ、初めて見たな、ルー坊のダチ！」

「お友達が来てくれたの？　良かったねぇ」

痩《や》せた中年、ロウの平和なコメントに、ルイスは脳内で「良くねぇよ」と突っ込んだ。

更にはサリーまでもが、興味津々の顔で食いついてくる。

「ルイスのお友達？　わぁ、女の子いるじゃん。ねぇねぇ、どんな関係ー？」

挙げ句の果てには、店の客達も下品な口笛を吹いて、ニヤニヤ笑いだした。

「おい、ルー坊。本命はサリーと、そっちの子のどっちだ！」

サリーと客達は好き勝手なことを言い、ロザリーは「ルー坊……」と小声で言い、ネイトは「自分、壁なんで」と他人の振りをし、ライオネルは真っ直ぐに立ったまま、馬鹿でかい声で「ルイスよ、豆のスープを頼む！」と言う。

とうとうルイスは、頭を抱えて喚き散らした。

「全員席に着いて、黙って飯食えっ！」

十章　悪童のアルコール戦争

ルイスがミネルヴァに来て、五回目の秋が来た。

今年は例年より少し早めに初雪が降り、冬は冷え込むだろうと言われている。

日陰に初雪が残り、冷たい風が吹く街を、高等科二年になったルイスは、ルームメイトのオーエンと共に歩いていた。

「くっそ、これは今年も絶対積もるな」

「僕達、毎年当たってるよね、雪かき当番」

「お前の運が悪いんだろ」

「ルイスでしょ」

軽口を叩《たた》くオーエンは、ルイスと身長が並んだ。痩せっぽっちだった体も、少しはマシになっている。魔法兵団入団を目指して、密《ひそ》かに体を鍛えているらしい。

オーエンは今年で高等科の一年だ。高等科卒業と同時に魔法兵団入りを目指している彼は、ますます勉強に余念がない。

今日の二人は前期試験の前に、筆記具や消耗品などの買い足しに来ていた。

ペンのインクや、ペン先の替えなどは校内の購買でも買えるが、オーエンは冬になると家族に送る冬招月《シエルグリア》のカードを買いたいらしい。ルイスも寒さが本格化する前に、消耗品や酒を安く買っておきたかったので、こうして街に出たのだ。

寒い時は酒を飲んで体を温めるのが手っ取り早い、という認識はミネルヴァでの暮らしに慣れた今も変わらない。

オーエンは最初の内こそ呆《あき》れていたが、今はもう何も言わなかった。自分にとってコーヒーが大事なように、ルイスにジャムと酒は欠かせないと割り切っているのだろう。

やがて、馴染《なじ》みの雑貨店に入った二人は、各々必要な物を探す。この店は筆記具の類が常に安定して安いのが良い。

それでいて、たまに珍しい商品も入ってくるので、見ているだけでなんとなく楽しくなる。

その日、店の棚で一番目立つ場所に置かれているのはインク壺《つぼ》だった。それも、ちょっと高級感のあるラベルの物である。「大人気！」と書かれた札に、ルイスは首を捻《ひね》った。

「なんでインクが大人気なんだ？」

「おや、坊ちゃん、ミネルヴァの生徒さんなのに知らないのかい？　青いインクを使った、恋のおまじない！」

腹の出た中年の店主が、カウンター越しに愛想良く語りだす。

「好きなあの子に、青いインクで恋文を書くと恋が成就！　おじさんが知ってるだけで、もう一〇人は告白に成功してるよ！」

おまじないなんて、馬鹿らしい——そう胸の内で吐き捨てつつ、さりげなく値札を見たルイスは目を剥《む》いた。普通の黒インクの一〇倍の値段だったのである。

恐る恐るインク壺を棚に戻すルイスに、カード選びをしていたオーエンが冷めた口調で言う。

「みんな好きだよね、そういうおまじない。花の小物に朝露を垂らすと幸運のお守りになるとか、願いごとを書いた紙を枕の下に入れておくと願いが叶《かな》うとか」

オーエンはいかにも興味ありません、といった口調である。だが、ルイスは思い出した。

「そういや、お前の枕の下から『魔法兵団入団』って書いた紙がはみ出てたんだが、あれってもしかして……」

「なんで見たのさ」

「ルームメイトに掃除をさせた、お前の散らかし癖を恨め」

すました顔で言い、ルイスは酒を買う分の金が残るよう計算しながら、一番安い黒インクとペン先を買った。

＊　＊　＊

ミネルヴァに、今年二度目の雪が降った秋の終わりのある日、ロザリー・ヴェルデは早足で医務室に向かっていた。

また、ルイスがラザフォードに殴られて医務室送りになったと聞いたのだ。

医務室の常駐医であるウッドマンは、基本的にルイスの怪我《けが》は放置の姿勢なので、ロザリーが手当をするのが、いつもの流れになっていた。

（おかげで、どんどん手当が上手《うま》くなってるわ、私……）

魔術の腕は全然上達しないのに、と苦笑しながらロザリーは医務室の扉を開ける。

医務室では珍しくウッドマンが離席していて、その代わり、擦《す》り傷だらけのルイスがウッドマンの席で何やら瓶を並べて作業している。それをライオネルが止めようとし、従者のネイトは壁際で壁になっていた。

誰に声をかけるか迷っているロザリーに、ライオネルが声をかける。

「ロザリー、丁度良いところに来てくれた！　ルイスを止めてくれ！」

「……今度は、何をやらかしたの？」

ロザリーが訊《たず》ねると、ルイスは不機嫌そうに「あぁん？」と下唇を突き出し、ロザリーを見る。

大変物騒かつ凶悪な面構えだが、これが彼の常なのだ。ロザリーは気にすることなくルイスを真《ま》っ直《す》ぐに見つめ返した。

ルイスは舌打ちを一つして、短い髪をガリガリとかく。

「まだ、何もしてねぇよ」

「つまり、これから何かしようとしているわけね」

ロザリーは事情の説明を求めるようにライオネルを見る。

ライオネルは大柄で厳《いか》つい顔だが、誰よりも心優しい王子様である。そんな彼は持ち前の誠実さで、ルイスの暴走を止めようとしているらしかった。

「ルイスよ、落ち着け。早まるな」

「俺は冷静だ。冷静にぶち切れている。ラザフォードのジジイめ……こっちが下手《したて》に出りゃあ、つけ上がりやがって」

「お前がいつ下手に出たと言うのだ」

「うっせぇ」

ルイスの言葉遣いはとても王族に対する口の利き方とは思えない。それでもライオネルは気を悪くした様子もなく、真摯《しんし》に友人を諭そうとしている。

二人のやりとりを聞いていたロザリーは、ルイスの言葉から大体の事情を察した。

「……ラザフォード先生と何かあったのね？」

ロザリーの問いに、壁際のネイトがボソボソと答える。

「今朝、抜き打ちで持ち物検査がありましたね？」

「えぇ」

「そこで、ミラー様の荷物から大量の酒瓶が見つかりました」

さほど厳密に定められているわけではないが、リディル王国ではアルコール度数の低いワインやビールなどは一六歳の準成人から、度数の高い蒸留酒の類は二〇歳の成人から飲んで良いとされている。

おそらくルイスが所持していたのは、馬鹿みたいに度数の高い酒だったのだろう。

そもそも度数が低ければ良いというものでもない。ここは魔術師養成機関ミネルヴァ。神聖な学舎なのだ。酒瓶など没収されて当然である。

だが、ルイスは納得いかないとばかりに不貞腐《ふてくさ》れていた。

「俺の地元じゃ、水より酒の方が安全なんだよ」

リディル王国は他国よりも治水事業が進んでおり、ここ数十年で上下水道がかなり発展している。

だが田舎の方はまだ整備が行き届いておらず、水よりも酒の方が安心して飲めると考える者も少なくなかった。ルイスもその一人だ。

特にリディル王国北部出身のルイスは、体を温めるなら、暖炉に火をつけるより酒を飲んだ方が安上がりでてっとり早いと考えている節がある。

ここ数日は特に冷え込んだから、体を温めるために酒瓶を持参していたのだろう。

ロザリーは眉間《みけん》に手を添えて、ため息をついた。

「そんなの没収されて当然だわ……で、ラザフォード先生にお酒を没収された不良さんは、何をしようとしているの?」

ルイスはガラス瓶の一つを持ち上げると、チャプチャプと揺らしながら口の端を持ち上げた。

黙っていれば少女めいた美しい顔に浮かぶのは、悪巧みをする不良の笑みだ。

「今夜、ジジイの研究室に忍び込んで、没収された酒瓶と、この瓶をすり替える」

「……その瓶の中身は」

「下剤入りの水だ。どーせジジイどもは、俺から巻き上げた酒で酒盛りするつもりなんだろ。こいつで腹くだして、のたうち回りやがれ、ジジイども」

ルイス・ミラーはやられたら倍返しが信条の男である。

ミネルヴァでは田舎出身の彼を馬鹿にし、苛《いじ》めようとする人間が何人もいた。だがルイスに喧嘩《けんか》を売った者は、もれなく全員返り討ちに遭っている。

食堂のジャム狩り事件、テレンス・アバネシー肥溜《こえだ》め送り事件、アドルフ・ファロン燻製《くんせい》未遂事件は、もはやミネルヴァの語り草である。

「大体、俺はな。水道ってのが信用できないんだよ。何が仕込まれてるか分かったモンじゃねぇ。

酒の方が絶対安全だね」

「……そう」

ロザリーはいつもより低い声で呟《つぶや》くと、無表情にライオネルを見た。

「これ以上の会話は時間の無駄だわ。殿下、放っておきましょう」

「む、だが、ロザリー」

ライオネルは何か言いかけたが、ロザリーが漂わせる冷ややかな空気に気づくと口をつぐむ。

ロザリーは「行きましょう」とライオネルとネイトを促し、その場を立ち去ろうとした。

そんなロザリーの背中にルイスが声をかける。

「ロザリー、ちょっと待て」

ロザリーが足を止めて振り向くと、ルイスは身軽に立ち上がり、至近距離からロザリーの顔を覗《のぞ》き込んだ。

黙っていれば美しいと称される顔が、悪戯《いたずら》っぽく煌めく灰紫の目が、すぐ目の前にある。

ロザリーが動揺し、立ち尽くしていると、アカギレだらけの指がロザリーの頬をかすめ、横髪を留めていたピンを一本抜き取った。

「借りるぜ。鍵《かぎ》開けの役に立つ」

ニヤリと笑う悪ガキに、ロザリーは過去最高に冷ややかな一瞥《いちべつ》を投げかけた。

「精々痛い目に遭うといいわ。ミネルヴァの悪童さん」

＊＊＊

冬の夜空には銀の砂をちりばめたような星が煌《きら》めき、ふんわりと丸い月が雲の合間から見え隠れする。

足を止めてうっとりと見上げたくなるような美しい夜空だが、黒ずくめの服に身を包んだルイスは夜空になど目もくれず、真っ直ぐに研究棟へ向かった。

風の無い静かな夜は、研究棟に忍び込もうとしているルイスには少々都合が悪い。どうせなら少し風が強いぐらいの方が足音を隠せて良いのにと密かに思いつつ、ルイスは校門の前で足を止める。

当然だが校門には鍵がかかっていた。よじ登れない高さではないが、門の上部は侵入者対策で槍《やり》状に尖《とが》っている。おまけに刺さったら簡単には抜けないかえし付きだ。

ルイスは短い髪に留めていたピンを外すと、短縮詠唱で小さな火を起こした。そうして火の灯《あか》りを頼りに、錠前の鍵穴にピンを突っ込む。

小さな火は鍵穴の奥まで照らしてはくれないが、こういうのは指先の感覚で案外どうにでもなるものだ。

数分ほど鍵穴と向き合っていると、やがてカチリと音を立てて錠は外れた。

ちょろいちょろいとニンマリ笑い、ルイスは門を細く開けて中に滑りこむ。

(……さて、問題はここからだ)

一階は見回りの教師が徘徊《はいかい》していることは確認済み。

ならば、壁をよじ登って窓から侵入する方が確実だ。幸い、お目当ての部屋──三階にあるギディオン・ラザフォード教授の研究室は窓が開いている。

ラザフォードは煙管《きせる》を愛用しているので、換気のために冬でも窓を開けっぱなしにしていることが多いのだ。

ルイスは手近な木によじ登ると、そこから枝をつたって二階バルコニーの装飾にしがみついた。飛び移った時に、腰にぶら下げた瓶がカチャカチャと音を立てる。

（……ちっ、瓶を布で包《くる》んどくんだったな）

没収された酒瓶と同じ瓶には、下剤入りの水が詰めてある。これを没収された酒瓶とすり替えるのが目的なのだ。途中で割ってしまう訳にはいかない。

今、ルイスはバルコニーに両手で掴《つか》まり、ぶら下がっている状態だ。

できれば体を大きく振って、反動でよじ登りたいところだが、体を大きく振ると、瓶が割れてしまう。だから、ルイスは腕の力だけで慎重にバルコニーをよじ登った。

（こういう時、飛行魔術があるといいんだがな）

空を自由に飛べる飛行魔術は非常に便利だが、繊細な魔力操作技術とバランス感覚が必要だ。おまけに魔力消費量が多く、訓練中に落下すると危険なので、扱いが難しい。

ここしばらくは、基本的な攻撃魔術と、結界術の強化に時間を割いていたが、それが一段落したら、飛行魔術も絶対に覚えようとルイスは心に決めていた。

空を飛べたら、自分を見下す連中を高いところから見下ろせるのだ。爽快《そうかい》に決まっている。

ゴアの店に行くのにも便利だし、退屈な式典をサボるのも良い。その時は優等生のロザリーとライオネルを巻き込んで、一緒に空でサボりをするのも悪くない。

（……いや、やっぱライオネルは無しだな。野郎の巨体を抱えて、空飛ぶ趣味はねぇし）

そんなことを考えながら壁をよじ登っていると、ふと頭上で声が聞こえた。

ルイスは今、目的地であるラザフォードの研究室の窓の下にいる。声はその研究室から聞こえてくるのだ。

（嘘《うそ》だろ、この時間、あのジジイは別室にいるはず……）

事前に下調べをしたのに、と動揺するルイスの頭に、ロザリーの言葉がよぎった。

『精々痛い目に遭うといいわ。ミネルヴァの悪童さん』

（ロザリーのやつ……ラザフォードのジジイが研究室にいるって、知ってたな）

ロザリーは、ルイスの悪巧みを告げ口してはいないのだろう。

それでいて、ラザフォードが研究室にいることをルイスに黙っていた。

ルイスを恐れるでもなく、肩を持つわけでもなく、淡々と一定の距離を保ち続ける——ロザリー・ヴェルデはそういう人間だ。

（あぁ、まったく……ほんっと、たいした女だな！）

さてどうしたものかと、ルイスは壁にしがみついたまま聞き耳を立てる。

どうやら研究室内では、ラザフォードとマクレガンが話しこんでいるらしい。

「……あれ、そのお酒どうしたの？　チミ、下戸でしょ？」

相変わらずとぼけた口調のマクレガンに、ラザフォードが素っ気なく応じる。

「クソガキから没収した」

「ふぅん、捨てないんだ？」

「あいつが素直に反省文を提出したら、返してやらんでもない」

誰が反省文なんて書くかよクソジジイ、とルイスは声に出さず悪態をついた。

(しかし、まいったな……ジジイとジジイが同じ空間にいたら、クソほど話が長くなるって相場が決まってる)

一度出直すべきだろうか？　だが、それだとロザリーに「徒労だったわね」と言われるのが目に見えている。

ルイスは取り返した酒瓶をロザリーに見せびらかして「楽勝だったぜ」とふんぞり返りたいのだ。

(さっさと立ち去れジジイども……)

ルイスは壁にしがみついたまま念を送る。

耳をすませば、ラザフォードがふぅっと息を吐く音が聞こえた。おおかた煙管でも吸っているのだろう。窓の外に甘い香りの煙が流れてくる。

「まったく、面倒なクソガキで嫌になるぜ」

「チミ、ミラー君に甘いよね」

「あぁ？　耄碌《もうろく》したか、マクレガン」

ルイスも概《おおむ》ねラザフォードに同意見である。

少なくとも入学してから今日に至るまで、ルイスはラザフォードに散々いびられてきたのだ。人の頭を全力で殴り飛ばすジジイの、どこが甘いというのか。

ルイスが鼻の頭に皺《しわ》を寄せている間も、二人の会話は続く。

「でも、目をかけてるでしょ？」

「……確かにあいつは傑物だ。いずれ、歴史に名を残す魔術師になるだろうよ」

ルイスはうっかり壁から滑り落ちそうになった。

（まじかよジジイ。どうしたジジイ。血迷ったか？　明日死ぬのか？）

動揺するルイスの頭上で、紫煙が窓の外に流れて、夜の闇に溶けるように消えていく。

やがてラザフォードは、噛《か》み締《し》めるような口調で「だがな」と言葉の続きを口にした。

「あいつは周りの人間の厚意に、あまりにも無頓着《むとんちゃく》すぎる」

壁を掴むルイスの指が、ピクリと震える。

ミネルヴァに来てこの方、他人に親切にされたことなんてねぇよ……と、入学当初のルイスなら言いきれただろう。

だが、今のルイスは頭の中に思い浮かべてしまった。ロザリーやライオネル、ルームメイトのオーエンや、ゴアの店の人々を。

「ルイスは他人の悪意には恐ろしく敏感だが、厚意に気づかない。あいつが問題起こすたびに、ライオネル殿下とロザリー・ヴェルデが、こっそり俺んところに事情を説明しに来てることも、あいつは気づいてないんだろ」

（……なんだそれ）

ルイスは歯噛みした。

ライオネルとロザリーが裏で事情を説明していたなんて、ルイスは知らない。知らなかった。

当然だ。だってあの二人は、そんなことルイスには一言も言わなかった。無茶はやめろ、少しは落ち着け、と口うるさく言うばかりで。

「他人の厚意を蔑《ないがし》ろにする人間は、上には行けねぇよ。いずれ孤立する」

ルイスは自分の才能と能力に自信を持っている。だからこそ、弱い者同士で群れたり、強者に媚《こび》を売ったりする連中を見下してきた。

俺はお前達とは違う。群れなくても、媚びなくとも、一人で生きていけるのだと。

それなのに、ラザフォードの言葉がグサリと胸に刺さったのは何故《なぜ》だろう。

その理由を自身の胸に問いかけていると、不意に鼻がムズムズした。

「はくしゅっ！　……………あ」

洟《はな》を啜《すす》ったルイスは、ゆっくりと視線を上に向けた。

窓枠に肘《ひじ》をつき、煙管を燻《くゆ》らせているのは、年の割には鋭すぎる眼光の、極太眉毛《まゆげ》の性悪ジジイ──〈紫煙の魔術師〉ギディオン・ラザフォードである。

ラザフォードは、煙管を咥《くわ》えた唇の片端を持ち上げた。

「よぅ、クソガキ。良い夜だな」

今になって、ルイスは自分の体の異変に気がついた。どういうわけか、酷《ひど》く鼻がムズムズする。

おそらく、先ほどからふかしていた煙管の煙に、クシャミを誘発する効果を付与していたのだろう。

ラザフォードの紫煙は、防御結界をすり抜ける。そして、ルイスはいまだ、ラザフォードの紫煙を防ぐ結界を開発できていない。

壁にしがみついたルイスは、クシュンクシュンとクシャミを繰り返しながら、涙目でラザフォードを睨《にら》む。

「ジジイ……てめっ……くしゅんっ！　……気づいてやがったな⁉　……はくしゅっ！」

クシャミをしながら悪態をつくルイスに、ラザフォードは呆《あき》れの目を向けた。

「女みてぇなクシャミだな、お前」

「今すぐその老体を棺桶《かんおけ》に叩《たた》き込《こ》んで、教会に直送してやる……ぷしゅんっ！　……げぇっ⁉」

クシャミをした拍子にバランスを崩したルイスは、咄嗟《とっさ》に壁の窪《くぼ》みを右手で掴んだ。だが、片手で己の体を支え続けるのは、流石《さすが》に無理がある。

ラザフォードはニヤニヤ笑いながら、美味《うま》そうに煙管を吸った。

「『ラザフォード先生、ごめんなさい』って素直に謝れば、反省文三〇枚で手を打ってやるぜ」

「誰が言うか！　……っくしゅっ！」

頭の血管がちぎれそうなほど怒りつつ、ルイスはこの場を打開する方法を考えた。

ルイスは飛行魔術を使えないが、風の魔術ならある程度使える。ならば、この場から飛び降り、着地の瞬間に風を起こしてダメージを相殺すればいい。

だが、ルイスの詠唱はクシャミで呆気《あっけ》なく途切れてしまった。もう一回、と詠唱を繰り返すが、やはりクシャミで詠唱が続けられない。

「ジジイ、このやろ………くちゅんっ！」

「悪態ついても『くちゅんっ』なんて、可愛《かわい》いクシャミをしてるようじゃあ、迫力に欠けるぜ、悪童」

ラザフォードは手の中で煙管をクルリと回すと、プカリ、プカリと煙を燻らせる。

ルイスは驚異的な握力と意地と執念で、片手で壁にぶら下がり続けた。

だが、奮闘むなしく一時間後には力尽きて地面に落下。

ボロボロになって痙攣《けいれん》していたところをラザフォードに引きずられ、椅子に縛りつけられて、徹夜で反省文一〇〇枚を書くはめになるのだった。

＊＊＊

ルイス・ミラー研究棟侵入事件は、瞬く間に噂《うわさ》になったが、特に驚く者はいなかった。ミネルヴァの大半の生徒にとって、ルイスの行いは「またか」という認識である。ロザリーもそうだ。

（本当に、困った人だわ）

事件の次の日、ルイスは珍しく授業を休んだ。それだけ、今回はラザフォードにこてんぱんにしてやられたらしい。

更にその翌日の朝、ロザリーはいつもより早めに寮を出ると、校舎内にある談話室の窓際の席に座り、持参したバスケットから茶のポットや手製のスコーンを取り出し並べた。

この手の物は作り慣れていないのだが、今回はまずまずの出来栄えだ。綺麗《きれい》に膨らんだし、焼き色も悪くない。

こんなところかしら、とロザリーがテーブルを眺めていると、談話室の扉を乱暴に開ける音が聞こえた。

ドスドスと乱暴な足音を立ててこちらに近づいてくるのはルイスだ。いつも生傷の絶えない彼だが、今はあちらこちらに包帯やガーゼを当てていて、なんとも痛々しい。

パサパサしている栗《くり》色の髪はいつも以上に乱れて、あちこちに跳ね、灰紫の目はギラギラと剣呑《けんのん》に輝いている。控えめに言って近寄り難い。

すれ違った人間に見境なく殴りかかりそうな雰囲気を漂わせている不良の登場に、談話室で談笑していた生徒達は、そそくさと部屋を出ていく。

ルイスはズンズンとこちらに近づき、椅子に座るロザリーの横に立った。

「ロザリー」

ロザリーは無言で、自分のカップに紅茶を注《つ》いだ。

「ロザリー」

ロザリーは無言で、紅茶を一口啜った。

「こっち向けって」

そろそろ大人気ないかと思い、ロザリーはカップをソーサーに戻して、ルイスの方を向く。

「貴方《あなた》の大事な大事なお酒は、取り戻せたのかしら」

「……見りゃ分かんだろ」

「満身創痍《まんしんそうい》ね」

全身擦り傷だらけのルイスだが、一番酷いのは右手だ。包帯がぐるぐると巻かれている。おおかた、ラザフォードにやり込められたのだろう。

雑に巻かれた包帯は後で巻き直してあげよう、とロザリーが考えていると、ルイスが怪我の少ない左手をロザリーの前に突き出す。

「やる」

「……？」

ルイスの手のひらの上にあるのは、髪を留めるピンだ。だが、二日前にルイスがロザリーの髪から抜き取ったピンとは違う。

ロザリーのピンは何の装飾もない質素なピンだったが、ルイスが差し出したそれには、花を模した繊細な細工が施されていた。

ロザリーはルイスが苦学生であることを知っている。

「どういう風の吹き回し？」

ロザリーの疑問の声に、ルイスは気まずそうに目を逸《そ》らした。

そしてしばしの逡巡《しゅんじゅん》の末に、彼は口の中でボソボソと呟《つぶや》く。

「ラザフォードのジジイに聞いた。お前の親父《おやじ》……〈治水の魔術師〉は、水道事業に貢献した人物だって」

ロザリーの父、七賢人が一人〈治水の魔術師〉バードランド・ヴェルデは、川の氾濫《はんらん》を治めたり、治水事業を安定させた功績で有名だが、実は上下水道の発展にも深く貢献している。

今、リディル王国内で水道が普及しているのは、ロザリーの父のおかげと言っても過言ではなかった。

それなのに、ルイスはロザリーに、水道は信用できないと言ってしまった。

「……悪かった」

あのミネルヴァの悪童が、唇を尖《とが》らせて気まずそうに謝るなんて！

（貴重な光景ね）

ロザリーはしみじみと感心しつつ、ヘアピンを受け取る。

可憐《かれん》な花を模したヘアピンは、地味で冴《さ》えない容姿の自分に似合うとは思えない。

それでもロザリーは、ルイスの謝罪をしっかり受け取ったという意思表示がしたかった。だから、受け取ったピンを己の髪に挿す。

「素敵ね。ありがとう」

ロザリーは淡く微笑《ほほえ》み、ルイスの方にスコーンの皿を押しやる。どうせ、昨日から何も食べていないのだろう。先ほどから、ルイスの腹はグゥグゥと鳴っているのだ。

ルイスは照れ隠しのようにスコーンを掴《つか》み、大きな口を開けてガブリと齧《かじ》った。

「変わったパンだな」

「スコーン。パンよりもビスケットに近いわね。真ん中で二つに割って、ジャムを塗って食べるのよ」

「口ん中がパサパサする。腹持ちは良さそうだけどよ」

ロザリーは空のカップに紅茶を注ぎ、ルイスの前に置いた。

ルイスはしかめっ面でティーカップを睨んでいる。

「やっぱり、水道水は嫌？　煮沸はしてあるけど」

「……そうじゃねぇよ」

硬い顔をしていたルイスは、覚悟を決めたように紅茶を一口飲み、眉間《みけん》に深い皺を刻む。

「俺は、紅茶だのコーヒーだの、渋いモンとか苦いモンが苦手なんだよ」

ルイスはスコーン用の木苺《きいちご》ジャムの瓶を手に取ると、その中身をスプーンでたっぷりとすくい、ティーカップにドボドボと投入する。

ジャム入り紅茶を啜り、ほぅっと息を吐く顔は、なんだかいつもより幼く見えた。

ロザリーは込み上げてくる笑いを誤魔化すように、紅茶に口をつける。

すると、二つ目のスコーンに手を伸ばしていたルイスがロザリーを見て、機嫌良く口の端を持ち上げた。

「やっぱいいな、それ。似合ってる」

カップを持つロザリーの指が、ピクリと震える。

「しばらく、つけてろよ」

そういう不意打ちは、心臓に悪いのでやめてほしい。

ロザリーはカップをソーサーに戻しながら、下を向く。

それを不機嫌故にと受け取ったのか、ルイスが少し慌てたようにロザリーの名を呼んだ。

「ロザリー」

「…………」

「ロザリー」

「…………」

「ロザリー、なぁってば。まだ怒ってんのかよ」

「なんでもないわ」

硬い声で返し、平静を装ってスコーンを一つ手にとる。

（……どうか、顔が赤くなっていませんように）
胸の内で呟きつつ、ロザリーはスコーンにジャムを載せた。

十一章　研究室対抗魔法戦大会

ミネルヴァの法学教師アリスンは、ミネルヴァでは比較的若い二〇代の教師である。

金髪に中肉中背の彼は、魔術師のローブを羽織り、上級魔術師の杖《つえ》を片手に、ルイスの前に立《た》ち塞《ふさ》がった。

「やぁ、血気盛んだねミラー君！　その元気の良さは結構好きだけど、君一人でここを突破できるかな？」

アリスンの前方には、彼の研究室に所属する男子生徒が二人立ち塞がっている。

ルイスは複数の雷の矢を三人に放った。だが、それをアリスンの防御結界が防ぎ、その間に生徒二人が詠唱をする。

詠唱を終えた二人は、手にした杖の先端を合わせた。

「術式接続完了！」

「複合魔術発動！　焼き尽くせ〈爆炎鳥《ばくえんちょう》〉！」

重なる杖の先端から巨大な炎が生まれ、膨れ上がり、翼竜に匹敵する大きさの炎の鳥となる。

火属性と風属性、二つの魔術を組み合わせて生み出した炎の鳥は、羽ばたく度に熱風を撒《ま》き散《ち》らした。

魔法戦の結界内故、火傷《やけど》をすることはないが、熱による痛みは発生する。

ルイスは半球体型防御結界で熱風から身を守りつつ、別の魔術の詠唱を始めた。

（あの熱風に指向性は然程《さほど》なく、広範囲に撒き散らされるもの……アリスン教室の連中にとっても脅威なんだろうな。だから、アリスンはまだ防御結界を維持している）

それならば、とルイスが放ったのは複数の水の矢だ。

以前のルイスは、半球体型結界を維持している間は、その結界が邪魔して、外に向けた魔術を使えなかった。

だが、今はもう半球体型結界の外に魔術を展開する、遠隔魔術を習得している。

水の矢が炎の鳥に突き刺さった。炎の鳥はモウモウと蒸気を撒き散らすだけで、その炎の勢いが弱まることはない。それでもルイスは、黙々と水の矢を放ち続ける。

「その程度の攻撃じゃ、うちの生徒達の複合魔術は破れないぞ、ミラー君！　……いや、待てよ……………あ、これまずい」

アリスンが動揺の声をあげるのとほぼ同時に、アリスン教室の生徒の一人が、全身を痙攣させて膝《ひざ》をついた。

水蒸気に紛れて漂うのは、麻痺《まひ》効果を付与した紫煙――〈紫煙の魔術師〉ギディオン・ラザフォードお得意の魔術だ。

「水蒸気で紫煙を隠す……お前にしちゃ、気の利いた支援じゃねぇか、クソガキ」

サクリサクリと草を踏んで、ルイスの背後からラザフォードが煙管《きせる》片手に姿を見せる。

炎の鳥は、生徒が二人がかりで維持していた魔術だ。それを維持していた片方が倒れたことで、跡形もなく消滅している。

アリスンは詠唱をしながら、倒れた生徒に肩を貸し、指先で地面に触れる。

すると地面から氷の壁がはえて、アリスン教室メンバーの姿を遮った。

ラザフォードの紫煙は防御結界をすり抜ける。だが、氷の塊なら紫煙を防ぐことができるのだ。

氷壁の向こう側で、アリスンが無事な方の生徒に向かって叫ぶ。

「はい、撤退ー！　速やかに撤退ー！　ラザフォード教授の紫煙は、操作精度がちょっと非常識レベルだから！　氷壁を迂回《うかい》してくるから！」

アリスンは魔法戦の演習場でもある森の奥に逃げようとした。だが、そこに雷の矢が雨のように降り注ぐ。

上空からアリスンを狙い撃ちしているのはルイスの姉弟子、カーラだ。

カーラは魔術師が着るようなローブではなく、動きやすい厚手の服を身につけている。杖も持っておらず、カーラは杖の代わりに指先をアリスンに向けた。その指先から放たれる雷の矢をアリスンが短縮詠唱の防御結界で防ぎ、アリスン教室の生徒が炎の矢でカーラに反撃する。

今、カーラが使っているのは、飛行魔術と雷の矢の二種類。

魔術師が一度に維持できる魔術は二つまでと言われているが、カーラは更に詠唱を続けて盾型防御結界で炎の矢を防御した。カーラは一度に七つの魔術を同時維持できる、大天才なのだ。

そして、アリスン達の意識がカーラに向いている間に、ルイスとラザフォードはもう動いている。

（これで、終わりだ！）

ルイスがアリスン達めがけて攻撃魔術を使おうとしたその時、横から風の矢が飛んできた。

それをラザフォードの防御結界が咄嗟《とっさ》に防ぐ。

「不意打ちとは、かくも難しいものですね」

場違いに穏やかな声で言いながら姿を見せたのは、三〇代の赤毛の男。魔法生物学教師のレドモンドだ。

左右には、レドモンド教室の生徒二人を従えている。こちらも男子生徒が二人。

レドモンドは杖も武器も手にしていない。着ているのも、魔術師のローブではなく、授業でよく見る白衣だ。

「ここからは、我々レドモンド教室も交ぜていただきましょう。なお、私は魔術は使えませんし、魔導具も持っていないので、ただの置き物だと思うように」

ルイスは思わず脱力した。

「……何しに来たんだよ、レドモンド先生」

「無論、生徒の応援です」

レドモンド教室の生徒二人が詠唱を始める。

ラザフォード教室、アリスン教室、レドモンド教室の三《み》つ巴《どもえ》の戦いが始まった。

＊＊＊

ミネルヴァでは三年に一度、年明けに研究室対抗の魔法戦大会を行っている。

参加するのは研究室の教授一名、生徒が二名。三人一組で戦うチーム戦で、教授は魔術の同時維持は禁止となっている。

つまり、教授は常に一つずつしか魔術を使えないのだ。

この魔法戦大会、ラザフォード教室はここしばらく、生徒がカーラしかいなかったので、人数不足で不参加だったらしい。

ルイスが高等科二年になった年の冬が、研究室対抗魔法戦大会の年で、丁度人数も足りたので、参加することになったのだ。

この魔法戦大会で優秀な成績を収めれば、成績に加算評価されるし、箔《はく》がつくので就職でも有利になる。

なによりもこの大会に参加することは、研究室の精鋭であることを意味し、それだけで名誉なことであった。

ルイスとしては名誉などどうでも良いが、よその研究室の教授と魔法戦ができる、またとない機会なので、嬉々《きき》として参加を決めた。

最近は使える魔術も増えてきたし、結界で敵を殴る戦闘スタイルにも磨きがかかっている。

当初は教師達の間で問題視されていた、ルイスの結界で殴る戦法も、最近は文句を言われることは少なくなった。教師達の間で、「あれは魔法剣のようなもの」という認識で落ち着いたらしい。

そういうことで、今回の魔法戦は良い実力試しだとルイスはワクワクしていたのだが、試合直前に、ラザフォードは想定外のことを言い渡した。

「この大会は、ミネルヴァの講堂に映し出され、他の生徒や教師達に公開されることになる」

ラザフォードは煙管を一口吸うと、ボサボサ眉毛《まゆげ》の下の目を鋭く細めて、ルイスを見る。

「つまり、お前が砂で目潰《めつぶ》ししたり、敵を絞めたり、口を塞いだりしたら、即失格ってことだ。こっそりやっても、全部見られてるからな」

バレなきゃいいんだよ、バレなきゃ……という精神で、これまで押し通してきたルイスは唇を曲げた。

魔法戦の様子を遠くに映し出すことができたら、より客観的に共有できる。そういう意味では非常に優れた発明だが、ルイスにとっては良い迷惑だ。

「くっそ、誰だよ、そんな面倒なことした奴《やつ》は！」

舌打ちするルイスに、横で話を聞いていたカーラがのんびりと口を挟む。

「いやぁ、あながちルイスも無関係じゃないよ？」

「あ？　なんでだよ？」

「ほら、一昨年《おととし》の学園祭でさ、研究発表したじゃない。『魔法戦用結界への追加術式の組み込みに関する研究』ってやつ。あの研究をベースに、王立魔法研究所の職員が開発したらしいのさね」

ルイスは額に手を当て、天を仰いだ。

「なんてこった、俺が優秀すぎたばかりに……」

「要はセコイ真似《まね》しねぇで、普通に戦えば良いだけの話だろうが」

ラザフォードはルイスの鼻先に煙管を突きつけ、鋭い口調で言う。

「この大会では、カーラの〈星の槍《やり》〉は威力がデカすぎて使えねぇ」

「魔法戦の結界、壊しちゃうからねぃ」

「俺も魔術の二つ同時維持は禁止と、制限が多い。おまけに、お前はそこかしこで恨みを買ってるから、大会じゃ狙い撃ちにされんのが目に見えてる」

そうでなくとも、ラザフォード教室は大天才のカーラがいるので注目度が高い。

皆、真っ先にラザフォード教室を潰したいと考えるだろう。

「まぁ、それなりに苦戦するだろうが、俺からは一言……」

ラザフォードは煙管をクルリと回し、口の端を持ち上げて凶悪に笑う。

「好きにやれ」

それが、ラザフォード教室のやり方であった。

＊　＊　＊

ルイス達がアリスン教室の生徒一名、レドモンド教室の生徒一名を戦闘不能にしたところで、残った者に逃げられた。

一方ラザフォード教室側は、多少魔力を消費したが、まだ三人とも動ける状態だ。

ルイス達は特に打ち合わせをしたわけではないが、三人で固まることなく、かつ離れすぎない、一定の距離を保って、森の奥に逃げた連中を追う。

魔術師が複数人でチームを組む場合、アリスン教室やレドモンド教室のように、仲間同士で固まって行動することが多い。その方が仲間を守りやすいし、指示を出したりと意思疎通がしやすいからだ。

だが、ラザフォード教室は基本的に単独行動である。それは三人の性格によるところも大きいが、三人とも飛行魔術を習得しており、機動力が高いのも理由の一つだ。

今もカーラが飛行魔術で空から敵を追い、ルイスとラザフォードは森を走って地上から、敵を追っている。

飛行魔術は障害物の多い森で使うと、衝突の危険が高いからだ。

その時、上空のカーラが空中静止し、杖の先端をルイスに向けた。ルイスの周囲を半球体型防御結界が覆う。

それとほぼ同時に、近くの木の陰から不可視の風の刃《やいば》が飛び出し、ルイスに襲いかかった。

カーラの張った結界が、風の刃からルイスを守る。

(敵の攻撃か!)

切れ味鋭い風の刃、この魔術には心当たりがある。

ルイスは少し長めの詠唱をし、大量の火球を周囲に放った。どこから攻撃が来ているか分かりづらい風の刃も、火球に触れれば視認できる。

火球が切り裂かれた方角、随分遠くに小さく人影が見えた。ろくに顔も見えない距離だが、使う魔術で分かる。アドルフ・ファロンだ。

(飛行魔術で接近して、ぶちのめす!)

ルイスが飛行魔術の詠唱を口にしたその時、頭上でカーラが叫ぶ。

「ルイス! 後ろ!」

カーラの叫びとほぼ同時に、背後から炎の槍が飛来した。

たっぷりと魔力を込めた高威力の一撃は、カーラが張った半球体型結界を貫き、咄嗟に身を捻《ひね》ったルイスの右腕に直撃する。

右腕に焼けるような痛み。そして、ダメージの分だけルイスの魔力がゴッソリ削られる。

（今の攻撃は……！）

短杖《たんじょう》を構えてルイスの背後に佇《たたず》むのは、灰色がかった金髪の少年……。

「悪いけど、勝たせてもらうよ、ルイス」

ルームメイトのオーエン・ライトだ。

更にその横に並ぶように、実践魔術教師ウィリアム・マクレガンが上級魔術師の杖《つえ》を手に、のんびりと歩いてくる。

マクレガンはフゥフゥと息を吐き、長い髭《ひげ》を指先でしごいた。

「ボク、チミ達みたいに若くないのよ？　椅子に座ってちゃダメ？」

オーエンは、マクレガンのとぼけた言葉に大真面目に応じる。

「マクレガン先生が水や土で椅子を作ったら、それで魔術一つとカウントされます。先生は魔術一つしか使えない制約があるので、それは悪手です」

「チミ、冗談通じないよね」

二人がそんなやりとりをしている間に、煙管をくわえたラザフォードがこちらに近づいてきた。

ラザフォードは基本的に、大会ではあまりでしゃばらず、弟子に戦わせる方針だが、マクレガン相手ではそうもいかないのだろう。

「状況次第じゃ、マクレガンは俺にも勝つぞ」とは、ラザフォードの言である。

マクレガンは若かりし頃、水竜討伐隊の切り札と呼ばれていた人物だ。

彼が打ち立てた水竜討伐数の記録は、いまだ誰も越えられずにいる、水属性魔術の名手である。

〈水咬《すいこう》の魔術師〉ウィリアム・マクレガン。及び、マクレガン教室の生徒が二名。

ルイスを毛嫌いしているアドルフ・ファロン。

ルイスのルームメイトのオーエン・ライト。

この研究室対抗魔法戦大会で、ラザフォード教室に次ぐ優勝候補だ。

ルイスは痛む右腕を押さえ、口の端を持ち上げた。

「よぅ、オーエン。お前と魔法戦すんのは、初めてだな」

「うん、お手柔らかに」

「初手でデカいのかましといて、よく言うぜ……やり返すからな。泣くなよ」

ルイスとオーエンが睨《にら》み合う横では、ラザフォードがいつも通りに煙管をふかし、マクレガンは髭を弄《いじ》っている。

「マクレガン、もう何人か落としたか？」

「そうね。ここに来るまでに三人。アリスン君と、その生徒さん。あと、レドモンド君のところの生徒さんも」

ラザフォードとマクレガンのやりとりに、ルイスは顔をしかめる。

（……獲物を横取りされたか）

ふと、ルイスは気になったことを口にした。

「つーかよぉ、レドモンド先生は？」

「見失っちゃった。彼ね、戦わないけど、隠れるのすっごい上手なの。魔法生物観察が仕事の人だから」

「マジで何しに来たんだ、あの先生……」

ぼやくルイスの横で、ラザフォードが煙管の火を消した。マクレガンと戦うのに、得意の紫煙を使わないつもりなのだ。

「マクレガン。お前にゃ、紫煙は通じねぇからな。加減はしてやれんぞ」

「加減してちょうだいよ。ボク、ラザフォード君ほど若くないんだから」

「俺と三つしか違わないくせに、よく言うぜ」

ラザフォードとマクレガンが、それぞれ上級魔術師の長い杖を前に掲げる。

一定の距離をあけて、ルイス、ラザフォードと、オーエン、マクレガンが対峙《たいじ》。そして、そこから距離をあけたところにアドルフが潜伏。カーラは飛行魔術を使って上空で待機。

状況を把握し、ルイスは思案する。

(まず、最初に仕留めるべきは……)

全員が一斉に詠唱を口にした。最初に発動したのは、ルイスの飛行魔術だ。

飛び上がったルイスは低空飛行しながら、短縮詠唱で盾型防御結界を展開。

そのまま飛行魔術で高速移動し、周囲に潜伏していた別教室の生徒を結界で轢いた。

「ぎゃあっ⁉」

「おぐっ」

凄《すさ》まじい勢いで突っ込まれ、結界に押し潰された者達が、悲鳴をあげ、バタバタ倒れていく。

中にはルイス目掛けて攻撃魔術を使う者もいたが、構わずルイスは突っ込み、結界で敵を押し潰した。ルイスは、結界の強度には自信がある。

水咬の魔術師
ウィリアム・マクレガン

近くに潜伏し、隙を狙っていた者達を散らしたところで、横から炎の槍が来た。

盾型防御結界は前方にしか展開していないので、それ以外の方向から攻撃が来たら当然に大ダメージだ。

「二度目はくらわないぜ、オーエン！」

ルイスは飛行魔術を操り、急上昇して炎の槍を回避する。

オーエンが放った炎の槍には、炸裂《さくれつ》効果と、簡単な追尾効果も織り込まれていた。飛行魔術の機動力がなかったら、回避は難しかっただろう。

「じゃあ、これはどう？」

オーエンは炎の槍を維持しつつ、次の詠唱を終えていた。炎が細く長く、網目のように広がっていく。ルイスを包囲して、飛行魔術の機動力を殺す気だ。

（でもって、俺がオーエンに気を取られてる内に……）

オーエンが広げた炎の網。その網目の隙間から、風の矢が飛来し、ルイスを狙う。

アドルフお得意の風の魔術だ。だが、見える範囲にアドルフの姿はない。

アドルフが得意としているのは、風の魔術を用いた長距離狙撃と遠隔魔術の併せ技だ。強みは、攻撃魔術の飛距離の長さと、離れたところで起動させた時の精度。その二点に置いて、アドルフは誰よりも抜きん出ていた。

距離を詰めて直接ぶん殴る、というルイスの戦闘スタイルとは対照的である。

（相変わらず、イライラする攻撃してきやがる）

オーエンが中距離、高火力の攻撃。アドルフが長距離狙撃。この二人が組むと、なかなかに厄介だ──が、味方がいるのはこちらも同じこと。

ルイスが飛行魔術を解除し、着地すると同時に、上空からの支援にまわっていたカーラもルイスのそばに着地した。

カーラは多方面から襲ってくるアドルフの風は半球体型防御結界、高火力なオーエンの炎の槍は盾型防御結界と使い分けて、器用に捌《さば》く。

一方的に攻撃されているこの状況でも、カーラはいつもの気負わぬ口調だった。

「師匠に、美味《おい》しいとこ譲るんだ？」

美味しいとこ、と言ってカーラが見たのは、未《いま》だ動かぬマクレガンだ。

ルイスは肩を竦《すく》める。

「マクレガン先生は、生徒相手じゃ本気を出さねーだろ」

「だろうねぇ」

カーラがケラケラと笑った。


「〈岩窟《がんくつ》の魔術師〉ギディオン・ラザフォードの名の下に、開け、門」

「〈水咬の魔術師〉ウィリアム・マクレガンの名の下に、開け、門」

ラザフォードの前にオレンジ色の光の粒子が、マクレガンの前には青い光の粒子が集い、門を形作る。

ラザフォードが楽しげに笑った。マクレガンはいつも通りだった。

「断絶の底より現れ出《い》でよ、地の精霊王アークレイド」

「泡沫《うたかた》の声と共に、現れ出でよ。水の精霊王ルルチェラ」

地面が隆起し、精霊王の魔力を帯びた土の柱がマクレガンを閉じ込めようとする。

一方マクレガンは、こちらも精霊王の魔力を帯びた大量の水を生み出し、巨大な水の蛇を作り出す。土の柱も、水の大蛇には意味をなさない。水は形を変えて柱の隙間から溢《あふ》れ出し、そしてまた大蛇の姿になる。

勢いよく迫る水の大蛇を、ラザフォードは土の壁で防いだ。

実力はほぼ互角。

そんな状況の中、ラザフォードは杖を握るのと反対の右手で、クルリと煙管を回す仕草をした。

「さぁ、暴れな。クソガキ」


ラザフォードが精霊王召喚の魔術を使い、広範囲に土の柱を生み出したことで、隠れていた者達が退避のために、木々の陰から飛び出した。

その上、地面はいまだ揺れ続け、不規則に隆起するのだ。とてもではないが、まともに立っていられない。

即ち、飛行魔術を使える者が絶対的に有利になる展開だ。それを見逃すルイスではない。

「行かせないよ」

オーエンが雷の槍《やり》を放つ。だが、それを既に読んでいたルイスはニヤリと笑い、右手を前に差し出した。

ルイスの右手に盾型の結界が展開する——だが、ただの防御結界ではない。

オーエンが放った雷の槍が、ルイスの結界に触れた瞬間、反射する。

いつも冷静なオーエンの顔色が変わった。

「反射結界⁉」

「本当はマクレガン先生に使うつもりだったんだぜ。とっておきだ」

反射結界は敵の攻撃魔術を反射できるが、強度が低くて脆《もろ》い。非常に扱いが難しい魔術だ。

反射と同時に結界が砕け散る……が、ルイスは無傷。そして、跳ね返った雷の槍を肩に受け、オーエンが倒れた。

アドルフが使う遠距離からの攻撃は、敵に正確に跳ね返すのが難しい。綺麗《きれい》に跳ね返しやすいのは、近〜中距離でそこそこ威力のある攻撃だ。オーエンの攻撃がまさにそれだった。

「反射結界まで、使える、なんて……」

地面に倒れて呻《うめ》くオーエンに、ルイスは得意気にふんぞり返る。

「俺は、〈結界の魔術師〉になる男だからな」

そのために、退職した結界術教師、メイジャーの論文を読み漁《あさ》ったのだ。

ルイスは、ラザフォードとマクレガンの土と水の攻防に目を向け、舌舐《したな》めずりをする。

(さぁて、次はマクレガンの精霊王召喚を、どこまで反射できるか検証したいところだが……)

まずは、ラザフォードが土の柱で炙《あぶ》り出してくれた連中を狩るのが先だ。

「カーラ、この辺、頼んでいいか?」

「はいよ、行っといで」

カーラは自分に向けられた攻撃を全て防御結界で防ぎ、同時に、複数の攻撃魔術を維持して、体勢を崩した他の生徒達を次々と仕留めていく。勿論《もちろん》、詠唱中のルイスを防御結界でフォローするのも忘れない。

一度に七つの魔術を操れるカーラは、多数の敵に囲まれている状況において、非常に心強い味方だ。

「じゃ、行ってくる」

詠唱を終えたルイスは飛行魔術で飛び上がり、土の柱の合間を縫うように飛び回った。そして、逃げ回っている者達を、一人ずつ風の槍で仕留めながら、標的の姿を探す。

(……見つけた)

アドルフの強みの一つは、遠隔魔術を用いて、多方面から同時攻撃ができることにある。

だが、遠隔魔術は術者から離れたところで魔術を発動させるものなので、周辺の正確な地形を把握していないと、的に当てるどころか発動すらしない。

そして、アドルフのもう一つの特技である遠距離射撃も、土の柱が障害物となってしまった。

ラザフォードが土の柱を生み出し、周囲の地理を変えたことで、アドルフの強みは完全に殺されているのだ。

ルイスは勢いよく上昇し、そのまま最高速度でアドルフに突っ込んだ。勿論、前方には盾型防御結界を展開しつつ。

アドルフは慌てふためきながら、正面から風の刃をルイスに飛ばした。

「くそっ、馬鹿っ、来るな――――！」

「相変わらず、焦ると語彙《ごい》が貧相になるのな」

正面からただ飛んでくるだけの攻撃なら、盾型防御結界で充分に防げる。

ルイスは驚異的なバランス感覚と身体能力で飛行魔術を維持し、アドルフに肉薄する。

「遠くから、チクチクチクチク……うっぜぇんだよ、デコ野郎！」

ルイスはあえて結界で轢《ひ》くのではなく、結界を右の拳《こぶし》に張り直した。

やはり、気に入らない奴は拳で殴るのが一番。

「おるぁぁぁぁぁああ！」

獣のような咆哮《ほうこう》と共に、結界をまとった拳が、アドルフ・ファロンを完膚なきまでに叩《たた》きのめした。

＊　＊　＊

ミネルヴァの講堂は、興奮と歓声に包まれていた。

講堂の壇上には大きな白幕が張られており、そこに魔法戦用結界内部の様子が映し出されている。

その技術もさることながら、映し出される光景もまたすごい。

滅多に見ることのできない精霊王召喚の大盤振る舞いをしたギディオン・ラザフォードと、ウィリアム・マクレガン。

攻撃、防御、支援、妨害、飛行魔術での移動を同時にやってのけるカーラ・マクスウェル。

そして、扱いの難しい飛行魔術を使いこなし、軽やかに飛び回りながら、結界で豪快に敵を殴り倒していくルイス・ミラー。

「流石《さすが》、ルイスだ。教授や〈星槍《せいそう》の魔女〉殿に後れをとっていない」

感心したように頷《うなず》くライオネルの横で、従者のネイトがボソリと呟《つぶや》く。

「結界を鈍器にする魔術師なんて、自分、初めて見ました」

ごもっともである。

二人のやり取りを聞いていたロザリーは、苦笑を浮かべた。

(彼らしいと言えば、彼らしいけど……)

あの戦い方は、飛行魔術の腕と結界の強度、そして身体能力の高さが要求される、極めて難しい戦い方だ。誰にでもできるものではない。

映像の中で、また一人、ルイスが生徒を戦闘不能にした。決め手は風の槍を放つ攻撃魔術だ。殴った方が早い、などとよく口にするルイスだが、彼は攻撃魔術の腕も良い。頭の回転が早いから、状況に応じて戦い方を使い分けられる。

(きっと、ルイスはすごい魔術師になる)

〈紫煙の魔術師〉ギディオン・ラザフォード、〈水咬の魔術師〉ウィリアム・マクレガン、そして〈星槍の魔女〉カーラ・マクスウェルは、いずれも七賢人候補で名前が挙がる実力者だ。

そんな大物達と渡り合えるだけの実力と才能が、ルイスにはある。

(私は……)

膝《ひざ》の上で握る手に、無意識に力がこもる。

込み上げてくるのは、劣等感や羨望《せんぼう》よりもなお強い、悔しさだ。

(私は、彼の隣に立てる魔術師には、なれない)

高等科の二年生になったが、いまだロザリーの魔力量は殆《ほとん》ど増えていない。

これ以上の成長は望めないことを、他の誰よりも、ロザリー自身が一番よく分かっている。

(だから、私は……選ばないと)

周囲の人々が、わぁっと歓声をあげた。

マクレガンが操る水の大蛇——精霊王召喚で操る水を、ルイスが反射結界で反射したのだ。

反射と同時に結界は砕け、ルイスは水に流されたが、それでも快挙だ。

反射結界で跳ね返された水の魔術が、ラザフォードとマクレガン、ついでに周囲の生徒達も巻き込んで吹き飛ばす。

白幕から音声は聞こえないのだが、それでもラザフォードの「クソガキー!」という罵声《ばせい》が聞こえてくるかのようだった。

「ミラーが使ったのって、反射結界だよな? 三級か?」

「いや、完全にではないけど精霊王召喚を反射したんだから、二級相当だろ?」

「それって、精霊王召喚並みに使い手少ないやつじゃん……」

周囲の声を聞きながら、ロザリーは瞬《まばた》き一つせず、白幕を見つめる。

ラザフォードも巻き込み、反射を成功させたずぶ濡《ぬ》れのルイスは、握った拳を天高く突き上げ、笑っていた。

——見たかよ、ロザリー!

そんな声が聞こえてきそうな、とびきり得意気な悪ガキの顔で。
その笑顔が、ロザリーには眩《まぶ》しかった。

十二章　背負うもの、覚悟の形

研究室対抗魔法戦大会の一ヶ月後、かの大会の熱が冷めやらぬ内に行われた学園祭は、例年を上回る盛り上がりを見せた。

特に先月の魔法戦大会でも使われた、結界内の映像投影技術は多くの関心を集めている。

今年の研究発表でも、この投影技術に関する研究発表をする者が多く、いずれはミネルヴァを中心にこの技術は広まっていくだろう、と言われていた。

そんな中、投影技術の基礎となる部分に関わっているルイス・ミラーはと言うと、特に研究発表をするでもなく、今年も屋台で労働に明け暮れていた。無論、中等科三年時の悲劇を繰り返さぬよう、着替えは自分で用意してある。

昼の忙しい時間は屋台で軽食を売り、気になる発表の時間だけ、仕事を抜けて発表を見に行く。

ルイスが仕事を抜け出して見に行ったのは、結界の投影技術に関する発表ではない。オーエンの研究発表だ。

高等科一年に進学したオーエンは、マクレガン教室の所属となり、魔法戦大会にも選出され、そして、学園祭でも研究発表者に選ばれている。今、高等科一年で最も注目されている生徒なのだ。

「よぅ、オーエン」

研究発表が終わり、講堂の控え室に向かうオーエンに、ルイスは声をかけた。

オーエンはまだ研究発表の緊張が残っているのか、硬い顔をしている。

「ルイス、僕はもう、駄目かもしれない……」

「あ？　なんでだよ。悪くない発表だったじゃねぇか。質問にもちゃんと答えてたし」

「だって、四回も噛《か》んだんだ……恥ずかしい……」

この世の終わりのような顔をするオーエンを、ルイスは鼻で笑った。

「お前と同じ研究室のアドルフなんて、思いっきり術式間違えてたからな。当分、そのネタで笑えるぜ」

「そうやってアドルフ先輩を煽《あお》るから、あの人、いつも僕に聞いてくるんだよ。ルイスの弱みを知らないかって」

「へぇ？　そりゃ悪かったな」

ジトリとした目で見てくるオーエンに、ルイスはここに来る途中で買った焼き菓子の袋を押し付けた。

「ほれ、差し入れ」

「……ありがと」

オーエンが壁にもたれて、紙袋を開ける。紙袋の中身は、小麦粉と卵を使った丸い生地に、ジャムをいれたものだ。

オーエンが紙袋を開けるのと同時に、ルイスは袋に手を突っ込み、焼き菓子を一つ摘《つ》まんで頬張る。

「なんで、差し入れした人間が先に食べるのさ」

「いいだろ、べふに。俺が買ったんはから……んぐ。おっ、ジャム多いやつだ。当たりだな」

オーエンは呆《あき》れ顔《がお》で菓子を摘まんで、小さく齧《かじ》る。あるだけ口に詰め込もうとするルイスとは大違いだ。

二人はしばらく、壁にもたれて菓子を食べる。二つ目を食べ終わったところで、オーエンはポツリと言った。

「ねぇ、なんでルイスは去年も今年も、研究発表やらなかったの？」

「あ？　なんで、やらなきゃなんねぇんだよ。あんな面倒なもの」

中等科三年の研究発表は、進学がかかっていたから引き受けたが、ルイスは基本的に研究発表が嫌いである。興味がある発表を聞くのは好きだが、自分ではやりたくない。準備が面倒だからだ。

研究発表の実績は、就職時に有利になる。だが、ルイスはオーエンのように魔法兵団を目指しているわけではない。

「俺は卒業したら、フリーの魔術師になるから、そういうのはいいんだよ」

大半のミネルヴァの生徒は、高等科三年になったら魔術師組合の試験を受けて、下級魔術師の資格を取得し、組合から仕事を斡旋《あっせん》してもらう。

だが、ルイスは魔術師組合に所属するつもりはなかった。

「ルイスだったら、高位貴族お抱えの魔術師にだってなれるのに……あ、ごめん、今のなし。性格的に無理だ」

「分かってんじゃねーか」

ルイスはクックツと喉《のど》を鳴らして笑う。

貴族相手に、お行儀良く尽くして、媚《こび》を売る生活なんて、ルイスは真っ平ごめんだ。

生きていくには金がいる。そしてルイスは、今の自分の実力があれば、どこに行っても食べていけると理解していた。

実際、組合に所属していなくとも、魔術師自体が貴重なので、仕事に困ることはないだろう。なんなら竜の多い東部地方に行って、竜討伐に志願するのもいい。竜討伐で魔術師は重宝されるし、収入も期待できる。魔術師組合に所属していなくとも、魔術師として充分な功績があれば、肩書きを貰《もら》える者もいるという——つまり、組合に所属しなくとも、〈結界の魔術師〉は目指せるのだ。

紙袋の焼き菓子が残り一つになったところで、ルイスは素早く手を伸ばした。オーエンは紙袋をサッと持ち上げ、ルイスの手から遠ざける。

「ルイスは三個、僕は二個。なら、これは僕のでしょ」

「買ったの俺だぞ」

「差し入れされたの僕なんだけど」

子どもじみた攻防をしていると、廊下の奥にロザリーとライオネルの姿が見えた。ルイスは焼き菓子を諦《あきら》め、「ちょっと行ってくる」とオーエンに背を向ける。

二人に特別な用事がある訳ではないが、一緒に学園祭を見て回ろうと思ったのだ。

ロザリーとライオネル、それと壁際を従者のネイトが静かに歩いている。その背中に声をかけようとした時、会話が聞こえた。

「ええ、先生にはもう話したのだけど、来月中には退学するつもり。そうしたら、一度実家に戻って……」

「むぅ、そうか……寂しくなるな」

ルイスの足が、止まる。

(退学？　実家に戻る？　誰が？)

気がつけば、ルイスは声をあげていた。

「ロザリー！」

呼び止められ、ロザリーが振り向く。彼女は驚いた顔をしていたが、すぐいつもの冷静な表情に戻った。

「……今の話、聞いてたの？」

「来月中に退学するって……どういうことだよ」

硬い声で問うルイスに、ロザリーは横髪を耳にかけながら、なんでもないような口調で言う。

「私、医者を目指そうと思うの」

ロザリーは魔力量が少ない。それをずっと悩んでいたことをルイスは知っている。

それでも、ルイスはロザリーに諦めてほしくなくて、一緒に高等科に行きたくて、魔力量が少なくてもできることはあるのだと主張した。

(……あんなのは、励ましじゃない。ただの押しつけだ)

ロザリーはもっと早くから、医者になるための勉強をしたかったのではないか？

自分は一緒に高等科に行きたいからと、ロザリーの進路を歪《ゆが》めたのではないか？

そんな考えが頭をよぎり、ルイスの喉が詰まる。

黙り込むルイスを、ロザリーは真《ま》っ直《す》ぐに見ていた。

「私、魔力が原因となる症状にも対応できる、ウッドマン先生みたいな医者になりたいの。だから、これまでミネルヴァで学んできたことは、無駄じゃない。高等科に進学したことも、後悔してない」

ロザリーの声は穏やかだが、彼女らしい芯《しん》の強さを感じさせる。

その言葉が、ルイスの胸をギュウギュウに締めつけた。

「魔力量が少なくたって、できることはある……そう気づかせてくれた貴方《あなた》には、感謝してる」

いつもキリリとしている目尻《めじり》が、柔らかな笑みの形に垂れる。

口元に、花が綻《ほころ》ぶみたいな笑みが浮かぶ。

「ありがとう、ルイス」

心臓の鼓動が速くなる。頭の奥の部分がじんわり痺《しび》れて、冬だというのに顔が熱い。

彼女の笑顔に浮かれたようにフワフワした気分なのに、ルイスの腹の奥には寂しさがあった。

それは、ロザリーが背負うものを分かち合えない寂しさだ。

(あぁ、ほんと、こいつはさぁ……)

ルイスは上手に咀嚼《そしやく》できない感情を飲み込み、無理やり唇の端を持ち上げて、悪童に相応《ふさわ》しい太々《ふてぶて》しさで笑った。

「お前は俺が認めたすごい女だからな。なんにだってなれるさ」

きっとロザリーは立派な医者になるだろう。

食っていければそれで良い、などと考えるルイスとは違う。周囲の期待に応えるべく、きちんと目標を定めて、そのために邁進《まいしん》できる人間なのだから。

「ありがとう。それじゃあ、私は職員室に行くから」

そう言ってロザリーはスカートの裾《すそ》を翻し、立ち去った。

後に残されたルイスに、今まで沈黙していたライオネルが控えめに言う。

「ルイスよ、すまない」

「なんで謝んだよ」

「私はてっきり、お前が……ロザリーに退学してほしくないと、駄々をこねるのではないかと思っていた」

ルイスは鼻を鳴らし、物分かりの良い男ぶった顔を取り繕った。

「べっつに、ロザリーの夢を邪魔するほど野暮じゃねぇよ」

「……夢、か」

ライオネルは噛み締めるように呟《つぶや》き、ロザリーが去っていった方角を見る。

「魔術師の道を諦めることは、ロザリーにとって苦渋の決断であろう。彼女は、七賢人であるお父上の期待に応えたがっていた」

七賢人の子に生まれたなら、きっと誰もが一度は期待されるだろう。

父のように立派な魔術師になって、ゆくゆくは七賢人に……と。

その考え方が、ルイスは気に入らなかった。

「親が何者だろうが、ロザリーには関係ねぇだろ。好きなこと勉強して、好きな仕事すりゃいいじゃねぇかよ」

「それでも、ロザリーは自分で決めたのだ。父や周囲の期待を、背負って生きると」

そうして幼い頃から、周囲の期待を背負い続けてきたロザリーは、魔術師になるのを断念した時、どんな思いだったのだろう。

ルイスには、その決意の重さが分からない。

分からないことが、酷《ひど》く悔しく思えて、ルイスはライオネルを見上げた。

「……お前も？」

「私は王族だからな」

そうだ。たまに忘れそうになるけれど、ライオネルはこの国の第一王子なのだ。

生まれた瞬間に全てを決められていて、背負った期待の重さは、誰よりも重い。

「お前も、期待に応えるために、王様になりたいのか？」

「それは少し違うな」

ライオネルは太い首を横に振り、キッパリと断言する。

「私の目標は王になることではなく、この国を良くしていくことだ」

壁際に控えて壁になりきっていた従者のネイトが、困った人でしょうと言いたげにルイスを見た。

ライオネルは温厚で、善良で、人を惹《ひ》きつける魅力がある。だが、あまりにも裏表がなさすぎる。

腹の探り合いをする政治に、向いていないのだ。

ライオネルが王になったら、本人も周りもさぞ苦労するだろう。

ルイスとネイトの呆れたような表情に、ライオネルも苦笑を返した。きっと、彼も自覚しているのだ。自分に政治は向いていないと。

それでも、ライオネルは王族の責任から逃げたりしない。

「私には、腹違いの弟が二人いる。二人とも、まだ幼く……特に、フェリクスはとても体が弱いのだ」

見上げた横顔は、弟達の未来を案じる兄の顔をしていた。

こういう兄がいたら、暑苦しいけど嫌じゃないだろうな、とルイスは素直に思う。

「このリディル王国を、弟達が安心して暮らせる国にしたいと思う。私が王になっても、あるいは弟達のどちらかが王になっても、それは変わらない」

ライオネルは、自分が王になっても、あるいはなれずとも、この国を良くしていきたいのだと言う。

それもまた、一つの覚悟の形なのだ。

＊　＊　＊

学園祭の後、ルイスは屋台の荷物を載せた荷車を引いて、街まで歩いていた。

空は夕焼けで赤く染まり、街は夜の影に沈んでいる。吹く風は、頬がピリピリするぐらいに冷たかった。酒が飲みたい。

街に向かう足が重く感じるのは、荷車が重いせいじゃない。

(なんで、あいつらは……背負えるんだろうな)

ルイスは生まれた時から、何も持っていなかった。だから、生きていくのに必要最低限なものがあれば、それで良かった。

何も持っていないけれど、何も背負わずに済むのは気楽だ。

きっと自分は、そういう生き方を続けていくのだと、漠然と思っていた。

だけど、ロザリーやライオネルの在り方を見ていると、自分が酷くちっぽけな人間に思えてくる。

ふと、ミネルヴァに来る前、今は亡き娼婦《しょうふ》ショーナと交わした言葉を思い出した。

『ねぇ、ルイス。あんたはさぁ』

『あん？』

『ちゃんとこの店を出て、いつか家族を作りなよ』

あの時は、家族なんて自分は知らないし、欲しくないと思っていた。

家族なんて重荷だ。しがらみだ。なくても自分は生きていける。

（……それでも欲しいと、思ったら）

ルイスはいつも欲しいものを厳選している。自分が大事にできるものだけ、手元にあればそれでいい。

だからルイスは考える。自分が本当に欲しいものは何か。手放したくないものは何か。

沢山の宝物はいらない。この手で掴《つか》んでおけるものだけでいい――そう考えた時、浮かんだのは、ボロボロになったルイスを手当する、ロザリーの手なのだ。

「ルイス君～、ごめんね、手伝うのが遅れて～！」

顔を上げると、ランタン片手にこちらに駆け寄ってくる人影が見えた。ゴアの店の従業員――痩《や》せた中年男のロウだ。

ロウは背後に回り、荷車を押す手伝いをしようとしてくれたが、ヒョロヒョロに痩せたロウの力など、たかが知れている。

「ロウ、押さなくていいから、それで前を照らしてくれよ」

まだ日は完全には落ちきっていない。それでも今は、道を照らす灯《あか》りが欲しかった。寒村育ちのルイスは、火があるとなんとなくホッとする。

ロウは荷車を引くルイスの横に並び、申し訳なさそうに頭をかいた。

「ほんと、ごめんね。サリーの婚約者さんが挨拶《あいさつ》に来てて、ちょっと抜けられなくて……」

サリーは初夏になったら結婚することが決まっている。以前から好きだ好きだと言っていた、年上の男だ。

「サリーのやつ、あの性格で嫁に行って大丈夫かよ」

「大丈夫だよ。サリーはしっかりしてるし、婚約者さんも、きちんとしてる方だった」

ルイスは思わず拗《す》ねたように唇を尖《とが》らせた。

「きちんとしてる、ねぇ……そういうのって大事かよ」

「大事だよ。サリーだけじゃなくて、ゴアのことも大事にしてくれるって、感じた」

ロウの言葉が、ルイスには小さな驚きだった。

娼館育ちのルイスの中では、結婚と身請けがほぼ同義だ。だから、身請けされた女が大事にされたら良い、ぐらいにしか考えたことがない。

「サリーがね、婚約者さんに、僕のことも紹介してくれてたんだ。僕も家族みたいなものだからって」

ロウの痩《こ》けた頬に、柔らかな笑みが浮かぶ。いつもショボショボしている小さな目は、少しだけ潤んで見えた。

「婚約者さん、僕にまで丁寧に挨拶してくれてさ。嬉《うれ》しかったなぁ」

ゴアとロウは幼馴染《おさななじみ》なのだという。ゴアの店は、元々はゴアとその妻で回していたが、サリーが幼い頃に妻が亡くなり、友人のロウが店を手伝うようになったのだと、ルイスは客から聞いていた。

だから、サリーにとってロウは家族みたいなものなのだ。

「……サリーの旦那《だんな》になる奴《やつ》は、イイ男なんだろうな」

「サリーが惚《ほ》れた人だからねぇ」

「そう、だな」

呟く言葉が、自分の胸にストンと落ちる。

少しだけ、重い足が軽くなった気がした。

＊　＊　＊

ミネルヴァ中途退学の準備を進めていたロザリーにとって、学園祭が終わってからの時間は、本当にあっという間だった。

諸々《もろもろ》の手続き、世話になった人々への挨拶、荷造り、そして医学校入学に向けての勉強。やるべきことは幾らでもある。

ロザリーのルームメイトは冬休み前に退学していて、今は実質一人部屋だ。だから、夜遅くまで荷造りをしても、気にする者はいない。

退学前日の夜、ロザリーは気が済むまで部屋を掃除し、荷物の見直しをしていた。

（そういえば、実家を出る時も、こうやって掃除をしたわね）

ロザリーの実家は、魔法伯の家というにはこぢんまりとしているし、使用人もさほど多くなかった。ロザリーの父は元々は商家の人間で、貴族ではない。

そのためか、父は質素で堅実な暮らしを良しとする人だった。だからロザリーは使用人がいなくとも、身の回りのことは大体自分でできる。

幼い頃のロザリーは、勉強も、身の回りのことも、きちんとできなくてはいけなかった。だって、七賢人の娘だから。

七賢人の娘なのに、魔力量が少なかったから、せめて他のことは全部できなくてはと思ったのだ。

——そんなことも、できないのか。

初めて父に魔術を教わった時のことを思い出す。簡単な魔力操作が、ロザリーにはできなかった。あまりにも魔力が少なすぎたからだ。

父は長々と説教したりはせず、たった一言そう言い捨てて、それきりロザリーの魔術の練習を見てくれることはなかった。

（ごめんなさい、お父様）

ロザリーは二段ベッドの下段に、倒れるように横たわる。

父や周りが望む魔術師になれなかったことへの罪悪感は、きっとこの先もロザリーを苛《さいな》むだろう。

それでも、そんなロザリーを応援してくれる人がいる。

——お前は俺が認めたすごい女だからな。なんにだってなれるさ。

その言葉を、悪童らしい不敵な笑顔を、忘れないようにしよう、とロザリーは思う。

（明日からはもう……会えないのね）

最後に自分の気持ちを伝えるべきだろうか。否、これからミネルヴァを去る自分が想《おも》いを伝えたところで、そんなのはただの自己満足だ。彼を困らせてしまう。

込み上げてくる寂しさに蓋《ふた》をするように瞼《まぶた》を閉じたその時、コンコンとノックの音がした。それも、扉とは反対側にある窓の方から。

思わず飛び起きたロザリーはギョッとした。薄く開いたカーテンの向こう側、夜空を背に窓を叩《たた》いているのは、ルイスではないか。

立ち上がり、窓に手を伸ばす。夜の暗さと半端に閉じたカーテンが邪魔をして、彼の表情までは分からない。

ロザリーが窓を開けると、ルイスは窓枠に腰掛けた。

「貴方、なんで……」

夜風が入ってカーテンが揺れる。風で雲が流れ、白い月が顔を出す。

薄ぼんやりとした月明かりを背にロザリーを見つめるルイスは、真剣な顔をしていた。

「お前が好きだ。ロザリー」

それは、なんとも彼らしい、飾らない告白だった。

立ち尽くすロザリーの前で、悪童は満足そうにニヤリと笑う。

「あぁ、言ってやった。言ってやったぞ」

窓枠の上の悪童は、固まった背中をほぐすように、腕を持ち上げ背中を伸ばす。

「なぁ、返事を聞かせろよ、ロザリー。お前が拒むなら、俺はここから先には進まない。友人のま

ま、お前を見送るから」

ここ、と言って彼は窓枠を指先で叩く。

窓から入ってくる行儀の悪さは悪童なのに、妙なところで聞き分けが良くて、なんだかおかしい。

「……私も」

ロザリーはありったけの勇気を振り絞って、窓枠を叩く彼の手に、指先で触れた。

「貴方が好きよ、ルイス」

ルイスが、ロザリーに指を絡める。冷え切っていたルイスの手に、じわじわとロザリーの熱が伝わっていく。

しんしんと冷え込む夜の窓辺で、二人はしばし無言でその手を見つめていた。互いの体温を確かめ合うかのように。

繋《つな》いだ手は、昔と変わらず殴りダコやアカギレだらけで、それでも初めて出会った頃よりずっと大きい。男の人の手だ。

「お前が医者になる夢を叶《かな》えたら、俺はすげー魔術師になって、お前を迎えに行くから」

「ええ」

それならば、自分は立派な医者になって待っていよう。

窓から傷だらけの悪童が入ってきても、すぐに手当をしてあげられるように。

「……待ってるわ」

ルイスはスルリと窓枠を下り、ロザリーの体を抱き寄せた。

そうして、耳元で囁《ささや》く。

「お嬢様相手の作法なんて、知らないからな。嫌ならちゃんと言えよ。お前、すぐ我慢すんだから」

「言わないわよ」

視界の端に見えるのは、パサついた栗《くり》色の髪。

ろくに手入れもされていなくて、毛先がボロボロだけれど、明るいところだとオレンジがかって見えるその髪がロザリーは好きだ。

「嫌じゃない」

持ち上げた手でパサパサの髪に触れ、そのままルイスの背中に手を回す。
心臓の鼓動は酷く速くて、それなのに心は不思議と穏やかだった。
「お前が拒まないなら、俺は我慢しないからな」
ロザリーは返事の代わりに、彼の背中に回した手に、少しだけ力を込めた。

十三章　悪童卒業

オーエン・ライトは、ルームメイトのルイスが勉強机に広げている問題集を見て、目を見開いた。

ルイスが解いているのは、上級魔術師資格試験の過去問題だ。

「……ルイス、上級魔術師資格試験、受けるの？」

恐る恐る訊《たず》ねるオーエンに、ルイスは問題集と向き合ったまま「おう」と短く答えた。

魔術師組合に所属しないフリーの魔術師になると言っていたのに、どういう風のふきまわしだろうか。

オーエンは無言で窓の外を見た。雲一つない、冬晴れの青空だ。天変地異が起こる気配はない。

ルイスはキリの良いところで羽根ペンを置き、軽く伸びをして、オーエンを見る。

「魔法兵団受けるんなら、上級魔術師資格を持ってた方がいいんだろ？」

「そうだけど……えっ、なに、上級魔術師だけじゃなくて、魔法兵団も受けるの？」

驚きの収まらぬオーエンに、ルイスは真面目くさった顔で言う。

「魔術師組合に所属して、上級魔術師で、魔法兵団の団員なら、きちんとしてるだろ」

オーエンはもう一度窓の外を見た。やはり、天変地異は起こっていない。

「ルイスの口から、きちんとしてる、なんて言葉が出てくるなんて……」

「惚れた女を嫁にするなら、きちんとしてた方がいいんだろ」

どこか拗《す》ねたような口調で言うルイスに、オーエンはパチクリと瞬《まばた》きをした。惚れた女、と言われて思い浮かぶのは一人だけだ。ルイスは好きなものが分かりやすい。

(そういえばあの人、先週、中途退学したんだっけ……)

一人納得しているオーエンを、ルイスがじっと見ていた。

なに？　と目で問いかけると、ルイスは珍しく言いづらそうな口調で言う。

「……お前から見たら、不純な動機で悪かったな」

(ルイスでも気にするんだ、そういうの)

そう声に出したら、うっせぇ！　と悪態を吐《つ》かれるのは目に見えている。

だから、オーエンは静かに返した。

「別に、動機はなんだっていいと思うよ」

動機が子どもの頃の憧《あこが》れでも、金を稼ぐためでも、好きな人を振り向かせるためでも、理由が立派なら偉いというわけではないとオーエンは思っている。

魔法兵団の団員になるなら、大事なのは、相応の実力があるかどうかだ。そして、ルイスには確かな実力がある。

「ルイスが、魔法兵団でも先輩になるのかぁ……」

「やるからには、団長を目指すからな。しごいてやるから覚悟しとけ」

冗談じみた口調だが、ルイスなら本当に魔法兵団の団長まで上り詰めていきそうだと、オーエンは思った。

＊＊＊

悪童のストッパーでもある、ロザリー・ヴェルデがミネルヴァを去ったことで、教師達は戦々恐々としていたが、ロザリーがいなくなってからのルイスは、今までに比べると非常に大人しかった。

相変わらず口が悪くて粗雑だし、決してお行儀が良くなったわけではないが、それでも殴り合い以上の喧嘩《けんか》はしていない。

常駐医のウッドマンは、「怪我《けが》をしたら手当をしてくれる子が、いなくなったからでしょ」などと冗談めかして言っていたが、あながち間違いでもなかった。

それからルイスは、オーエンに宣言した通り、上級魔術師試験に合格し、学園祭では三年ぶりに研究発表もした。

封印結界と反射結界を応用した、内向きに攻撃が反射する〈鏡の牢獄《ろうごく》〉に関する研究発表は高く評価され、その功績もあって、高等科の卒業を控えた春、ルイスは魔法兵団の内定を手に入れたのだ。

きっと今頃ロザリーも、医学校入学試験のために猛勉強をしているはずだ。その試験が終わる頃になったら、手紙を出そう。自分は魔法兵団に入団することが決まったのだと。

……そう決めていたルイスの耳に、ある日、不穏な噂《うわさ》が届いた。

その噂によると、七賢人が一人〈治水の魔術師〉バードランド・ヴェルデ——つまりはロザリーの父が、自分の後継の者をロザリーの婿にしようと考えているというのだ。

魔術師の世界では、魔力量の多い者や魔術の腕に長《た》けた者を、血縁者にすることがよくある。つまりは、あながちありえない話でもない。

だから、焦ったルイスは卒業式を一週間前に控えた休日に、飛行魔術を使ってミネルヴァを飛び出した。

＊＊＊

七賢人が一人、〈砲弾の魔術師〉ブラッドフォード・ファイアストンは、今年で三六歳になる黒髪の大男である。

着古した旅装の上に七賢人のローブを引っ掛けている彼は丘に立ち、右手を庇《ひさし》がわりにして前方に広がる建物の残骸《ざんがい》を観察していた。

少しばかり切り立った土地にあったその建物は、老朽化したものの、解体にかける手間を惜しまれ、そのまま放棄されたものだった。

ところがここ最近続いた雨で、建物はもとより、地盤となっている土地も崩れやすくなっていた。

もしこのまま土地が崩れたら、切り立った土地の下にある街道が致命的な被害を受ける。

故に、そうなる前に街道を一時封鎖し、建物ごと土地を処理することになった。

そのために派遣されたのが、〈砲弾の魔術師〉ともう一人。

「悪いな、治水の。あんたにも出向いてもらっちまって」

「構わない。貴方《あなた》の補佐をするならば、私が適任だろう」

ブラッドフォードの横に立つのは、白髪混じりの焦茶の髪を撫《な》でつけた壮年の男、〈治水の魔術師〉バードランド・ヴェルデだ。

〈砲弾の魔術師〉が得意としているのは、極めて火力の高い多重強化魔術。

そして、〈治水の魔術師〉はその二つ名の通り、水を操る魔術を得意としている。

そこで、建物の爆破をブラッドフォードが、その際に飛散する土砂や建物の残骸から周囲を保護する魔術をバードランドが、それぞれ担っていた。

今はその作業が一段落し、土地に更なる崩落の予兆がないか、測量士達が調査しているところである。二人はその報告待ちだ。

見上げた空は快晴だ。寝転がって昼寝でもしたくなる春らしい陽気である。

ブラッドフォードは空を見上げたまま、世間話のような口調で、のんびりと言った。

「今日は、王都の方ででかい夜会があるらしいじゃねぇか。クロックフォード公爵が主催の」

このリディル王国でも有数の権力者であるクロックフォード公爵は、第二王子フェリクスの祖父だ。

フェリクスは病弱で、長いこと臥《ふ》せっていたが、最近はすっかり具合が良くなったらしく、彼をお披露目するための夜会が増えているという。

ブラッドフォードは世間話のような口調はそのままに、顎髭《あごひげ》を撫でてニヤリと笑った。

「クロックフォード公爵は、第二王子を王位に据えたがっている。その内、王宮内がキナ臭くなってくるぜ」

「クロックフォード公爵が何をされようとも、我ら七賢人は、陛下のため、国のため、知識と魔術を捧《ささ》げるのみ」

バードランドの言葉は静かだが、厳かに響く。普段から口数の多い人物ではないからなおのこと、彼の言葉には重みがあった。

滅多に声を荒らげることはない、堅実、誠実を好む魔術師。それが、ブラッドフォードから見た〈治水の魔術師〉だ。派手なことや目立つことを好まず、あまり表に出たがらないが、それでも大勢から慕われている。

その時、バードランドが何かに気づいたように空を見た。つられて見上げたブラッドフォードは、よく晴れた青空に、鳥よりも大きな影を見つける。あれは飛行魔術を使っている人間だ。

その人物は、ブラッドフォードとバードランドの前にヒラリと音もなく降りてきた。良い腕だ。あれだけ安定した飛行魔術を使える人間は、なかなかいない。

熟練の魔術師かと思ったが、降りてきたのは魔術師養成機関ミネルヴァの制服を着崩している、一〇代後半の青年だ。

青年はブラッドフォードには目もくれず、真《ま》っ直《す》ぐにバードランドを見据えて、口を開いた。

「あんたが、〈治水の魔術師〉か？」

バードランドは鋭く目を細め、空から降りてきた青年を眺める。

「見覚えがある。ミネルヴァの研究発表で見た……ラザフォード教室のルイス・ミラー」

「覚えてんなら、話は早いな」

ルイスと呼ばれた青年は、いかにも生意気そうな顔に強気な笑みを浮かべて宣言する。

「あんたの娘は俺と結婚するから、他の野郎を引っ張ってくんのはやめてくれ」

ブラッドフォードは、バードランドの「はっ？」という上擦《うわず》った声を初めて聞いた。

〈治水の魔術師〉に対するルイスの第一印象は、「ロザリーに似てるな」だった。つまりは、実直で真面目で、冗談が通じないタイプだ。

故にルイスは、今の自分にできる最大限の誠意をもって、気持ちを伝えた。

「魔術師の後継者が欲しいってんなら、俺がなってやってもいい。だから……」

だから、ロザリーが医師を目指すのを許してくれ、とルイスは続けるつもりだった。

だが、続くルイスの言葉を、バードランドの一喝が遮る。

「ふざけるなっ！」

ビリビリと空気を震わせるその声は、低く重い。そこにあるのは、見せかけではない、本物の実力に裏打ちされた威厳だ。

気圧《けお》されるものか、と睨《にら》み返すルイスの眉間《みけん》に、バードランドは握った杖《つえ》を突きつけた。

「なんだ、そのだらしない服装は！　みっともない髪は！　それでよく、私の前に立てたものだな！　ミネルヴァでは、まともな口の利き方も教えていないのか！」

ルイスはムッとした。

手持ちの服の中で一番まともなのが、この制服なのだ。手入れしてないボサボサの髪はさておき、喋《しゃべ》り方も、ルイスにしては丁寧に喋っているつもりである。

お高くとまりやがって、という言葉を飲み込むルイスに、バードランドは早口で捲《まく》し立《た》てる。

「お前のように下品で粗野な男に、大事な娘をやれるかっ！」

これにはルイスも、横で聞いていた〈砲弾の魔術師〉も絶句した。

周囲で作業をしていた測量士達は、作業の手を止めて、なんだなんだとこちらを見ている。

だが、周りの視線もなんのその。バードランドは顔を真っ赤にし、唾《つば》を飛ばして喚《わめ》き散らした。

最早《もはや》、偉大な七賢人の威厳など、どこにもない。そこにいるのは、ただの親馬鹿な馬鹿親だ。

「ロザリーとの結婚は、知性と品性があり、王都に家を持ち、七賢人になれるぐらいの男でないと認めんっ！」

流石《さすが》に見かねた〈砲弾の魔術師〉が、控えめに横から声をかけた。

「おーい、治水の……そりゃ、いくらなんでも無理が……」

「上っ等ぉだ、オッサン……その言葉、忘れんなよ？」

ルイスはこめかみに青筋を浮かべ、灰紫の目をギラギラと輝かせた。

ルイス・ミラーは、驚異の負けず嫌いである。そしてなにより、叩《たた》かれれば叩かれるほど反発する気質だ。当然に、売られた喧嘩を買わないという選択肢はない。

ルイスは力強く地面を踏み締め、バードランドに負けぬ声で怒鳴り返した。

「お上品で、王都に家を持ってて、七賢人なら良いんだな⁉　じゃあ、なってやるよ、七賢人に！　そしたら、絶対にロザリー嫁にするからな！　文句言うなよ！」

「ふんっ、勘違いも甚だしい！　貴様のように下品で粗野な者など、お呼びでないわ！」

「はっ、ほざいてろや！　こちとらとっくに、ロザリーと将来誓い合ってんだよ！」

「信じられるか！　ロザリーは言っていたのだ。自分が好きなのは、王子様みたいに上品で素敵な人だと！」

〈治水の魔術師〉バードランド・ヴェルデは杖を握りしめ、力の限り叫んだ。

「ロザリーは、王子様のような男と結婚するんだっ！」

後に、〈砲弾の魔術師〉ブラッドフォード・ファイアストンは語る。

——冗談の通じない〈治水の魔術師〉が、冗談みたいなキレ方をしたのは、後にも先にもこの時だけだった、と。

＊＊＊

飛行魔術は消費魔力の多い魔術である。ミネルヴァを飛び出して〈治水の魔術師〉のもとに赴き、そしてまた飛行魔術で戻ってきた頃には、ルイスは魔力切れでヘトヘトになっていた。

それでもルイスは、怒りに燃える地竜の如《ごと》くドスドスと廊下を歩き、最上階にあるライオネルの部屋の扉をドンドンバンバン叩く。

「ライオネル！　ライオネル！」

内側から扉を開けたのは、ライオネルではなく、従者のネイトだった。

もうすぐ三〇歳になる童顔の従者は、迷惑そうにルイスを見る。

「……討ち入りですか？　勘弁してください」

「ちっげぇよ！　おい、ライオネル！　ツラ貸せ！　頼みがある！」

入り口でギャアギャアと喚き散らすルイスに、ライオネルが部屋の奥から「何事だ？」と姿を見せる。休んでいたのか、ライオネルは制服ではなく、私服の上下を身につけていた。その服をルイスは血走った目で観察する。

大柄な体を野暮ったく見せないシルエットのベストとズボン。ピカピカに磨かれた靴。光沢の美しいシルクのスカーフを留めるのは、大粒の宝石をあしらったブローチ。どれもライオネルによく似合っていた。

ライオネルは金のゴリラと揶揄《やゆ》したくなる厳《いか》つい顔の大柄な男だが、その佇《たたず》まいにはルイスにない気品があるのだ。まさに、〈治水の魔術師〉の言う、上品で素敵な王子様である。

「私に頼みがあると言ったな？　友人の頼みだ。私にできることなら、力になろう」

そう言ってライオネルは、ルイスを部屋の奥にあるソファに促す。王族仕様の立派なソファだ。部屋はルイスの部屋の倍以上の広さがあり、家具はどれも高級感を漂わせている。

ルイスはソファに座らず、その場で頭を下げた。

否《いや》が応でも、擦《す》り切れた制服の裾《すそ》と、ボロボロのブーツが目に入る。

「俺に、上流階級の発音とマナーを教えてくれ」

ライオネルだけでなく、普段あまり表情の変わらないネイトまでもが、驚きに目を丸くした。

「なんと、そのようなことが……」

ソファに座り、事情を聞いたライオネルの前に、ネイトが紅茶のカップを置く。

黒髪の従者は、ライオネルの向かいに座るルイスの前にもカップを置くと、しみじみとした口調で言った。

「貴方の性格上、結婚を反対されたら、ロザリー・ヴェルデ嬢を攫《さら》って、どこか遠くで幸せに暮らす、と言うのではと思っていました」

「………………」

むっつりと黙り込んでいたルイスは紅茶のカップを睨み、ネイトに「ジャム！」と注文をつける。

ネイトは盆を片付け、壁際に控えた。

「リディル王国の上流階級の方は、紅茶にジャムを入れないですね」

「くそがっ！」

「上流階級の方は、くそがっ、とは言わないですね」

ルイスは不機嫌な竜のように、グルルルルと喉《のど》を鳴らし、紅茶に口をつける。やはり渋い。

ライオネルが呆《あき》れたようにルイスを見た。

「ルイスよ、渋いのが苦手ならば、砂糖とミルクを入れれば良いのだ。ネイト、すまぬが持ってきてくれ」

「……かしこまりました」

ネイトが最初から用意しなかったということは、きっとライオネルは、普段は砂糖やミルクを使わないのだろう。

それでもライオネルはルイスに合わせて、砂糖とミルクをカップに入れる。

ライオネルの手は大きく、指も太いが、ティースプーンで紅茶をかき混ぜる所作は、とても美しかった。ルイスみたいにガチャガチャと音を立てることもない。

「事情は分かった」

ライオネルは紅茶を一口飲み、水色のつぶらな目で真っ直ぐにルイスを見据える。

「そういうことなら、このライオネル・ブレム・エドゥアルト・リディルが全力で力になろう！」

自分でも、馬鹿な頼みをしているという自覚はある。だが、ライオネルはルイスを笑ったり、馬鹿にしたりしない。

お人好《ひとよ》しなこの王子様は、ルイスがロザリーに相応《ふさわ》しい男になるべく努力することを、心から応援してくれる。そのことをルイスは知っていた。

「助かる……いや……」

ルイスは眉間に皺《しわ》を寄せ、グニグニと唇を動かしながら言い直す。

「アリガトーゴザイマス」

ネイトがボソリと突っ込んだ。

「過去最高に不自然な発音でしたね」

「お上品に発音したんだよ」

ルイスは北部出身にしては、訛《なま》りが少ない方だと自負している。同じ村の出身でも、農民などは他地方の人間が聞き取れないほど訛りが強い。

不貞腐《ふてくさ》れるルイスに、ライオネルは力強い笑顔で告げた。

「早速、発音とマナーのレッスンを始めるのだな！　よし分かった。それでは今から始めよう。分からぬことがあったら、何でも訊《き》いてくれ！」

「おぅ、じゃあ、まずはこれを教えてくれよ」

ルイスは全身にやる気を漲《みなぎ》らせ、真剣な顔で問う。

「『今に見てろよクソジジイ。目にもの見せてやらぁ……』を、お上品に言うには、どうしたらいい？」

ライオネルとネイトは、仲良く閉口した。


それから卒業式までの一週間、ルイスはライオネルの部屋に泊まり込み、ライオネルの所作や発音を徹底的に研究して、再現できるよう猛努力をした。

頭に本を載せて部屋を端から端まで歩き、食器の使い方を習い、なんと社交ダンスまで教わったのだ。

ルイスは負けず嫌いであるが故に、努力家である。努力の天才と言っても良い。そしてその才能は、誰かを見返してやろうと奮起する時ほど発揮される。この時が、まさにそうだった。

元よりルイスは学習能力が高く、運動神経が良い。故に、姿勢や所作、ダンスを覚えるのには、それほど苦労しなかった。

そして上流階級の人間が使う発音や言葉遣いも、持ち前の負けず嫌い精神を発揮し、多少ぎこちないが、なんとか習得したのだ。

なお、『発音は覚えましたね、発音だけは』――とは、訓練に付き合わされたネイトの言である。

＊　＊　＊

その年の卒業式は、ミネルヴァの歴史に残る一日であった──と大袈裟《おおげさ》に語るのは、魔法生物学教師のレドモンドである。

ミネルヴァ史上最悪の問題児、悪童ルイス・ミラーが卒業式に出席したのみならず、きちんと姿勢良く椅子に座っていたのだ。

ルイスは授業こそサボらないが、式典は堂々とサボるのが常である。

そんな問題児が卒業式に出席し、背筋を伸ばして膝《ひざ》に手を置き、お行儀良く椅子に座っていた、というだけでも、教師達には衝撃だったのだ。のみならず、悪態をつかない、誰も殴らない、ガンを飛ばさない、酒を飲まない──奇跡である。

ある者は「あの悪童が！」と笑い、ある者は「立派になって……」と咽《むせ》び泣《な》き、ある者は「何か企《たくら》んでるのでは？」と戦慄《せんりつ》した。

ルイスの師、〈紫煙の魔術師〉ギディオン・ラザフォードは、ライオネルから事情を聞いていたらしいが、それでも実際にお行儀良くしているルイスに、笑いを堪《こら》えきれなかった一人である。

「よぉ、聞いたぜ、クソガキ。悪童卒業して、紳士を目指してんだって？」

卒業式の後、ニヤニヤ笑いながら話しかけてきたラザフォードに、その日一日沈黙を保っていたルイスは、姿勢良く胸を張って告げた。

媚《こび》を売るなど死んでもごめんだと言っていた男が、その顔に、ぎこちない愛想笑いを貼りつけて。

「今に見ていなさい、クソジジ……師匠。目にもの見せて、さしあげます」

煙管《きせる》を回すラザフォードの手が止まり、常に眼光鋭い目が点になる。

「……気持ち悪《わり》ぃな？」

「うっせぇ、ジジイ！」

愛想笑いは、わずか数秒で瓦解《がかい》した。


こうして、初代ミネルヴァの悪童ルイス・ミラーは、ロザリーと結婚するために……本当に、ただそれだけのために、北部訛りを封印し、魔術師の頂点である七賢人になると決めて、ミネルヴァを卒業したのである。

エピローグ　初めての竜討伐

魔法兵団の任務は、防衛任務、貴人の護衛、各種魔導具・結界の管理、犯罪を犯した魔術師の確保など多岐にわたるが、やはり真っ先に挙げられるのが竜討伐だ。

魔法兵団に入団したルイスは、特に竜討伐に駆り出されることが多い、第三遊撃隊への所属を希望した。最短最速での出世を目指すなら、とにかく竜を狩るのが手っ取り早いからだ。

しかも、報奨金の出ている竜を狩ると、給与とは別に報奨金がもらえるのである。王都に家を買うために貯金中のルイスにとって、これほど美味《おい》しい仕事はない。


「前方に火竜一体確認！　周囲に仲間はなし。まだこちらに気づいていません！」

斥候の報告があった頃には、もう火竜は視認できる位置まで近づいていた。

入隊一ヶ月で竜討伐に駆り出されたルイスだが、これだけ近くで竜を見るのは初めてだ。

竜は大半が寒さに弱く、北部ではあまり見かけない。雪のない季節、遠くの空でたまに翼竜を見かけるぐらいで、北部出身の人間にとっては竜よりも、狼《おおかみ》や猪《いのしし》、或《あ》るいは雪崩の方がよっぽど身近な脅威であった。

竜の恐ろしさを知らないくせに、殉職率の高い第三遊撃隊を志願したルイスは、周囲からは、命知らずの寡黙な自信家と思われている。なお寡黙なのは、ライオネルに教わったお上品な喋《しゃべ》り方に、まだ慣れていないからである。

魔法兵団の先輩達の中には、ルイスに意地の悪い目を向けている者もいた。自信家の新人が竜に恐怖し、立ち竦《すく》んでいるとでも思ったのだろう。

そんな悪意ある視線に晒《さら》されながら、ルイスは考えていた。

(でかいトカゲだな)

初めて火竜を見た感想は、それだけである。

確認できた火竜は一匹。既に他の隊と交戦したらしく、眉間《みけん》には小さな傷が幾つかあった。

竜の弱点は眉間だが、それなりに威力のある魔術で攻撃しないと、致命傷にはならない。

(それなら……あれを試してみるか)

隊長の男が振り向き、ルイスに命じる。

「新人、お前は防御結界が得意だったな？　まずはお前が防御結界を展開して、その間に……」

隊長の命令が終わるより早く、ルイスは詠唱を終えていた。防御結界の詠唱じゃない。飛行魔術の詠唱だ。

「お先に失礼」

お上品にそう告げて、ルイスは大きく回り込み、火竜の頭上に移動する。火竜は口から火を噴くが、つまりは口の向く先にいなければ良いのだ。

飛行魔術を維持しながら、ルイスは詠唱をする。今度こそ、正しく命令通り、防御結界の詠唱だ。

ルイスは手にした杖《つえ》を、火竜の眉間にある小さな傷に突き立て、そこを中心に盾型防御結界を展開する。

盾型防御結界は、火竜の眉間の傷口を広げる形で展開した。ルイスの防御結界に眉間を裂かれた火竜が雄叫《おたけ》びをあげる。

それはあまりにも非常識で、グロテスクな光景だ。魔法兵団の団員達が呆気《あっけ》に取られている中、ルイスはどこまでも冷静に、竜が動かなくなるまでの時間を数えていた。

（……二〇秒弱。この戦い方は駄目だな、時間がかかりすぎる。防御結界は鋭角に作るのが難しいから、対竜戦闘では武器に向かねぇ）

今回は一匹しかいなかったから良いものの、他の竜がいたら、このタイムロスは致命的だ。やはり、普通に攻撃魔術を使う方が良いだろう。

できれば、広範囲かつ高威力の攻撃魔術が欲しい。それこそ、ラザフォードが使っていた精霊王召喚のような。

（飛行魔術で距離詰めて攻撃魔術使えば、確実にぶち当てられるが、飛行魔術は消費がデカいからな。防御結界使う手数が足りなくなるし）

魔術師が一度に維持できる魔術は二つまで。飛行魔術で一手使ってしまうと、防御か攻撃のどちらかしかできなくなる。

人間相手なら、結界で殴ったり轢《ひ》いたりする戦法が使えたが、竜には通用しない。

対竜戦闘は、対人とは勝手が違う。人間ならどこに当ててもダメージになるが、竜は急所に正確かつ、高威力の攻撃を当てなくてはならないのだ。

……ということを、頭がパックリ割れた竜の亡骸《なきがら》の上で考えていたルイスは、魔法兵団の団員達の視線に気づいた。

恐ろしいものを見る目である。

ルイスはニコリと愛想笑いを浮かべ、できる限り丁寧な口調で言った。

「防御結界、展開しました」

よしよし、これはなかなかお上品じゃないか、とルイスは自らを絶賛する。

竜を倒した。お上品にも振る舞えている。七賢人への道は遠いが、確実に一歩ずつ近づけているはずだ。

これはきっと、ロザリーも自分に惚《ほ》れ直すことだろう。

(待ってろよ、ロザリー。お上品な七賢人になって、会いに行くからな!)

＊＊＊

「ごめんなさい、貴方《あなた》とはお付き合いできないわ」

人の少ない廊下に呼び出されたロザリーは、交際を申し込んできた男子生徒に淡々と告げ、もう一度丁寧に「ごめんなさい」と繰り返して、背を向ける。

そのまま少し歩いたところで、同級生のソニアと遭遇した。

「まぁ、ロザリー。この廊下から出てきたということは……もしかして、告白ですね?」

フワフワした黒髪のソニアは、好奇心に目を輝かせていた。

ロザリーは率直に思ったことを口にする。

「どうしてそう思うの？」

「この廊下、人が少ないでしょう？　だから、告白スポットとして、よく使われるのですよ……というのは嘘《うそ》で、先ほど殿方が誰それが告白すると盛り上がっていたので、適当にカマをかけてみただけです。もしかして正解でした？」

「どうかしらね」

図書室に向かうロザリーの横に、ソニアが並ぶ。

医学校では女子学生が少ないので、ソニアは女子学生を見かけると、積極的に声をかけてくるのだ。

「ロザリー、モテモテですね。入学して半年も経《た》ってないのに、私が知るだけで、これで三件目では？」

「親が七賢人だからでしょう」

そうでなければ、ろくに話したこともないロザリーに告白する理由がない。ロザリーは特別目を惹《ひ》く容姿ではないし、愛想が良いわけでもないのだから。

七賢人の娘だからと、お上品ぶった愛想笑いを浮かべて近づいてくる男なんて、真っ平ごめんだ。

「さっき振られた方、紳士的で優しいって評判ですよ」

「……みんながみんな、そういう人が好きとは限らないでしょう」

「じゃあ、ロザリーの好みのタイプは、どんな方なのです？」

子どもの頃は、絵本の王子様みたいな人がいいわ、なんて可愛《かわい》らしいことを言ったりもしたが、成長すれば趣味も変わる。

脳裏をよぎるのは、日の光を透かすパサパサの髪と、八重歯を覗《のぞ》かせた悪ガキの笑顔。

「……型破りで、ちょっと世話が焼ける、不良さんかしら」

【シークレット・エピソード】

水面下の陰謀

Conspiracy beneath the surface

ミネルヴァの研究生アドルフ・ファロンは、ミネルヴァの敷地を早足で歩いていた。

今のミネルヴァは、新七賢人が〈星槍《せいそう》の魔女〉カーラ・マクスウェルに決定したという話題で持ちきりだ。

一度に七つの魔術を操り、光属性魔術〈星の槍《やり》〉を操る魔女。ミネルヴァが誇る大天才。

そして、カーラのことが話題になると、続けて人々はこう口にする。

流石《さすが》はラザフォード教室の生徒なだけある。次はルイス・ミラーも、或いは……と。

(不可能に決まってるだろ、馬鹿どもが!)

ルイスが七賢人になる可能性が囁《ささや》かれる度、アドルフは心の底から悪態をついた。

(あいつは、ちょっと奇をてらった魔術の使い方をしているだけで、天才でも何でもないだろ。やってることは、地味な結界術だ)

アドルフの遠隔魔術と超長距離狙撃魔術の方が、圧倒的に優れているではないか。それなのに、教師達はやけにルイスのことを持ち上げたがる。

それは、ルイスが貧乏な家の出身だからだ。だから、哀れみ、情けをかけてやっている。

そうとも知らず、ルイスは調子に乗っているのだ。なんと滑稽《こっけい》な奴《やつ》だろう。

おまけに、七賢人の娘であるロザリーに懸想して、魔法兵団を目指し始めたものだから、アドルフはルイスの卒業直前に、こう噂《うわさ》を流したのだ。

――〈治水の魔術師〉バードランド・ヴェルデが、自分の後継の者をロザリーの婿にしようと考えている、と。

その噂を聞いたら、ルイスは己の身の程を知り、挫折《ざせつ》すると思ったのだ。

ところが、噂を信じたルイスは、あろうことか〈治水の魔術師〉のもとに押しかけ、挙げ句の果てに七賢人になると宣言をしたらしい。大馬鹿にも程がある。

（あいつが七賢人になんて、なれるはずがない。七賢人になるには、魔術師組合の信用や、貴族達の後押しが必要になる……）

その点、アドルフは魔術師組合幹部に身内がいるし、何より、最高の後ろ盾がいるのだ。

ミネルヴァを出て、ラグリスジルベの街に入ったアドルフは、この街一番の高級宿に向かった。

その一室で、アドルフを待っていたのは、五〇代ほどの男が二人。

白髪混じりの金髪を背中で結った長身の男と、上級魔術師の杖を持ち、ローブの上に宝石飾りを幾つもぶら下げた白髪の男だ。

前者の金髪の男は、入室したアドルフを鋭い目で見ていた。

その眼光に竦みそうになりつつ、アドルフは深々と頭を下げる。

「お待たせして申し訳ありません、閣下」

「……構わぬ。座るがいい」

いつものアドルフなら、もっと長々と挨拶《あいさつ》の言葉を述べて、相手の機嫌を伺って、自分の売り込みをする。

だが、目の前のこの人物を相手に、それをできるほどの勇気はなかった。

言われるがまま二人の向かいの椅子に座ると、宝石飾りをぶら下げた男がにこやかに話を切り出した。

「貴方が、アドルフ・ファロンですね。ミネルヴァの研究発表会、見ましたよ。とても良い発表でした」

「……光栄です。〈宝玉の魔術師〉様」

宝石を飾ったこの男は、〈宝玉の魔術師〉エマニュエル・ダーウィン。上級魔術師の中でも有名な、魔導具作りの天才だ。

今回の七賢人選考も、〈星槍の魔女〉がいなければ、〈宝玉の魔術師〉が七賢人になっていただろうとアドルフは思っている。

エマニュエルは柔和で親しげな態度だが、金髪の男——閣下は黙したまま、鋭い目でアドルフを観察していた。

アドルフの価値を、値踏みしているのだ。

(怖気《おじけ》づくなよ、俺)

どうぞ、値踏みをしてください。自分を知ってください。そして、選んでください。

アドルフは言葉の代わりに表情で、態度で、そう叫ぶ。

やがて、金髪の男がゆっくりと口を開いた。

「アドルフ・ファロン」

「はい」

「ここにいる、〈宝玉の魔術師〉エマニュエル・ダーウィンと共に、一〇年以内に七賢人になってもらう」

驚きと、畏怖《いふ》と、そして強い喜びに、アドルフは体を震わせた。

（この方は……七賢人を手中に収めるつもりなのか！）

七賢人は国王陛下直属の魔法伯。貴族議会でも、迂闊《うかつ》に干渉できない存在だ。

〈雷鳴の魔術師〉グレアム・サンダーズ。

三代目〈茨《いばら》の魔女〉サブリナ・ローズバーグ。

二代目〈深淵《しんえん》の呪術師〉アデライン・オルブライト。

〈星詠みの魔女〉メアリー・ハーヴェイ。

〈治水の魔術師〉バードランド・ヴェルデ。

〈砲弾の魔術師〉ブラッドフォード・ファイアストン。

そして、新たに就任した〈星槍の魔女〉カーラ・マクスウェル。

現七賢人は政治的に中立な者ばかりだ。だから、目の前にいるこの男は、七賢人に自分の手駒を送り込もうとしている。そして、アドルフはその一人に選ばれたのだ。

（この方に選ばれたのなら、俺の七賢人の地位は約束されたも同然だ！）

何故《なぜ》なら、目の前にいるこの人物は、第二王子の祖父であり、この国で絶大な権力を持つクロックフォード公爵ダライアス・ナイトレイなのだから。

いずれ、第二王子のフェリクスが国王になり、その祖父であるクロックフォード公爵の権力は、ますます盤石なものとなるだろう。

そして自分は、そのクロックフォード公爵に目をかけられた七賢人になるのだ！

アドルフは高鳴る胸を押さえ、深々と頭を下げる。

「光栄です。閣下」

ここまでの登場人物

Rising of the Barrier Mage

Characters

Rising of the Barrier Mage

ルイス・ミラー

寒村の娼館で育った少年。素行は悪いが、目標のためなら努力を惜しまない。自分に才能があり、相応の努力をしているという自負がある自信家。可愛げがくしゃみに全振りしている。

ロザリー・ヴェルデ

七賢人が一人〈治水の魔術師〉の娘。筆記試験は学年首位だが、魔力量が少なく実技が苦手。ルイスの怪我の手当てをしている内に、手当ての技術ばかりが上達した。

オーエン・ライト

ルイスの一歳下のルームメイト。魔法兵団志望。コーヒー好き。真面目で勤勉だが、散らかし癖がある。物は出しっぱなしの方が効率が良いと思っており、改善する気はない。

アドルフ・ファロン

ルイスの同級生。遠隔・遠距離狙撃の魔術を得意としている。父親がクロックフォード公爵と懇意の貴族で、所謂第二王子派。ルイスとは犬猿の仲。

カーラ・マクスウェル

通称〈星槍の魔女〉。ルイスの姉弟子で、ラザフォードの弟子。一度に七つの魔術を維持でき、〈星の槍〉という光属性魔術を操る大天才。旅人気質で研究室をよく留守にする。

ギディオン・ラザフォード

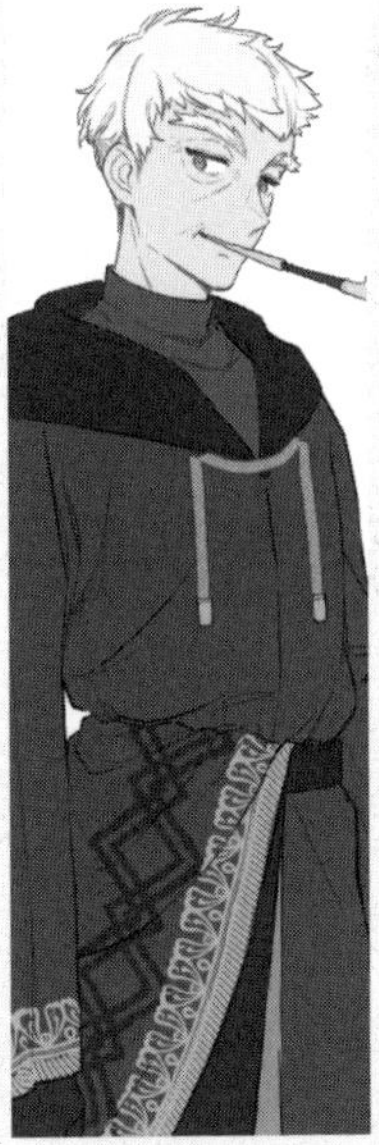

通称〈紫煙の魔術師〉。ミネルヴァでは高度術式応用学を教えている。若い頃は〈岩窟の魔術師〉と呼ばれており、王立騎士団魔術師部隊に所属していた。

ライオネル・ブレム・エドゥアルト・リディル

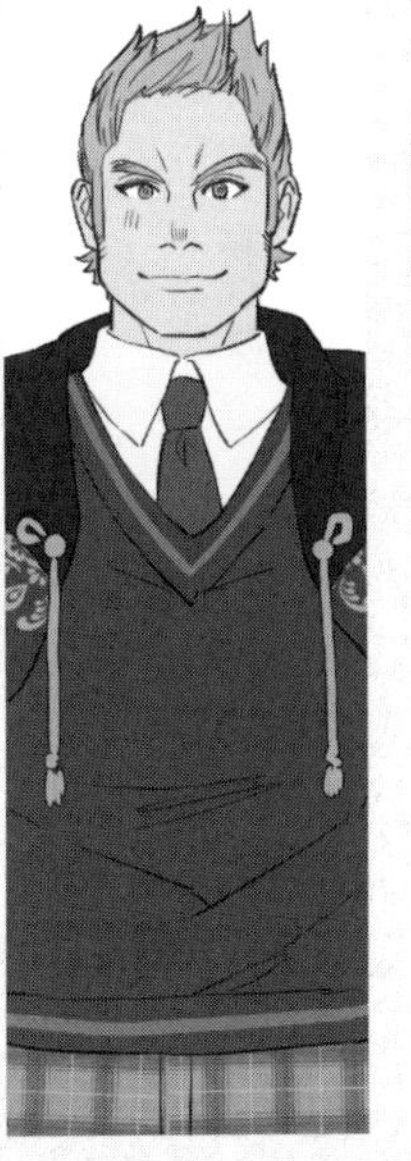

リディル王国第一王子。母はランドール王国の姫君。厳つい大男だが、心根は優しい。剣は得意だが魔術の腕はいまいちで、よくルイスやロザリーに勉強を教わっている。

ウィリアム・マクレガン

通称〈水咬の魔術師〉。ミネルヴァでは実践魔術を教えている。水のある場所での戦闘に滅法強く、若い頃は水竜討伐の第一人者だった。船酔いするから引退した。

Other Characters Rising of the Barrier Mage

その他の登場人物紹介

テレンス・アバネシー

ルイスとルームメイトになるはずだった少年。肥溜め事件の被害者。

アリスン

法学教師。明るく元気な好青年だが、ギャンブラー気質。日常にスリルを求めている。

レドモンド

魔法生物学教師。隠れるのが異常に上手く、研究室対抗魔法戦で生き残り記録を更新し続けている。

クラリス・メイジャー

結界術教師。〈水鏡の魔術師〉の弟子。退職後は近所の子ども達に勉強を教えている。

ソロウ

魔法戦教師。かつては魔法兵団に所属していた。一見堅物そうに見えるが、実は大雑把で気分家。靴下が左右違っても気にしないタイプ。

ウッドマン

医務室の常駐医。魔法研究所や医学会にもコネがある、やる気を出せばすごいおじちゃん。やる気は数年に一度しか出ない。

ゴア

ゴアの店の店主。大柄な髭親父。夫婦で店を営んでいたが、妻亡き後、人手が足りず困っていたところを幼馴染のロウに助けられた。

ロウ

ゴアの店の店員。痩せた中年。元々は貴族の屋敷に勤めていたが、理不尽に振り回され退職したところをゴアと再会。以降、店を手伝う。

サリー

ゴアの娘。チャーミングな看板娘。ロザリーとはしれっと仲良くなり、店に来る度、頻繁に話しかけて、ルイスにしかめっ面をさせた。

ネイト

ライオネルの従者。童顔。ランドール王国出身で、ヴィルマ妃の輿入れの際に同行した一人。ヴィルマ妃に忠誠を誓っている。

あとがき

『サイレント・ウィッチ　-another-　結界の魔術師の成り上がり』上巻をお手に取っていただき、誠にありがとうございます。

本作は、『サイレント・ウィッチ』シリーズの番外編的位置付けですが、WEB版『サイレント・ウィッチ』の前に投稿していた短編がベースとなっております。

元々の短編は、ロザリー・ヴェルデが主人公で、ほぼ彼女視点で話が進むものでした。

それを大幅に改稿したものが、本作となります。


この短編を書籍にするお話をいただいた時、私は本一冊でまとめることを想定し、「モリモリ書かせていただきます！」と、元気に返事をしました。

後日、担当さんから、上下巻構成にしましょう、と言われて仰天しました。

私がモリモリ書くと言ったので、担当さんは予《あらかじ》め、上下巻の枠を確保してくださったのです。

こうして、有能な担当さんの配慮のおかげで、この番外編は上下巻構成となりました。

上下巻構成でなかったら、学生時代パートは、ほぼなくなっていたと思います。学生時代パートがあるのは、担当さんのおかげと言っても過言ではありません。

この場をお借りして、厚く御礼を申し上げます。

いっぱい書くことができて、とてもハッピーです。

藤実《ふじみ》先生、番外編にも素敵なイラストをつけてくださり、ありがとうございます。

本編主人公のモニカとは印象の異なる構図が、とても素敵なカバーイラストだなぁと、何度も見返してニコニコしています。

カラー口絵は、その一枚の中に物語がギュッと詰め込んであって、とても素敵です。

本作の世界を時に鮮やかに、時に温かに、そして時に優しく彩ってくださり、本当にありがとうございます。


私は、藤実先生にイラストを描いていただく度に、いつも申し訳なく思っていることがあります。

それが、本作における杖《つえ》の扱いです。

本作の登場人物達は、大体杖の扱いが雑なのです。

この番外編のルイスは、途中から「暴れるのに邪魔」という理由で短杖《たんじょう》を持ち込まなくなりますし、本編主人公のモニカにいたっては、杖を物干《ものほ》し竿《ざお》にする始末。

藤実先生が、こんなに素敵にデザインしてくださった杖になんてことを……と私は常々頭を抱えています。

いつか、杖をとても大事にしている魔術師も、登場させたいですね。


今後の刊行予定ですが、本編にあたる『サイレント・ウィッチ』Ⅶ巻は、二〇二四年二月刊行を予定しております。

Ⅶ巻では、立派に成人したルイスが活躍……元気に大暴れする予定です。

元ヤンを封印したルイスが、紳士で素敵な七賢人を目指して頑張る、『サイレント・ウィッチ -another- 結界の魔術師の成り上がり』下巻は、二〇二四年春頃、刊行予定です。

下巻もモリモリ書かせていただきますので、どうぞよろしくお願いいたします。

依空《いそら》まつり

お便りはこちらまで

〒102－8177
カドカワBOOKS編集部　気付
依空まつり（様）宛
藤実なんな（様）宛

カドカワBOOKS

サイレント・ウィッチ -another-
結界《けつかい》の魔術師《まじゅつし》の成《な》り上《あ》がり 〈上《じょう》〉

2023年12月10日　初版発行

著者／依空《いそら》 まつり
発行者／山下直久
発行／株式会社KADOKAWA

〒102-8177
東京都千代田区富士見2-13-3
電話／0570-002-301（ナビダイヤル）

編集／カドカワBOOKS編集部
印刷所／大日本印刷
製本所／大日本印刷

Printed in Japan
ISBN 978-4-04-075207-5 C0093

新文芸宣言

かつて「知」と「美」は特権階級の所有物でした。

15世紀、グーテンベルクが発明した活版印刷技術は、特権階級から「知」と「美」を解放し、ルネサンスや宗教改革を導きました。市民革命や産業革命も、大衆に「知」と「美」が広まらなければ起こりえませんでした。人間は、本を読むことにより、自由と平等を獲得していったのです。

21世紀、インターネット技術により、第二の「知」と「美」の解放が起こりました。一部の選ばれた才能を持つ者だけが文章や絵、映像を発表できる時代は終わり、誰もがネット上で自己表現を出来る時代がやってきました。

UGC（ユーザージェネレイテッドコンテンツ）の波は、今世界を席巻しています。UGCから生まれた小説は、一般大衆からの批評を取り込みながら内容を充実させて行きます。受け手と送り手の情報の交換によって、UGCは量的な評価を獲得し、爆発的にその数を増やしているのです。

こうしたUGCから生まれた小説群を、私たちは「新文芸」と名付けました。

新文芸は、インターネットによる新しい「知」と「美」の形です。

2015年10月10日
井上伸一郎

重版続々！
シリーズ好評発売中！
奇跡に詠唱は要らない——
気弱で臆病だけど最強な魔女の物語、書籍で新生！
B's-LOG COMIC
ほかにて
コミカライズ連載中！
コミックス
好評発売中！
作画：桟とび
サイレント・ウィッチ
沈黙の魔女の隠しごと

魔王《ラスボス》よりも強いけど、
平穏に暮らしたいんです。
TVアニメ
2024年1月
より放送開始!!!
カドカワBOOKS

AKUYAKU REIJO LEVEL 99
悪役令嬢レベル99
～私は裏ボスですが魔王ではありません～
七夕さとり
Illust. Tea
RPG系乙女ゲームの世界に悪役令嬢として転生した私。だが実はこのキャラは、本編終了後に敵として登場する裏ボスで――つまり超絶ハイスペック！　調子に乗って鍛えた結果、レベル99に到達してしまい……!?
B's-LOG COMIC＆異世界コミックにて
コミカライズ連載中!!!!
漫画：のこみ

※「小説家になろう」は株式会社ヒナプロジェクトの登録商標です。
「小説家になろう」で7000万PV突破の人気作！
前世リーマンのフリーダム問題児、
エリート校に殴り込み!?
電撃コミックレグルスほかにて
コミカライズ好評連載中!
漫画:田辺狭介
剣と魔法と学歴社会
～前世はガリ勉だった俺が、今世は風任せで自由に生きたい～